마도천하

박현 新무협 판타지 소설

FANTASTIC ORIENTAL HEROES

魔道天下

마도천하 3

박현 新무협 판타지 소설

초판 1쇄 찍은 날 § 2008년 8월 18일
초판 1쇄 펴낸 날 § 2008년 8월 28일

지은이 § 박현
펴낸이 § 서경석

편집장 § 문혜영
편집 § 이재권 · 서지현

펴낸곳 § 도서출판 청어람
등록번호 § 제1081-1-89호
등록일자 § 1999. 5. 31
어람번호 § 제2-1557호

주소 § 경기도 부천시 원미구 심곡1동 350-1 남성B/D 3F (우) 420-011
전화 § 032-656-4452 팩스 § 032-656-4453
http://www.chungeoram.com
E-mail § eoram99@chollian.net

ISBN 978-89-251-1438-5 04810
ISBN 978-89-251-0759-2 (세트)

FANTASTIC ORIENTAL HEROES

[만남]

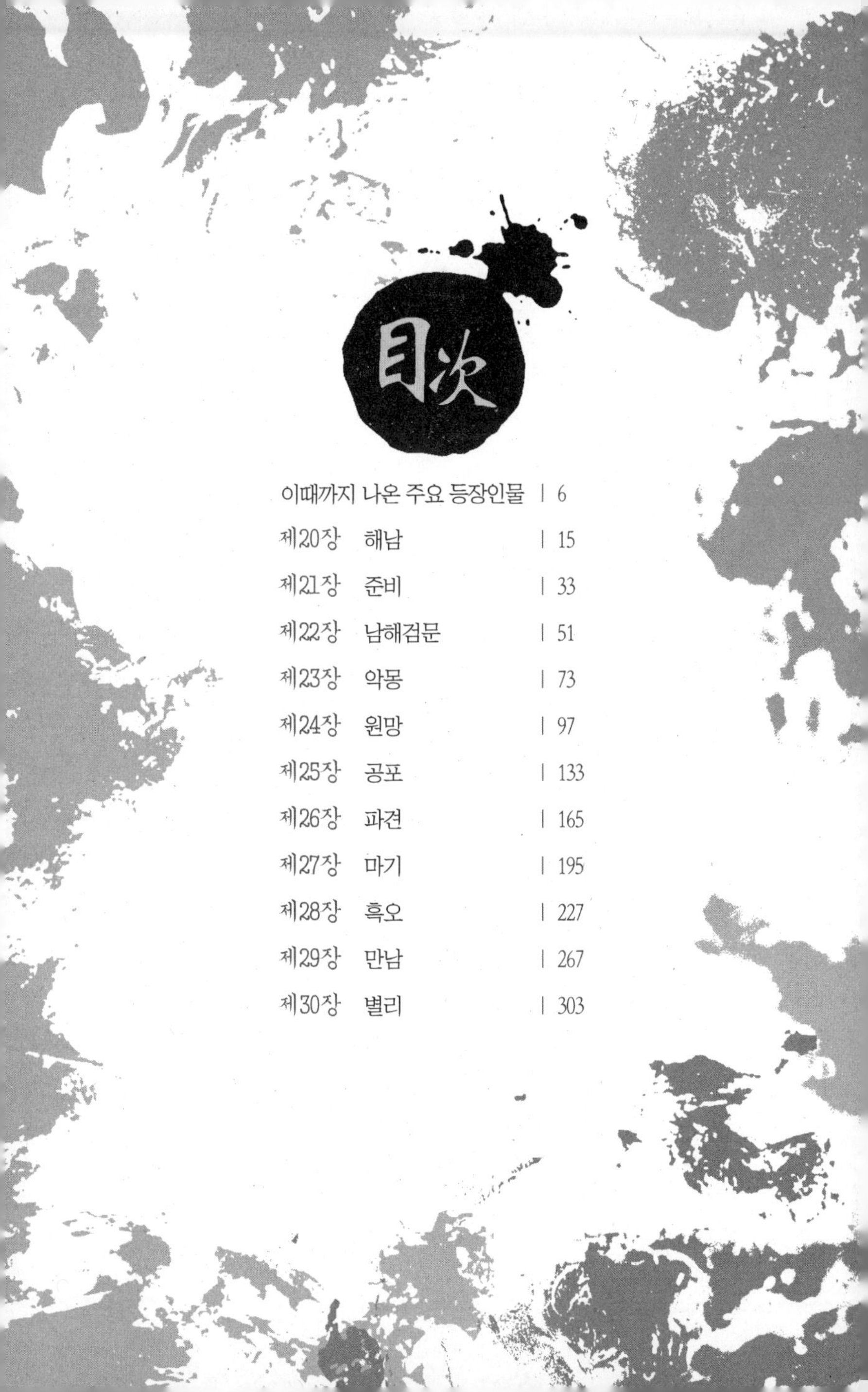

目次

이때까지 나온 주요 등장인물

1. 천금마옥의 마인들

♣ 묵자후(墨自侯)

천금마옥 마인들의 공동전인이자 마도지존.

스스로는 서글서글하고 화끈한 성격이라고 하지만 자라난 환경 탓인지 독하면서도 의외로 정에 약한 모습을 보이기도 한다.

♣ 혈영노조(血影老祖) 곡령풍(曲翎風)

천금마옥 마인들의 정신적 지주.

옛 철마성의 대장로이자 음양밀밀가(陰陽密密家)의 가주.

심장이 찔려도 죽지 않는 불사혈영신공을 익혔고, 묵자후에게 양의합일도인법으로 자신의 모든 것을 물려준다.

♣ 음풍마제(陰風魔帝) 모진악(茅振岳)

천금마옥의 2인자이자 무풍수라, 흡혈시마의 의형.

혈영노조와 함께 묵자후의 이름을 지어주고, 묵자후의 홍역을 고쳐 주려다 폐관에 든 전력이 있다.

혈영노조처럼 옛 철마성 장로 신분이었고 독랄한 심성에 음유

하고 파괴적인 무공, 아수라파천무(阿修羅破天武)를 익혔다.

♣ 무풍수라(無風修羅) 육지평(陸地平)

섭혼술의 일종인 마안섭혼공과 절세의 경공법 유령환환신법으로 강호를 울리던 마두.

푸르뎅뎅한 안색에 얼굴 반이 흉측하게 얽어 있는 그는 안타깝게도 하체가 허벅지 아래에서부터 댕강 잘려 있다.

묵자후에게 무공을 가르쳐 주고 그 대가로 공력을 회복한다.

♣ 흡혈시마(吸血屍魔) 사공두(司空斗)

칠 척에 달하는 키에 비대한 살집을 지녔으나 양팔을 잃어버린 마두.

둔겁탄마공과 금강폭혈공을 익혀 강호를 횡행하다 옛 철마성의 호법으로 들어갔다.

묵자후의 부친인 생사도 묵잠과 앙숙지간.

그 때문에 묵자후에게 엉뚱한 무공을 가르쳐 주다가 오히려 묵자후에게 매달리는 신세가 된다.

♣ 마뇌(魔腦) 공손추(公孫推)

옛 철마성의 총군사 출신.

정마대전 당시 두 눈을 잃어버렸고, 이후 양팔마저 잘려 버렸다.

눈 깜짝할 사이에 수백 번씩 바뀌는 희대의 역용술, 천변만화공을 익혔고 기관진법의 달인이다.

묵자후에게 글을 가르치고 진법을 가르치는 등 많은 애정을 쏟았다.

♣ 귀검(鬼劍) 손포(孫佈)

옛 철마성의 특수살인집단인 암혼당의 당주.

항상 흐릿한 안개에 싸여 있어 그의 본모습을 제대로 본 사람이 없다.

한쪽 손목이 잘린 상태며, 묵자후에게 풍운조화결을 비롯해서 살수들의 무공을 가르쳤다.

♣ 폭마(暴魔) 막여립(莫呂立)

옛 철마성의 화기담안인 벽력당의 당주.

오 척 단구에 통통한 뺨을 가졌으며, 묵자후를 무척 귀여워한다. 묵자후의 부친인 생사도 묵잠과 막역한 사이.

♣ 생사도(生死刀) 묵잠(墨潛)

묵자후의 부친.

옛 철마성 최고의 전투 집단인 파천혈룡단의 단주.

냉혹무정한 손속과 일도양단의 기세를 자랑했으나 무당제일검에게 패하고 한 팔을 잃어버렸다.

그리고 천금마옥에 갇히면서 신경선을 다쳐 감정의 표현을 전혀 못한다.

묵자후에게 생사도와 필생필사보를 가르쳤다.

♣ 마도요화(魔道妖花) 금초초(琴璘璘)

묵자후의 모친.

옛 철마성에서 군영당을 맡아 정파 요인들의 정보를 총괄했다.

산서성 대부호의 딸이었으나 우연한 기회에 무공을 배워 생사도 묵잠과 며칠 비무를 치른 후 서로 사랑하는 사이가 되었다.

천금마옥에 갇히면서 정조를 지키기 위해 스스로의 얼굴을 그어버렸고, 섭혼술이 통하지 않는 강렬한 요기와 색기를 지녔다.

♣ 광풍창(狂風槍) 한비

묵자후가 천금마옥 마인들 중에서 가장 멋있게 생각한 사람.

광풍지옥참이라 불리는 창술의 달인이다.

이들 외에,

* 오보추혼 사무기—묵자후에게 처음으로 환환비리보라는 신법을 가르쳐 줬다.

* 곡두표 상진—묵자후에게 곤법을 가르치다 망신을 당했다.

* 오행귀 장진화—묵자후에게 축골공과 지둔술, 복밀검 등을 가르쳤다.

* 다정마도 양휘옥—묵자후에게 색공을 가르쳤다.

* 냉면사신 담극—천금마옥 탈출 때 허벅지에 상처 입고 정파 놈들에게 뛰어들었다.

* 잔지괴마—생사투 때 무풍수라에게 덤비다 죽었다.

* 천면인도 왕호—생사투 때 흡혈시마에게 덤비다 박살났다.

* 그 외에도 구유도 등곽, 혈추옹, 칠지추혼, 화골장 섭부득, 귀수검혼 마익덕, 독지금강 마흠 등이 잠깐 등장했다.

2. 영웅성을 비롯한 정파의 무인들

♣ 뇌존(雷尊) 탁군명(卓君明)

현 영웅성의 성주.

화산파 속가제자 출신으로, 20년 전 정사대전 때 철마성 성주인 철혈마제 곽대붕을 꺾었다.

♣ 검웅(劒雄) 이시백(李是白)

강호에서 검절(劒絶)이란 칭호를 받고 있는 강호십대고수 중 한 사람이자, 과거 정사대전 때 경천동지할 무위를 선보인 뇌존 휘하 삼십육천강(三十六天剛) 중의 한 사람.

또한 영웅성 아홉 장로 중 한 사람으로 척마단의 후견인 역할을 맡고 있고, 뇌존의 셋째 제자인 비룡검 양욱환을 아끼고 있다.

♣ 음양필(陰陽筆) 구당(具當)

영웅성 28봉공 중 한 사람이자 강서제일고수.

판관필을 주무기로 쓰는데 놀라운 무공으로 천금마옥 마인들을 궁지로 몰아넣었다.

♣ 남해신검(南海神劍) 왕세유(王世惟)

해남파라 불리기도 하는 남해검문의 문주.

검웅 이시백과 함께 천금마옥 마인들을 제압한다.

이들 외에,

뇌존의 둘째 제자인 운룡검 유소기의 뒤를 봐주기 위해 처음으로 천금마옥에 쳐들어와 혈겁을 일으킨 곽봉공과, 화탄으로 무저갱을 일깨워 버린 진천문주(震天門主) 등이 등장했다.

3. 전설 같은 인물들

♣ 천마(天魔) 이극창(李克槍)

사백 년 전의 천하제일인.

신창(神槍) 양기진(楊基振)에 의해 가문을 잃어버린 그가 어린 시절부터 부친과 강호를 떠돌며 무공을 익혀 기어이 그 이름대로 신창을 베어버린 사나이.

당시 그의 무위가 얼마나 무서웠던지 별호조차 하늘이 내린 마인이라 하여 모두가 두려워하던 사내

그의 성명병기였던 도는 아직도 모든 마인들이 꿈에서조차 그리워하는 병기가 되어버렸다.

휘하에 음마와 혈마, 투마라는 전설적 거마를 거느렸다.

♣ 철혈마제(鐵血魔帝) 곽대붕(郭大鵬)

삼십대 중반의 나이로 강호에 출도해 철마성을 세운 입지전적인 인물.

당시 중원의 남북 십삼 성(省) 중 북 육성을 횡단한 그의 비무는 숱한 고수들의 죽음을 동반했고, 그로 인해 정파는 물론이고 마도나 사파까지 그의 일거수일투족을 주시하며 바짝 긴장했다. 그러나 시간이 갈수록 그의 명성이 높아지고 그 휘하에 무수한 마인들뿐만 아니라 칠대마가까지 합류하자 정파는 그를 강호공적으로 선포하고 말았다. 그 이후 이십 년 동안 정사대전을 벌였으나 뇌존 탁군명에게 패하고 말았다. 또한 그가 뇌존에게 패하기 직전, 그의 아내가 천마의 유물이 묻힌 장소를 알려주는 지도를 훔쳐 그의 아들과 함께 도망가 버렸다.

4. 기타

♣ 흑경방주(黑鯨幫主) 좌무기(左務基)

바다에서 표류하는 묵자후를 건졌다가 신세를 망친 인물.

야심이 고래만큼 큰 자여서 스스로의 별호를 흑경만리(黑鯨萬里)라고 짓고, 휘하에 세 개의 해적단을 거느리며 광동 연안 지방에서 황제처럼 군림하고 다니던 자.

♣. 철혈폭풍가(鐵血暴風家)

폭풍 같은 도법을 자랑하며 대막 일대를 지배하고 있던 마도칠가의 하나. 혈마와 관련이 있다.

♣ 개세패웅가(蓋世覇雄家)

타고난 신력으로 육신갑(肉身鉀)과 부법(斧法) 등을 익혀 서역(西域) 일대를 지배하고 있던 마도칠가의 하나. 투마와 관련이 있다.

♣ 음양밀밀가(陰陽密密家)

천축(天竺)에서 흘러들어 온 환술을 이용해, 서장(西藏) 일대에서 악명을 떨치고 있던 마도칠가의 하나. 혈영노조가 가주로 있었고 음마와 관련이 있다.

♣ 흑룡노도가(黑龍怒濤家)

발해만(渤海灣) 일대에서 활개 치던 해적 집단. 투마와 관련이 있다.

♣ 진천벽력가(震天霹靂家)

산서 벽력당의 후예를 자처하며 폭약과 화기에 미쳐 있던 마도칠가의 하나. 폭마가 가주였다.

♣ 천외독심가(天外毒心家)

기관진학으로 이름 높던 마도칠가의 하나. 마뇌 공손 추가 가주였다.

♣ 암흑무정가(暗黑無情家)

살수 집단의 대표. 귀검 손포가 가주였다.

♣ 흑마련

영웅성과 대적하고 있는 정체불명의 집단

해남

魔道天下

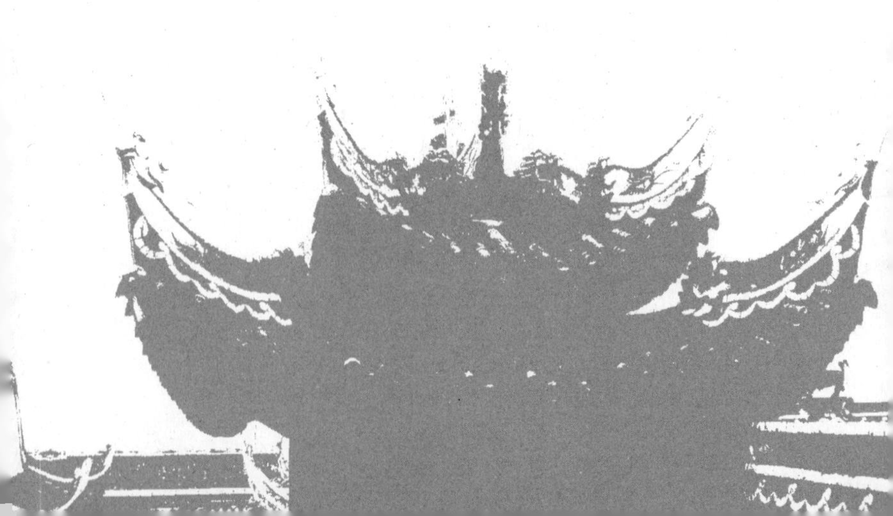

이른 아침.

뇌주반도(雷州半島) 끝자락에 위치한 해안(海岸).

이곳은 바다 냄새 물씬한 포구마을이다.

특히 경주해협(瓊州海峽)을 사이에 두고, 해남도를 정면으로 바라보고 있는 포구여서 바람 좋은 날이면 해남도로 가기 위한 선객(船客)들로 인산인해를 이룬다.

오늘도 마찬가지였다.

지루하던 장마도 끝나고 티없이 맑은 날씨가 계속되자 선착장 주변은 밀려드는 선객들로 발 디딜 틈을 찾기 힘들었다. 그 바람에 주루와 객잔은 물론이고 주변에 있던 노점상들까지 즐거운 비명을 지르며 호객행위에 열을 올리고 있었다.

그 와중에 배표를 끊기 위해 길게 줄 서 있는 사람들 사이로 한 대의 마차가 다가왔다.

"뭐야?"

"어떤 놈이 새치기를 하려는 거야?"

사람들 사이에서 분분한 고함 소리가 튀어나왔다. 그러나 마차 문이 열리고 그 안에서 청수한 인상의 중년인이 모습을 드러내자 모두 자라목이 되어 얼른 고개를 숙이고 말았다.

중년인의 두 눈에서 서늘한 안광이 흘러나오고 있어서일까, 아니면 그의 등 뒤로 보이는 고색창연한 보검에 기가 질려서일까?

자세히 보니 검문검색을 맡고 있던 관원들까지도 그에게 정중히 고개를 숙이고 있었다. 그러니 딱히 보검이나 안광 때문에 그런 것만은 아닌 것 같았다.

"오(吳) 총관, 저 사람이 누구죠? 누구기에 다들 저토록 그를 두려워하는 건가요?"

때마침 맞은편 객잔에서 그 모습을 지켜보고 있던 소녀가 누군가에게 질문을 던졌다.

소녀는 이제 막 피어오르는 나이, 열여섯 살쯤 되어 보였다.

어깨까지 내려오는 고운 갈래머리에 흑백 뚜렷한 눈망울을 지니고 있었는데 그 신분이 범상치 않아 보였다. 화려한 비단옷에 얼굴 반을 가린 면사를 쓰고 있었을 뿐만 아니라, 주위에 네 명의 호위무사가 날카로운 눈빛으로 경계를 서고 있었다.

또한 맞은편에는 대춧빛 안색의 노인이 차를 마시는 둥 마는 둥 하며 좌우를 살펴보고 있었는데, 갑작스런 소녀의 질문에 노인은 찻잔을 내려놓으며 슬쩍 창밖을 쳐다봤다.

"흠… 저기 보이는 저 중년인 말씀입니까?"

"예."

"다행히 노복(老僕)이 알 만한 사람이군요. 남해검문의 외관영(外關營) 부영주(副營主) 직을 맡고 있는 청파검(淸波劍)입니다."

"아! 저분이 바로 광동사살(廣東四煞)를 단신으로 격파했다는 청파검 장일해(張一海)! 장 대협이란 말인가요?"

"예. 제 눈이 잘못되지 않았다면 틀림없을 겝니다."

"그렇군요. 하긴 장 대협쯤 되니 저런 대우를 받겠지요."

소녀는 부러운 눈빛으로 고개를 끄덕이다가 조용히 자리에서 일어났다.

"드디어 배가 들어오는 모양이군요. 우리도 이만 출발하도록 하죠."

"예. 저와 아이들이 앞장서겠습니다."

노인이 덩달아 일어서며 호위무사들에게 눈짓을 보낼 때였다.

갑자기 소녀가 걸음을 멈칫하더니 시선을 다시 창가로 향했다.

인파로 북적이는 선착장.

그 중간쯤에 서 있는 낯선 사내를 발견한 때문이었다.

허름한 흑의무복 차림에 죽립을 깊게 눌러쓴 사내!

그는 강호 어디에서나 볼 수 있는 낭인무사 중 한 사람 같았다. 그런데도 소녀는 그에게서 뭐라고 형언키 어려운 강한 인상을 받았다.

뭐랄까?

소란스럽던 주변 정경이 갑자기 사라져 버리고 그 혼자 우뚝 서 있는 느낌이랄까?

그의 전신에서 알 수 없는 기운이 흘러나와 주변을 단숨에 압도해 버리는 듯한 기이한 착각이 들었다.

'허리에 쇠사슬을 차고 있어서 그런가? 굉장히 거칠고 위험해 보이는 사람이야…….'

그러나 자기 외에는 아무도 그런 느낌을 받지 못하고 있는 것 같았다. 많은 사람들이 그 주변에 서 있었지만 다들 웃고 떠드느라 정신이 없어 보였다.

"아가씨, 뭘 보고 계시는지요?"

그때 노인이 말을 건네왔다.

"아!"

소녀는 퍼뜩 정신을 차리며 눈짓으로 창밖을 가리켰다.

"저기 저 사람 좀 봐요. 뭔가 이상한 기분이 들지 않아요?"

노인은 힐끔 창밖을 내다보다가 흥미없다는 듯 가벼운 실소를 흘렸다.

"허허. 우리 아가씨께서 뭣 때문에 걸음을 멈추셨나 했더니 바로 저 강호초출(江湖初出) 때문이었군요."

"강호… 초출이라구요?"

"예. 보아하니 저자도 해남도로 가려는 모양인데 생각이 단순하기 짝이 없는 자입니다. 감히 해남도로 가면서 저런 무식한 복장이라니. 아마 저자는 해남도에 도착하는 즉시 봉변을 당하거나 시체로 변할 확률이, 확률이, 으음……!"

노인은 말하다 말고 그 자리에서 굳어버렸다.

죽립을 쓴 사내와 정면으로 눈이 마주쳐 버린 때문이었다.

"아니, 오 총관? 말씀하시다 말고 왜 그리 식은땀을 흘리세요?"

때맞춰 소녀가 말을 걸지 않았더라면 노인은 석상처럼 굳은 상태로 한참을 서 있었으리라.

"예? 제, 제가 식은땀을 흘렸다구요? 아, 아닙니다. 갑자기 재채기가 나려고 해서……."

노인은 황급히 변명을 주워섬기며 소녀 앞을 막아섰다. 그리고는 조심스럽게 고개를 돌려봤지만 이미 그는 어디론가 사라지고 없었다.

'휴우! 실로 엄청난 고수였구나! 저 먼 거리에서도 내 말을

알아듣고 경고의 눈빛을 쏘아 보내다니. 하마터면 아가씨 앞에서 큰 망신을 당할 뻔했군…….'

노인은 속으로 가슴을 쓸어내리며 잠시 생각에 잠겼다.

죽립인의 정체를 짐작해 보려 한 것인데, 아무리 기억을 더듬어 봐도 선뜻 떠오르는 인물이 없자 고개를 설레설레 내저으며 다시 소녀를 안내했다.

소녀는 그런 노인의 반응을 유심히 살피고 있다가 객잔을 나서는 즉시 주변을 둘러봤다.

문제의 사내를 한번 더 관찰해 보기 위해서였는데, 이미 그는 인파 속으로 자취를 감춰 버렸는지 더 이상 종적을 발견할 수 없었다.

'아이 참, 그새 사라져 버렸네…….'

소녀는 아쉬운 표정으로 발을 구르다가 어느 순간 눈을 반짝였다.

'맞아! 그 사람도 배표를 구하고 있었댔지? 그렇다면 내가 먼저 배에 올라가 선착장 쪽을 살펴보면 되겠구나!'

생각과 동시에 소녀는 걸음을 옮겼다. 호위무사들이 난색을 표할 정도로 빠른 걸음걸이였다.

그 결과, 소녀는 남들보다 먼저 배에 오를 수 있었고, 전망 좋은 자리를 차지해 선객들을 한눈에 내려다볼 수 있었다. 왜냐하면 그녀 일행은 이미 배표를 구한 상태인데다 그녀 가문의 후광이 있어 검문검색을 받지 않고도 배에 오를 수 있기 때문이었다.

'이것참, 번거롭게 됐군.'

묵자후는 죽립을 고쳐쓰며 씁쓸한 표정을 지었다.

저 위에서 사방을 두리번거리고 있는 소녀를 본 때문이었다.

이미 이곳으로 오는 중에도 많은 이들의 시선을 받고 내심 당혹스러워했던 묵자후다. 그래서 흉악하게 생긴 좌무기 때문인가 싶어 그를 떼어놓고, 은잠술(隱潛術)의 일종인 풍운조화결(風雲造化結)을 펼쳐 주변과 자신을 철저히 동화시키고 있던 중이었다.

그런데도 아직 자신을 주시하고 있는 사람이 있을 줄이야.

'아무래도 강호에 나온 게 처음이다 보니 내게서 뭔가 어색한 부분이 많이 느껴지는 모양이군…….'

속으로 중얼거리며 다시 한 번 풍운조화결을 되짚어보는 묵자후.

그러나 묵자후가 그녀에 대한 소문을 조금이라도 들어봤다면 그런 자책은 하지 않았으리라.

신안소교(神眼小嬌), 혹은 백리소호(百里小狐)라 불리는 그녀 백리혜혜(百里慧慧)는 광동의 내로라하는 상단 중 하나인 백리상단(百里商團)의 금지옥엽이자 유일한 후계자였으니.

그것도 어릴 때부터 총명하기로 소문난 데다, 보석이나 골

동품류의 진위(眞僞)를 감정하거나 사람들의 본성을 파악하는 신비한 능력을 갖고 있어, 이미 열네 살 때부터 부친을 도와 상단 내의 여러 가지 업무를 처리하고 있던 중이었다.

그런 그녀가 해남도 특산인 진주와 약재 등을 들여오기 위해 이곳 포구에 들렀다가 우연히 묵자후를 보게 된 것이니, 사정을 모르는 묵자후로선 애꿎은 풍운조화결만 탓할 수밖에.

특히 요 며칠간의 조사를 통해 남해검문 깊숙이 침투할 수 있는 묘안을 떠올린 터라 그녀의 시선이 더욱 부담스러울 수밖에 없었다. 그래서 어찌할까 생각에 잠겨 있는데,

"다음! 호패(號牌)와 로인(路引:여행증명서)을 꺼내라!"

갑작스런 호통이 들려왔다. 검문검색을 맡고 있는 관원의 목소리였다.

'이런! 배표만 끊으면 될 줄 알았더니…….'

전혀 예상치 못한 난관이었다.

이럴 줄 알았다면 좌무기를 좀 더 데리고 있는 건데.

묵자후는 난감한 표정으로 관원을 바라보다가 천천히 배표를 내밀었다. 그러자 관원의 얼굴이 흉악하게 변해갔다.

"이놈이 지금 나와 장난치자는 거야? 배표 말고 호패와 로인을 꺼내라니까!"

그가 재차 고함지르자 주위의 시선이 한꺼번에 쏠려왔다. 특히 저 앞에서 경계를 서고 있던 관원들의 눈길이 심상치 않

게 변해갔다.

'……할 수 없군.'

묵자후는 마지못한 듯 죽립을 치켜들었다. 순간, 죽립에 가려졌던 묵자후의 얼굴이 드러나고, 관원의 표정이 창백하게 변해갔다.

"어이쿠! 귀인(貴人)께서 왕림하신 줄도 모르고 소인이 죽을죄를 지었습니다. 부디 용서를……."

그러면서 허리를 구십 도로 꺾기 시작하는 관원.

그런 관원의 어깨를 툭툭 두드려 주며 자연스럽게 검문검색을 통과하는 묵자후를 보고, 내심 일촉즉발의 상황을 기대했던 선객들은 저마다 실망한 기색으로 시선을 원래대로 되돌렸다.

저 앞쪽에 있던 관원들도 다시 평온을 회복했지만, 난간에 기대어 그 모습을 지켜보고 있던 소녀 백리혜혜는 의아한 표정으로 고개를 갸웃거렸다.

'이상하네? 저 사람은 아무 신표(信標)도 내보이지 않았는데 왜 관원이 그에게 고개를 숙이는 거지?'

영문을 몰라 묵자후와 관원을 번갈아 쳐다보는 백리혜혜.

또 한 사람이 묵자후를 예의주시하고 있었다.

막 갑판을 지나 선실로 향하던 청파검이었다.

그는 의아함과 호기심이 뒤섞인 눈길로 묵자후를 바라보다가 어느 한곳을 향해 가볍게 손짓을 해 보였다. 그러자 선착장 뒤쪽에서 몇 사람이 몸을 날리더니 은밀히 묵자후를 뒤따르기 시작했다.

하지만 백리혜혜는 그 광경을 보지 못하고 그만 자리를 떠나야 했다. 어느새 선실 정리를 마쳤는지 오 총관 등이 데리러 온 까닭이었다. 그 바람에 백리혜혜는 묵자후가 어디로 끌려가는지 보지 못했고 그로 인해 두 사람 사이에 오해가 발생했지만, 그건 나중의 일이었다.

"허어, 저런……!"

"쯧쯧. 또 한 인생이 작살나는구먼……."

선착장 주변에 있던 사람들은 몇몇 괴한들에게 끌려가는 묵자후를 보고 저마다 혀를 찼다. 다들 괴한의 정체를 짐작하고 있었기 때문인데, 그들이 미처 보지 못한 게 있었으니, 그건 바로 묵자후의 입가에 서늘한 미소가 감돌고 있다는 사실이었다.

이후, 닻이 오르고 모든 사람들의 관심이 묵자후에게서 멀어져 갈 무렵.

"커컥!"

"끄윽! 네, 네놈이……?"

청파검이 머무르고 있는 선실에서 몇 사람의 신음이 흘러나왔다. 뒤이어 한참 정적이 흐르더니 선실 문이 열리고, 그 안에서 한 사람이 걸어나왔다.

청수한 인상에 고색창연한 보검을 등에 멘 사내, 장일해였다.

그런데 그의 눈엔 이전과 다른 살기가 넘실거리고 있었다.

"후후. 잠시만 기다려라. 곧 네놈들에게 잊지 못할 악몽을 선사해 줄 테니까……."

저 먼 수평선을 바라보며 혼잣말을 중얼거리는 사내.

사람들은 그의 등 뒤로 흘러나오는 살기에 질려 한동안 숨을 죽이고 있어야만 했다.

* * *

촤아아…….

배가 해안을 떠난 지도 어느덧 두 시진이 지났다.

앞뒤로 두 개의 돛을 펄럭이며 파도를 가르는 대형 범선(帆船).

그 배의 중앙에는 누각 형태로 된 스무 개의 선실이 마련되어 있었다.

그중 네 개밖에 되지 않는 어느 특급 선실 문이 벌컥 열리더니 그 안에서 뾰루퉁한 눈빛의 백리혜혜가 걸어나왔다.

"휴, 정말 귀신이 곡할 노릇이네. 대체 어디로 사라져 버린 거야?"

갑판으로 나오자마자 긴 한숨을 내쉬며 사방을 둘러보는 백리혜혜.

그녀의 눈엔 원인을 알 수 없는 짜증이 어려 있었다.

그 이유는 다름 아닌 묵자후 때문이었다.

아직 얼굴도 모르고 나이도 모르는 사람이었지만 백리혜혜는 자꾸만 묵자후가 마음에 걸렸다. 그래서 호위무사들에게 그의 일거수일투족을 지켜보라고 명을 내렸는데, 뒤늦게 보고가 올라오기를, 그의 모습이 전혀 보이지 않는다는 것이었다. 그 말에 놀라 배 안을 다시 한 번 뒤져 보라고 한 뒤 직접 갑판으로 나와본 것인데, 결과는 마찬가지였다. 묵자후의 모습은 그 어디에서도 보이지 않았다.

'이상하네? 분명히 승선하는 걸 봤는데 갑자기 어디로 사라져 버린 거지?'

혹시나 하는 마음에 고개를 내밀고 외삼판까지 훑어봤다. 그러다가 이게 무슨 짓인가 싶어 난간에 등을 기댄 백리혜혜는 유유히 흘러가는 구름을 보며 애써 마음을 추슬렀다. 그리고 하선할 때 다시 한 번 살펴봐야겠다고 생각하며 발길을 돌리려는데,

"어허. 이 사람, 정말이라니까! 해남도에서 잘못 설쳤다가는 쥐도 새도 모르게 시체가 되어버린다구."

"왕씨 말이 옳네. 해남도가 어떤 곳인지도 모르고 덜컥 따라나섰다니, 자네도 참 어지간하군……."

어디선가 두런거리는 음성이 들려왔다.

배 뒤편이었다.

혹시나 싶어 다가가 보니 낮술을 마신 상인 몇 사람이 웬 무인과 대화를 나누고 있었다. 그런데 그들이 나누던 이야기 중에 쥐도 새도 모르게 시체가 되어버린다는 말이 묘하게 귀를 자극해 왔다. 그래서 몰래 엿듣고 있는데 뜻밖의 이야기가 가슴을 덜컥 내려앉게 만들었다.

"어허, 이 사람, 말귀를 전혀 못 알아듣는군. 아까 자네 같은 떠돌이 무사 하나가 남해검문 사람들에게 끌려가는 걸 보고도 그런 소리가 나온단 말인가?"

"그러게 말일세. 아마 그자는 지금쯤 물고기 밥이 되고 말았을 걸세. 그런데 그보다 더 잔인하고 살벌한 일이 비일비재하게 벌어지는 곳이 바로 해남도라네."

그 말을 듣는 순간, 백리혜혜는 자기도 모르게 눈을 휘둥그레 떴다.

'그가 남해검문 사람들에게 잡혀갔다고? 설마 그럴 리가?'

그는 청파검 장일해보다 더 무섭고 위험해 보이던 사람이다. 광동 땅에서 열 손가락 안에 드는 고수인 오 총관이 그와 눈을 마주친 직후 한동안 몸을 움직이지 못했을 정도로 엄청난 위압감을 내뿜던 사람이었다.

그런 그가 청파검도 아닌 그 휘하 무인들에게 잡혀갔다니?

도저히 믿을 수 없는 이야기였다. 하지만 그냥 흘려 버리기도 뭣해 호위무사에게 신호를 보냈다. 청파검 장일해에게 한번 만났으면 좋겠다는 통문을 보내기 위해서였다.

그러나 되돌아온 답변은 냉정하기 짝이 없었다.

그가 아무 이유도 밝히지 않고 퇴짜를 놓아버린 것이었다.

백리혜혜는 자존심이 상해 한동안 입술을 깨물었다.

'그의 성격이 오만하다는 건 알고 있었지만 이렇게 대놓고 본 가를 무시할 줄이야……!'

그러나 며칠 뒤에 남해검문과의 큰 거래를 성사시켜야 하기에 뭐라고 따지기도 애매했다. 그래서 하선할 때 다시 한 번 묵자후를 찾아보기로 하고 애써 분노를 가라앉혔다.

그리고 반 시진 뒤.

마침내 배가 해남도의 관문인 해구(海口)에 도착했다.

티없이 맑은 하늘과 코끝을 스치는 바람.

키 큰 열대 숲이 그림처럼 늘어서 있고, 크고 작은 상선(商船)들이 바쁘게 항구를 드나드는 가운데 저 멀리 오지산(五指山)과 여모령(黎母嶺)이 보인다.

전체적으로 광동 땅과 비슷하면서도 왠지 모를 이국적인 정취를 자아내는 섬.

백리혜혜는 갑판으로 나와 주변풍광을 감상하는 척하면서 하선하는 사람들을 일일이 지켜봤다.

그러나 묵자후의 모습은 여전히 보이지 않았고, 이제 남은 사람은 그녀 일행을 비롯한 몇 사람뿐이었다. 그래서 초조한 심정으로 선실 쪽을 바라보고 있는데 저 멀리서 청파검이 다가왔다.

'흥!'

백리혜혜는 새침한 표정으로 고개를 돌렸다. 그러다가 어느 순간 눈을 부릅뜨며 다시 한 번 그를 쳐다봤다.

저 눈빛.

저 기도……!

'맙소사! 저 사람은 청파검이 아냐! 선착장에서 봤던 바로 그 사람이야! 틀림없어!'

백리혜혜가 경악하여 소리쳤지만 그 소리는 입 안에서만 맴돌았고, 뒤늦게 그런 사실을 알아차렸을 때는 이미 늦어버렸다.

어느새 하선했는지, 몇몇 무인들의 마중을 받으며 그가 마차에 몸을 싣고 있었기 때문이다.

백리혜혜는 멍하니 그 광경을 지켜보다가 어느 순간 정신을 차린 듯 휙 소리나게 고개를 돌렸다.

"오 총관! 혹시 이 근처에 남해검문의 지부나 그 휘하 연락망이 있는지 알아봐 줘요. 급한 일이에요!"

백리혜혜가 착 가라앉은 목소리로 명을 내릴 때쯤, 묵자후를 태운 마차는 항구를 완전히 빠져나가고 있었다.

제21장 준비

魔道天下

두두두두두!

뿌연 먼지를 휘날리며 관도를 질주하는 마차.

아무 장식도 없는 평범한 마차였다. 그러나 두 명의 무인이 어자석에 앉아 있고, 푸른 천에 쌍검이 교차되어 있는 남해검문의 독문표기가 휘날리고 있어서 그런지 지나가는 사람들이나 오가던 마차들이 황급히 한쪽 옆으로 물러서고 있었다.

마차 안에는 세 사람이 앉아 있었다.

청파검으로 변신한 묵자후와 두 명의 남해검문 무인이었다.

"……"

세 사람 사이에는 묘한 침묵이 감돌았다. 이들 중 최고 상급자라 할 수 있는 묵자후가 마차에 오른 뒤부터 계속해서 눈을 감고 있었기 때문이었다. 그래서 창밖으로는 주변 경관이 휙휙 스치며 지나가고 있었지만 세 사람 사이에는 단 한마디의 대화도 오가지 않고 있었다.

그런 침묵이 부담스러웠는지, 세모꼴 눈에 푸른 반점을 지닌 사내가 주저주저한 목소리로 입을 열었다.

"저어… 부영주님, 원로에 별고없으셨는지요? 오신다는 연락을 받고 아침부터 기다리고 있었습니다만… 어째 안색이 밝지 않으신 것 같습니다."

"……내 안색이 밝지 않아 보인다고?"

묵자후가 천천히 눈을 뜨며 묻자 세모꼴 눈의 점박이가 얼른 고개를 끄덕였다.

"예. 전에 없이 어두우십니다. 그래서 무슨 안 좋은 일이라도 있으신 게 아닌가 싶어 자못 걱정이 됩니다만……."

"흠……."

묵자후는 살짝 인상을 찌푸리다가 이내 눈을 감으며 무뚝뚝한 음성으로 말했다.

"아무 일도 없으니 신경 끄도록!"

"…예."

마차 안에는 다시 침묵이 흘렀다.

이전보다 더 어색한 침묵이었다.

'젠장! 배 안에서 무슨 봉변이라도 당하셨나? 말투가 많이 거칠어지셨어.'

하긴 말투만 거칠어진 게 아니었다.

가만히 팔짱을 끼고 앉아 있는데도 그의 전신에서 무시무시한 살기가 흘러나와 숨 쉬기조차 힘들었다.

그런데도 점박이나 그 옆에 앉은 텁석부리는 추호도 묵자후를 의심할 생각을 하지 않고 있었다.

평소에도 무뚝뚝하고 냉정한 청파검이었으니, 배 안에서 무슨 안 좋은 일이 있었으리라 생각하고 묵자후의 눈치를 살피기에 여념이 없었다.

두두두두…….

마차는 점점 비탈길로 접어들었다.

어느새 해구를 지나 오지산으로 향하는 중이었다.

이때부터 마차가 심하게 요동을 쳤고, 점박이와 텁석부리는 앉은자리에서 연신 엉덩방아를 찧어댔다.

그렇게 한참 달리자 더 이상 견디기 힘들었는지 점박이가 다시 입을 열었다.

"저어, 부영주님. 배도 출출하고 엉덩이도 아픈데 잠시 쉬었다 가면 안 될까요?"

"왜? 아직도 한참 더 가야 하나?"

묵자후가 눈을 감은 상태로 묻자 점박이는 의아하다는 듯 고개를 끄덕였다.

“예. 방금 영파(永波)를 지났으니 아직 두 시진 정도 더 가야 합니다.”

‘흠…….’

해남도는 과연 넓었다.

벌써 한 시진 이상 달려왔는데 아직 두 시진이나 더 가야 하다니.

‘그럼 밤이 이슥할 때쯤 도착하겠군.’

속으로 시간 계산을 해본 묵자후는 여전히 눈을 감은 상태로 말했다.

“이대로 계속 가자고 해.”

순간, 점박이의 표정이 휴지처럼 일그러졌고 텁석부리의 어깨가 축 늘어져 버렸다.

‘젠장. 오늘따라 왜 이리 저기압이시지? 평소 같으면 먼저 쉬었다가 가자고 하실 양반이…….’

그러나 어쩌겠는가.

명이 내렸으니 엉덩이가 작살나든 말든 계속 달릴 수밖에.

“이랴, 이랴!”

두두두두!

요란한 소리를 내며 마차는 계속 길을 재촉했다.

휙휙 스쳐 가는 들판 사이로 붉은 석양이 내려앉고, 이제 반 시진 정도만 더 가면 남해검문에 도착하게 된다. 그런데도 묵자후는 그에 대한 준비를 하는 대신 엉뚱한 상념에 잠겨 있었다.

'도대체 뭐가 문제지? 풍운조화결이야 그렇다 쳐도 천변만화공까지 들켜 버리다니…….'

선착장과 갑판에서 마주친 소녀.

그녀 때문에 시작된 고민이었다.

바로 앞에 앉아 있는 두 멍청이도 눈치 채지 못한 천변만화공을 어떻게 무공도 익히지 않은 소녀가 단번에 알아차릴 수 있었을까?

실로 이해할 수 없는 일이었다.

그래서 이때까지 배운 무공을 되돌아보며 생각에 잠겨 있었던 것인데, 그렇게 장시간 고민하다 보니 문득 한 가지 가능성이 떠올랐다.

'그래! 내가 익힌 무공이 너무 파괴적이어서야. 그래서 그 기운들이 나도 모르게 방출되고 있었던 모양이군.'

그렇다면 남해검문에 가서도 정체를 들킬 확률이 높았다.

물론 그렇게 된다고 해도 두려울 건 없지만, 아무리 적이라고 해도 무공조차 배우지 못한 일반인들까지 마구 베어버릴 만큼 잔인한 묵자후는 아니었다. 그래서 번거로움을 무릅쓰고 청파검으로 변신한 것인데…….

'그럼 어떻게 한다? 이대로 계속 밀고 나가, 아니면 다른 방법을 모색해 봐?'

그렇게 해결책을 고민하고 있는데 문득 마뇌의 유언이 떠올랐다. 정파 놈들에게 복수할 수 있을 때까지는 경거망동을 삼가하라는…….

'그래. 이렇게 가는 게 별로 마음에 들진 않지만, 아직 놈들의 실력조차 제대로 모르고 있는 형편이니…….'

내심 결론을 내린 묵자후는 맞은편에 앉은 두 사람을 살펴봤다.

'저놈은 너무 말라서 안 되겠고…….'

먼저 점박이를 보며 고개를 내젓던 묵자후는 곧바로 시선을 돌려 텁석부리를 쳐다봤다.

'그나마 저놈이 좀 더 나은 것 같군.'

뭐가 더 낫다는 것일까?

속으로 두 사람을 비교하던 묵자후.

갑자기 두 사람 모두에게 전음을 보냈다.

"이봐, 자네들. 잠시만 고개 좀 들어봐."

"예?"

두 사람이 무심코 고개를 드는 순간, 묵자후의 눈에서 붉은 안광이 번쩍였다.

"……!"

그 결과, 벼락을 맞은 듯한 표정으로 입을 헤 벌리는 두 사람.

찰나간에 마안섭혼공을 펼쳐 두 사람의 이지(理智)를 장악해 버린 묵자후는 먼저 점박이를 보며 말했다.

"너는 지금부터 수면에 들어간다. 실시!"

"실시……."

명이 떨어지자마자 코를 골며 잠에 빠져드는 점박이.

이번에는 텁석부리를 보며 말했다.

"너는 지금부터 청파검이 된다. 알겠나?"

"예……. 저는 지금부터 청파검이 됩니다."

"그래. 너는 청파검 장일해다. 하늘이 두 쪽 나는 한이 있더라도 남해검문의 외관영 부영주, 청파검 장일해란 말이다. 알겠느냐?"

"예. 저는 청파검 장일햅니다. 하늘이 두 쪽 나는 한이 있더라도 남해검문의 외관영 부영주……."

어눌한 발음으로 앵무새처럼 따라하는 텁석부리.

그의 중얼거림이 끝나자 묵자후는 양손을 들어 그의 정수리 부위에 갖다 댔다. 그러자 손끝에서 하얀 광채가 흘러나오더니 텁석부리의 기억을 송두리째 빨아들이기 시작했다.

이는 묵자후가 천산군도(川山群島)에 머물면서 나름대로 변형시킨 양의합일도인법으로, 상대에게 자신의 기억을 전수해 줄 수 있을 뿐만 아니라 상대의 기억마저 흡수할 수 있도록 바꾼 것이다.

이 수법으로 청파검의 기억을 흡수할 수 있었고, 이제 텁석부리의 기억마저 흡수하려는 것이다.

그런데 텁석부리의 기억 따위를 흡수해서 뭘 어쩌려는 것일까?

이유는 금방 밝혀졌다.

한동안 텁석부리의 기억을 흡수하던 묵자후가 양손으로 그의 얼굴을 쓰다듬자 놀라운 일이 벌어졌다.

텁석부리의 얼굴이 밀가루 반죽처럼 뒤틀리더니, 그의 외모가 차츰 장일해로 변해가기 시작한 것이다. 뒤이어 몇몇 혈도를 두드리자 골격 역시 장일해와 비슷하게 변해갔다.

실로 눈으로 보고도 믿을 수 없는 신기한 수법이었지만, 이 역시 천변만화공을 한 단계 발전시킨 것에 불과했다.

이윽고 텁석부리가 완전히 장일해로 탈바꿈하자 묵자후는 자신의 용모를 텁석부리로 바꿨다. 그리고 그와 옷을 바꿔 입고 자리까지 바꾼 뒤 곤히 잠들어 있는 점박이를 깨웠다.

"이 사람아! 부영주께서 보고 계시는데 지금 뭐 하고 있는 겐가? 얼른 수마(睡魔)를 떨쳐 버리고 자세를 똑바로 하게!"

'헉! 내, 내가 졸았었나?'

그제야 정신을 차린 점박이.

얼떨떨한 표정으로 좌우를 둘러보다가 울상이 되어 텁석부리 앞에 무릎을 꿇었다.

"아이고, 부영주님. 속하가 죽을죄를 지었습니다. 저도 모르게 깜빡 잠이 들고 말았으니 부디 하해와 같은 아량으로 용서를……."

파랗게 질린 얼굴로 손이 발이 되도록 비는 점박이.

텁석부리는 멍한 표정으로 그를 바라보다가 불쑥 입을 열었다.

"아니, 괜찮습니다. 저는 청파검 장일해고 당신은, 당신은… 누구였더라?"

"예에……?"

'이런!'

묵자후의 얼굴이 순식간에 붉어졌다.

미처 예상치 못한 부작용이었기 때문이다.

그러나 문제는 텁석부리가 아니었다.

"저어, 부영주님. 저는 삼릉검(三稜劍) 오태독입니다만……. 아까 항구에서 말씀드렸는데 왜 못 알아보시는지……?"

점박이가 미심쩍은 표정으로 텁석부리를 바라보고 있었던 것이다.

묵자후는 재빨리 진화에 나섰다.

"이봐, 자네가 조는 바람에 부영주께서 화가 많이 나신 모양이야. 그래서 일부러 외면하시는 모양이니 잠자코 처분만 기다리게."

그렇게 점박이에게 엄포를 놓은 뒤 서둘러 텁석부리에게 전음을 보냈다.

"너! 죽고 싶지 않으면 입 꾹 다물고 있어. 아예 죽은 듯이 눈 딱 감고 있으란 말이야!"

"예. 죽은 듯 눈 딱 감고……."

'아이쿠, 머리야!'

이렇게 소란 아닌 소란을 벌이는 동안, 남해검문이 점점 코앞으로 다가오고 있었다.

*　　　*　　　*

석양이 어둠에 물드는 시각, 오지산 중턱.

계곡 따라 흐르던 물이 황혼을 피해 저 언덕 아래로 달아나고 바람 따라 흐르던 구름이 산봉우리에 걸려 잿빛으로 변해간다.

하지만 아직까지는 제빛을 잃지 않고 있는 초지, 광활한 언덕 위에 일 장 높이의 담장을 이중으로 두르고 있는 웅장한 전각군이 세워져 있다.

마차 열 대 정도는 한꺼번에 드나들 수 있을 것 같은 크고 넓은 대문에 잘 다듬은 청석판이 끝없이 깔려 있는 곳.

많은 이들이 남해검문이라 부르며 가까이 가기조차 두려워하는 이곳엔 기이한 형태의 석상들과 미로 같은 화원(花園)으로 에워싸인 인공연못이 하나 있다.

둘레가 무려 오십 장에 이르는 호수 같은 연못.

그 연못 중간에는 삼층으로 된 누각이 한 채 세워져 있었는데, 오늘따라 그곳으로 몇 마리의 전서구가 날아들었다.

푸드덕!

부드러운 날갯짓으로 허공을 선회하던 비둘기들. 각자 보금자리에 안착해 모이를 쪼는 동안, 한 사내가 다가와 그들의 발목에서 작은 대나무 통을 끌러냈다.

그 안에서 돌돌 말린 서찰을 끄집어낸 사내는 차분한 눈길로 서찰을 읽어 내려가다가 어느 대목에 이르러 눈을 휘둥그레 뜨더니 어디론가 급히 달려가기 시작했다.

잠시 후, 누각 맨 꼭대기 층에 도착한 사내는 어느 밀실 앞에 이르러 조심스럽게 인기척을 냈다. 그러자 입구를 막고 있던 철문에서 열쇠구멍만 한 틈이 벌어지더니 그 사이로 두 개의 눈동자가 번쩍였다. 이후, 철문이 소리없이 열리고, 사내는 환한 빛이 새어 나오는 밀실 안으로 사라져 갔다.

드넓은 공간.

천장에는 화려한 야명주가 박혀 있고 바닥에는 유리알 같은 대리석이 깔려 있다.

사방 벽에는 빼곡한 서가가 들어차 있고, 방 중앙에는 십여 개의 탁자가 놓여 있는데 그 사이로 스무 명가량의 복면인이 오가며 바쁘게 서류를 나르거나 문서를 작성하고 있었다.

그들 뒤로는 대륙의 정세를 한눈에 파악할 있는 대형 지도가 걸려 있고, 그 오른편에는 비단 휘장으로 가려진 창문 모서리가 살짝 드러나 있다.

창문 옆에는 고풍스런 책상이 놓여 있는데, 오십대가량의 초로인이 태사의에 앉아 두 발을 책상 위에 올려놓은 채 어깨 높이까지 쌓인 서류 뭉치를 읽고 있었다.

사내는 그 앞에 한참 서 있었고, 그렇게 향 한 자루 탈 시간쯤 지나자 초로인에게서 까마귀 울음소리 같은 음성이 흘러나왔다.

"무슨 일인가?"

사내는 얼른 고개를 숙이며 대답했다.

"예. 정체불명의 인물이 본 문으로 잠입하고 있답니다."

"음? 정체불명의 인물이 본 문으로 잠입하고 있다니? 그게 대체 무슨 소리냐?"

초로인이 서류를 읽다 말고 고개를 들었다.

매처럼 날카로운 눈에 종잇장처럼 얇은 입술. 거기다 왼쪽 귀밑에서 반대편 턱까지 사선으로 가로지른 긴 칼자국이 나 있어 무척 잔인하고 냉정해 보이는 얼굴이었다.

그런 인상 때문인지, 사내는 초로인과는 눈도 마주치지 못한 채 공손히 서찰을 내밀었다.

"여기… 해구에서 온 서찰입니다. 제 설명을 들으시는 것보다 이걸 읽어보시는 편이 훨씬 더 빠를 것 같습니다."

"……?"

초로인은 힐끔 사내를 쳐다보다가 무심한 표정으로 서찰을 읽어 내려갔다. 그러다가 어느 대목에 이르러 서찰을 와락 구겨 버리더니 불같은 노성을 터뜨렸다.

"아니, 이게 무슨 소리냐? 외관영 부영주가 갑자기 딴사람으로 뒤바뀐 것 같다니? 대체 이게 무슨 소리냔 말이다!"

초로인의 서슬에 놀란 사내는 자라목으로 더듬거렸다.

"저어… 그게, 저도 아직 잘……."

하긴 전서구가 도착하자마자 달려왔으니 무슨 대답을 할 수 있겠는가?

초로인은 못마땅한 눈빛으로 사내를 노려보다가 다시 서찰을 읽어 내려갔다. 그리고는 신음처럼 혼잣말을 중얼거렸다.

"으음……. 이건 도저히 믿을 수가 없군. 다른 사람도 아닌 청파검이 어찌……?"

초로인은 한동안 말을 잇지 못했다.

비록 남해검문의 최고수 급은 아니라지만, 그래도 청파검쯤 되면 남에게 쉽게 등을 허용하지 않는다.

그런데 어쩌다가 암습을 당하고 그 육신마저 잃어버린 것 같다는 서찰이 날아든단 말인가?

"으음……."

초로인은 곤혹스런 표정으로 한동안 서찰만 만지작거렸다. 그러다가 탕, 소리나게 탁자를 후려치더니 싸늘한 목소리로 명을 내렸다.

"비록 외부의 제보가 있었다지만 이 일은 쉽게 처리해 버릴 사안이 아니다. 가서 외관영과 해구 분타에 연락해 다시

한 번 확인을 요청하도록!"

"존명!"

사내가 급히 밀실을 빠져나가자 초로인은 다시 생각에 잠겼다.

'다른 곳도 아니고 백리상단에서 보내온 소식이란 말이지…….'

그렇다면 따로 확인하고 자시고 할 필요도 없을 것이다.

그들이 호랑이 간을 삶아먹지 않은 이상 거짓 제보를 할 까닭이 없으니.

그럼에도 불구하고 한 번 더 확인해 보라고 한 이유는 청파검의 신분이 남다른 때문이었다.

우선 그의 직위가 외관영 쪽이다 보니 그의 신변에 무슨 이상이 있었는지를 확인하려면 먼저 그의 관할구역인 광동 땅에 사람을 보내거나 전서구를 보내 전후사정을 파악해야만 한다.

그리고 그의 신변에 무슨 이상이 있는 것 같다면, 정말 그가 암습을 당한 게 확실한 것 같다면 흉수를 붙잡아 취조를 해야 하는데, 그러기 위해서는 반드시 한 사람의 동의를 받아야만 했다.

바로 청파검의 형인 벽력패검(霹靂覇劍) 장대릉(張大凌)이었다.

벽력패검 장대릉!

그는 비파각주(秘波閣主)인 초로인, 삼안팔비(三眼八臂) 호요광(胡窈侊)으로서도 쉽게 건드릴 수 없는 사람이었다.

왜냐하면 그의 직위가 자신과 같은 각주 신분이었을 뿐만 아니라 남해검문을 지탱하고 있는 서른여섯 개의 기둥, 즉 남해삼십육검(南海三十六劍) 중의 한 사람이었기 때문이다.

더욱이 그가 맡고 있는 운무각(雲霧閣)은 문주 특명으로 설치된 사정(司正), 감찰기관(監察機關)으로, 문주를 제외한 남해검문 전체의 생살여탈권을 거머쥐고 있었다. 그러니 제아무리 남해검문의 정보를 총괄하고 있는 호요광이라 할지라도 사실관계가 명확하지 않은 이상 그의 동생 문제에 함부로 나설 수 없었던 것이다.

그런 이유로 청파검의 신변 이상 여부부터 확인해 보려는 것인데, 문제는 정체불명의 인물이 벌써 코앞에 다다르고 있다는 사실이었다.

'할 수 없군. 어설프게 끼어들었다가 괜히 얼굴을 붉히느니…….'

호요광은 천장을 향해 나직이 소리쳤다.

"비파사령(秘波四靈), 게 있느냐?!"

그 목소리가 끝나기 무섭게 천장에서 시커먼 안개가 맺히더니 소리없이 네 명의 복면인이 나타났다.

호요광은 그중 한 사람에게 서찰을 건네주며 말했다.

"이미 들었겠지만 청파검에게 무슨 문제가 생긴 것 같다. 운무각주께 이 서찰을 보여 드리고 최대한 협조를 부탁해 보도록."

"존명!"

그가 바람처럼 사라지자 호요광은 나머지 복면인들을 보며 말했다.

"자네들은 내 뒤를 따르면서 만약의 사태에 대비하도록."

"존명!"

잠시 후, 호요광은 밀실을 나서 누각 맨 아래층으로 향했다. 그리고 어딘가를 향해 신호를 보내자 연못 속에서 하얀 물보라가 솟구치더니 시커먼 돌다리가 수면 위로 부상(浮上)했다. 이는 누각 주변이 살인적인 기관진식(機關陣式)으로 둘러싸여 있기에 제아무리 호요광이라 하더라도 누각을 벗어나기 위해서는 눈앞의 돌다리를 이용할 수밖에 없었던 것이다.

"혹시나 해서 하는 말이지만, 괜히 풀을 건드려 뱀을 놀라게 할 필요 없다. 그러니 내 명이 떨어지기 전에는 절대 먼저 손을 쓰는 일이 없도록 하라."

복면인들에게 나직이 주의를 준 호요광은 바람처럼 몸을 날려 돌다리를 건너갔다. 뒤이어 복면인들마저 어둠 속으로 사라지고 나자 희미한 기관음이 울리더니 돌다리가 다시 수면 아래로 하강했다.

남해검문

魔道天下

따각, 따각.

말발굽 소리가 차츰 줄어들었다.

마차의 속도 역시 현저히 느려졌다.

'드디어 놈들의 본거지에 도착한 모양이군.'

묵자후가 속으로 중얼거리는 순간 어자석에서 누군가가 소리쳤다.

"의기천추(意氣千秋), 대해무쌍(大海無雙)! 외관영 부영주시다! 문을 열어라!"

그 소리가 울려 퍼지고 잠시 기다리자 육중한 대문이 그그긍 소리를 내며 좌우로 벌어졌다.

마차는 그 사이로 전진했고, 얼마 지나지 않아 완전히 움직임을 멈췄다.

"부영주님, 문루(門樓) 앞입니다. 내리실 채비를 갖추시지요."

묵자후는 그 소리를 듣고 창밖을 내다봤다.

캄캄한 밤이었다.

그러나 저 멀리 보이는 전각군과 방금 지나온 정문 쪽에는 환한 불빛이 일렁이고 있었다.

그 현란한 불빛을 보며 속으로 감탄하고 있는데, 점박이가 옆구리를 쿡쿡 찔러왔다.

왜 그러나 싶어 고개를 돌리니 점박이가 마차 문을 열고 텁석부리를 향해 공손히 허리를 숙이고 있었다.

"부영주님, 다 왔습니다. 이제 그만 내리시지요."

'이런!'

묵자후는 부랴부랴 마차에서 내려 점박이처럼 공손히 고개를 숙였다. 아직 강호 경험이 부족하다 보니 상관을 모시는 기본적인 예의조차 모르고 있었던 것이다.

잠시 후 텁석부리가 엉거주춤 자리에서 일어났고, 마차를 떠나보낸 세 사람은 함께 문루 쪽으로 걸음을 옮겼다. 그리고 막 문루를 통과하려는 순간,

"그대들은 잠시 걸음을 멈춰라!"

맞은편에서 느닷없는 고함 소리가 들려왔다. 뒤이어 주위

가 환하게 밝아오더니 한 무리의 그림자가 나타났다.

호요광을 비롯한 비파사령과 형형한 눈빛을 번뜩이고 있는 스무 명가량의 운무각 무인들. 그리고 그 뒤에서 팔짱을 끼고 서 있는 벽력패검 장대릉 등이었다.

그중 호요광이 앞으로 나서며 말했다.

"어서 오시게, 부영주. 원로에 고생 많으셨네. 그래, 어디 불편한 곳은 없었는가?"

환한 표정으로 양손을 벌려 보이는 호요광.

그러나 그의 시선은 뱀처럼 차가웠고 입가엔 비릿한 미소가 감돌고 있었다. 하지만 텁석부리는 그런 사실을 눈치 채지 못한 듯 당황한 표정으로 고개를 끄덕였다.

"아, 예. 원로에 불편, 불편한 곳은 없었는데……."

그러면서 뭐라고 중얼거리는 동안, 묵자후는 두어 걸음 뒤로 물러나 호요광 등에게 정중히 포권을 취해 보였다. 순간, 호요광의 시선이 묵자후를 스치고 지나갔지만, 별다른 이상을 발견하지 못한 듯 다시 텁석부리에게 되돌아갔다.

"그래, 듣자 하니 오는 동안 제대로 쉬지도 못 했다면서? 내 그럴 줄 알고 연회를 준비해 두라 일렀네. 가서 오랜만에 회포도 풀고 바깥소식도 좀 들어보세나."

그 말과 함께 의미심장한 눈빛으로 장대릉을 돌아본다.

뭔가 이상하지 않느냐는 뜻.

하긴 지금의 청파검은 누가 봐도 이상했다.

평소의 냉정하고 무뚝뚝한 모습 대신 잔뜩 주눅이 든 어리벙벙한 모습으로 서 있었으니.

그 때문에 혹시나 하고 바라보던 장대릉조차 냉랭한 표정으로 고개를 휙 돌려 버리고 만다.

'후후. 역시 청파검이 아니란 말이지?'

호요광은 회심의 미소를 지으며 텁석부리에게 다가갔다.

"아니, 연회를 준비해 두었다는데 왜 그리 멀뚱하게 서 있나? 자네는 나와 함께 가면 되고, 그대들은 웅풍각(雄風閣)에서 별도의 명을 기다리도록 하게."

그러면서 눈짓으로 신호를 보내자 비파사령이 텁석부리를 에워쌌다. 동시에 운무각 무인들이 원진을 이루며 묵자후와 점박이 등을 에워싸기 시작했다.

'어이쿠! 이게 무슨 일이야?'

그제야 분위기가 뭔가 이상하게 돌아간다는 걸 눈치 챈 점박이는 후닥닥 텁석부리와의 거리를 벌리며 울상으로 소리쳤다.

"아이고, 왜, 왜들 이러십니까? 저희들은 명을 받고 부영주님을 마중 나간 것뿐입니다. 그런데 왜 비파각과 운무각에서……?"

그 말이 채 끝나기도 전에,

"갈! 몇 가지 조사할 게 있어서 그러니 잠자코 명을 따르도록!"

호요광이 매서운 눈길로 호통쳤다. 뒤이어 그는 멍하니 서 있는 텁석부리의 어깨를 감싸 안으며 속삭이듯 말했다.

"자, 저놈들은 따로 움직일 테니 우리 먼저 출발하도록 하지!"

그러면서 암경(暗勁)으로 텁석부리의 견정혈(肩井穴)을 제압하자 텁석부리가 고통에 겨워 앓는 소리를 냈다.

"끄윽! 이, 이게 무슨 짓입니까? 저는 청파검입니다. 남해검문의 외관영 부영주, 청파검 장일해란 말입니다!"

텁석부리가 애절한 목소리로 소리쳤지만 어느 누가 그 말을 믿겠는가?

청파검답지 않게 덜덜 떨리는 목소리인데다 비에 젖은 강아지처럼 사지를 벌벌 떨고 있었으니…….

결국 텁석부리는 호요광과 함께 어둠 속으로 사라졌고, 묵자후와 점박이 등은 운무각 무인들에게 이끌려 집법전(執法殿) 산하에 있는 형당(刑堂)으로 끌려갔다.

그리고 해시(亥時:21시~23시) 말(末) 무렵.

외관영과 해구에서 답신이 도착했다.

청파검을 배웅하러 간 외관영 무인 세 사람이 선착장 주변에서 행방불명되어 버렸다는 소식과, 내일 오후쯤 백리상단에서 구매사절이 올 것인데 그 대표격인 백리혜혜가 이번 사건에 대해 몇 가지 증언할 게 있다는 소식이었다.

또한 청파검을 호위하기 위해 해구 분타에서 삼릉검 오태

독을 비롯한 네 명의 무인을 파견했으니 참고하라며 용모파기를 보내왔다.

그리고 자정 무렵.

"끄아아아아악!"

처절한 비명이 밤하늘을 뒤흔들었다.

"끄으… 나는 청파검 장일햅니다. 당신들이 아무리 아니라고 우겨도 남해검문의 외관영 부영주, 청파검 장일해란 말입니다. 끄아아아아……!"

고문에 못이긴 텁석부리의 애타는 절규였다.

그 목소리를 들으며 묵자후는 피식 실소를 흘렸다.

"조금 부작용이 있긴 하지만, 그런대로 쓸 만하군……."

혼잣말을 중얼거리며 좌우로 목을 꺾는 묵자후.

그의 얼굴이 또다시 변하고 있었다.

방금 전까지만 해도 묵자후를 닦달하고 있던 사내.

지금은 묵자후를 대신해 쇠사슬에 매달려 침을 질질 흘리고 있는 족제비처럼 생긴 중년인의 모습으로.

* * *

끼이익……!

문이 열렸다.

지하 고문실을 막고 있던 녹슨 철문이 열렸다.

역한 피비린내가 흘러나오고, 그 안에서 한 사람이 걸어나오자 모두의 시선이 그에게 집중됐다.

"오! 양 형, 벌써 끝난 모양이지?"

누군가가 웃으며 묻자 족제비처럼 생긴 중년인이 고개를 끄덕였다. 뒤이어 출입구 쪽으로 걸음을 옮기는 찰나 또 다른 누군가가 그 앞을 막아섰다. 한쪽 구석에서 인두를 달구고 있던 민대머리의 거한이었다.

"이봐, 양 형! 오늘따라 왜 이렇게 빨리 끝내 버린 거야? 자네 때문에 이놈을 쓸 기회가 사라져 버렸잖아!"

인상을 찌푸리며 시뻘겋게 달아오른 인두를 뒤로 휙 집어던진 민대머리는 족제비처럼 생긴 중년인, 묵자후에게 시비를 걸었다.

"듣자 하니 저 안에서 이상한 신음이 들리던데, 혹시 놈의 엉덩이라도 핥아준 건가? 그래서 이렇게 빨리 끝나 버린 거야?"

그 말이 끝나자 주위에서 와! 하는 웃음이 터져 나왔다.

민대머리는 그에 고무된 듯 손가락으로 묵자후의 뺨을 쿡쿡 찌르며 잇달아 시비를 걸었다.

"그리고, 이 시간에 어딜 가려는 거지? 설마하니 자네 일 끝났다고 의리없이 먼저 퇴근하려는 거야, 응? 그렇게 멍청히 서 있지만 말고 뭐라고 대답을 해보란 말이야!"

순간, 묵자후의 얼굴에 서늘한 미소가 어렸다. 동시에 한

손으로 놈의 손가락을 낚아채더니 무미건조한 목소리로 말했다.

"내가 일을 빨리 끝낸 건 내 실력이 뛰어나서고, 내가 이 시간에 밖으로 나가려는 이유는 놈에게서 몇 가지 실토를 받아냈기 때문이야. 그래서 당주께 보고하러 가는 길인데, 왜? 네 놈이 대신 보고해 주게?"

그 말과 함께 놈의 손가락을 확 비틀어 버렸다.

우두둑!

"끄악!"

느닷없는 통증에 놈이 비명을 질렀지만 묵자후는 눈도 깜짝하지 않았다. 오히려 놈의 손가락을 완전히 짓이겨 버린 뒤, 무릎으로 그의 사타구니마저 강타해 버렸다.

"꾸왜액!"

놈이 죽는다며 펄쩍펄쩍 뛰었지만 그는 마음대로 쓰러질 수도 없었다. 묵자후가 여전히 그의 손가락을 붙잡고 있었기 때문이었다.

"끄으으… 이, 이 거지 발싸개 같은 놈이……?"

결국 놈이 흉광을 번뜩이며 욕을 퍼부어댔다.

실로 대단한 근성이었지만 거기까지가 놈의 한계였다.

부우웅! 퍽!

묵자후가 싸늘히 웃으며 주먹을 휘두르자 놈의 얼굴이 꽈리처럼 터져 나갔다. 동시에 그 큰 덩치가 허공을 날아 일 장

밖으로 나가떨어졌다.

우당탕, 쿵!

"꼬르륵……."

이윽고 놈이 요란한 소음을 일으키며 쓰러지자 주위에 있던 이들이 깜짝 놀라 자리에서 일어났다.

"맙소사!"

"자네, 지금 무슨 짓을 한 건가!"

모두가 경악한 표정으로 묵자후를 바라보는 동안 한 사람이 달려가 민대머리의 눈을 까뒤집어봤다.

"이런! 즉사는 면했지만 오래 살긴 힘들 것 같군."

사내가 고개를 설레설레 내저을 만큼 민대머리의 상태는 처참했다.

묵자후의 권격에 맞아 콧등이 꺼지고 양 광대뼈가 으스러진 가운데 눈알이 반쯤 튀어나왔고, 낭심이 터졌는지 사타구니 주위가 피범벅으로 변해 버렸다. 거기다 지면에 부딪친 충격으로 양 팔꿈치가 역으로 꺾인 채 부러져 있었으니, 웬만큼 고문에 익숙한 이들도 속에서 토악질이 나올 정도였다.

"휴… 난 자네가 이토록 강한 무공을 지니고 있을 줄은 꿈에도 생각지 못했네. 하지만 구 형이 아무리 잘못했기로서니 상황에 비해 너무 지나친 손속이었어!"

민대머리의 혼혈을 짚으며 묵자후를 노려보던 사내. 그러나 묵자후와 정면으로 눈이 마주치자 찔끔한 표정으로 얼른 했던 말을 주워 담았다.

"하, 하지만 자네가 평소에 당한 게 있었으니 이쯤에서 마무리 짓도록 하지. 그, 그렇지 않고 여기서 더 일을 벌였다가는 우리 모두 당주님께 문책을 받게 될 거야. 험, 험……."

어색한 표정으로 두어 번 헛기침을 내뱉은 사내는 묵자후의 시선을 피하며 모두를 재촉했다.

"다들 왜 그리 멍하니 서 있나? 어서 구 형을 침상으로 옮기고 약왕당(藥王堂)에 사람을 보내! 그리고 자네는… 아! 당주님께 보고할 게 있다고 했지? 그럼 청풍각(淸風閣)으로 가 보게. 아마 거기서 기다리고 계실 것이네."

그 말과 함께 허겁지겁 자리를 피해 버리는 사내.

덕분에 묵자후는 아무 제재도 받지 않고 고문실을 빠져나올 수 있었다.

"휴우……. 평소에 얌전하던 사람이 화내면 더 무섭다더니 그 말이 정말이었어. 아까 양 형이 날 쳐다보는데, 마치 천길 벼랑 끝에서 호랑이를 만난 기분이었다니까."

묵자후가 사라지고 나자 바닥에 털썩 주저앉은 사내.

그가 안도의 한숨을 쉬며 동료들에게 변명 아닌 변명을 늘어놓을쯤, 묵자후는 형당 당주와 대면하고 있었다.

"뭐라고? 놈에게서 중요한 사실을 알아냈다고? 그럼 안으로 들게. 어서."

사십대의 비대한 덩치가 환한 표정으로 묵자후를 반겼다.

그는 자기에게 무슨 일이 닥치는지도 모르고 주위에 있던 수하들을 모두 내보낸 뒤, 묵자후에게 자리까지 마련해 줬다.

하지만 방문이 닫히고, 경계를 서고 있던 이들마저 멀리 사라지고 나자 그는 뻥 뚫려 버린 배를 움켜쥔 채 답답한 신음을 흘려야만 했다.

"크윽! 네, 네놈이 이게 무슨……?"

그는 피를 울컥울컥 토하며 안간힘으로 수하들을 부르려 했다. 그러나 그의 목소리는 문지방조차 넘어서지 못했다. 어느새 묵자후가 강기막으로 음파를 차단시켜 버린 때문이었다.

결국 혼자 몸부림을 치다가 맥없이 쓰러져 버린 덩치.

묵자후는 무심히 바라보다가 천천히 그를 일으켜 세웠다.

그리고 향 한 자루 탈 시간쯤 지났을까?

콰지끈!

갑자기 방문이 산산조각으로 터져 나갔다. 뒤이어 시커먼 그림자가 뛰어나오더니 미친 듯이 고함을 지르기 시작했다.

"으아아! 이런 미친놈 같으니! 감히 날 암살하려고 들어? 여봐라! 게 아무도 없느냐?"

좌우를 둘러보며 길길이 날뛰는 사내.

놀랍게도 그는 방금 전에 죽은 비대한 덩치였다.

그의 발밑에는 배가 뻥 뚫리고 얼굴이 짓뭉개져 버린 처참

한 시신이 널브러져 있었는데, 뒤늦게 달려온 경계무인들이 그 시신을 수습하고 장내 정리에 나섰다.

이윽고 주변이 말끔히 정리되자 비대한 덩치—로 변신한 묵자후—는 주변을 돌아보며 긴 한숨을 내쉬었다.

"휴우… 이건 도저히 있을 수 없는 일이다. 이때껏 멀쩡하던 녀석이 갑자기 내게 암습을 가하다니……! 어젯밤 일도 그렇고, 아무래도 전주님께 보고를 드려야 할 것 같다."

묵자후가 허탈한 표정으로 중얼거리자 주위에 있던 경계무인들이 너나없이 고개를 끄덕였다.

"그럼 제가 집법전까지 모시겠습니다."

몇 놈은 아예 호위를 자청할 정도였다. 그만큼 다들 정신이 나간 상태였는데, 그럴 수밖에 없었던 까닭은, 그들이 장내에 도착하자마자 가장 먼저 보게 된 장면이 바로 당주 집무실이 산산이 부서져 있고 피비린내가 사방에 진동하는 가운데, 비대한 덩치가 누군가의 시신을 걷어차며 마구 발광하고 있는 장면이었다. 때문에 어느 누구도 지금 상황에 대해 이성적으로 판단할 수 있는 사람이 없었던 것이다.

그에 비해 묵자후는 침착하고 냉정했다.

"아니다. 밤이 깊었으니 나 혼자 다녀오도록 하마. 대신 너희들은 이 일이 새어나가지 않도록 조심하고, 내 허락 없이는 어느 누구도 출입하지 못하게 경계에 만전을 기하고 있도록 해라."

그렇게 경계무인들을 따돌린 뒤 유유히 장내를 빠져나왔다.

"존명! 그럼 조심해서 다녀오십시오!"

그것도 경계무인들의 깍듯한 환송(?)을 받으며.

* * *

"휴우……."

자시(子時:23시~01시) 말(末).

한 사람이 창밖을 보며 긴 한숨을 내쉬고 있었다.

지난 세월이 이마에 잔주름을 패어놓았지만, 아직까지는 두 눈에 서릿발 같은 광채가 흘러나오고 잘 다려진 무복 안에 터질 듯한 근육이 꿈틀거리고 있어 마치 강철 같은 느낌을 주는 사내, 벽력패검 장대릉이었다.

그가 평소와 달리 수심에 찬 얼굴로 창밖을 내다보는 이유는 다름 아닌 동생, 장일해 때문이었다.

명문가의 형제들이 으레 그렇듯, 장대릉과 장일해는 서로에게 정을 내거나 살갑게 구는 사이가 아니었다.

가끔 만나면 안부를 묻거나 집안의 대소사를 의논하긴 하지만, 혹시 못 만나게 되더라도 알아서 잘 지내고 있겠거니 생각하며 무심코 지나가 버리고 마는, 어찌 보면 소원하고 어찌 보면 각자 독립적인 삶을 살고 있었다. 그러다가 어젯밤,

동생이 참변을 당한 것 같다는 소식을 듣게 되자 장대릉은 순간적으로 이성이 마비되는 것을 느꼈다. 동시에 이제껏 잊고 지냈던 유년시절의 기억이 떠올라 아무 일도 손에 잡히지 않았고 동생의 영상만 눈앞에 아른거렸다.

그때부터 자기가 너무 무심했구나 싶어 속으로 가슴을 치던 장대릉은 호요광에게 흉수를 넘겨받자마자 그의 얼굴 가죽을 뜯어버리고 사지를 부러뜨리는 등 한바탕 화풀이를 해댔다.

그러나 울화가 가라앉기는커녕 이전보다 더한 분노에 사로잡혔다.

놈이 곤죽이 된 상태에서도 계속 스스로를 장일해라고 우겨댄 데다, 놈의 얼굴 가죽을 뜯어봐도 생살만 벗겨질 뿐 인피면구(人皮面具)를 쓴 흔적이 전혀 발견되지 않았기 때문이었다.

그래서 홧김에 그를 죽여 버리려다가 수하들의 만류에 못 이겨 거처로 돌아온 것인데, 동생의 생사가 불분명한 상황이니 휴식인들 제대로 취할 수 있을까.

결국 잠깐 침상에 누웠다가 곧바로 자리에서 일어난 장대릉은 지금까지 창가를 서성이며 생각에 잠겨 있었던 것이다. 그런데 어두운 밤하늘을 보며 장시간 고민하다 보니 문득, 자기 동생이 저런 머저리 같은 놈에게 죽임을 당하고 그 육신마저 빼앗겨 버렸을까 하는 의문이 들었다.

'아니다! 그럴 리가 없다!'

방금 전에도 심문해 봤지만, 놈은 결코 동생을 상대할 만한 그릇이 못되었다.

설령 놈이 기적 같은 행운으로 동생을 죽이고 그 육신을 차지했다 하더라도 동생 몸속에 흐르는 내공만은 바꿀 수 없었을 터.

그런 사실을 증명이라도 하듯, 놈의 공력은 기껏해야 삼십년 정도였다. 즉, 일 갑자(甲子)를 상회하던 동생 공력의 반밖에 되지 않았던 것이다.

게다가 놈의 말투나 행동을 봐도 동생의 그것과는 현격한 차이가 있었으니 제아무리 암습을 당했다 한들 저런 어설픈 놈에게 당할 동생이 아니었다.

'그렇다면?'

놈은 진정한 흉수가 아닐 것이다. 잔재주에 능한 하수인에 불과할 것이고 이 일을 꾸민 자는 따로 있을 것이다!

'그렇다면 우선 놈의 배후부터 알아내야 한다!'

그때부터 마음이 바빠졌다. 그래서 옷을 갈아입는 둥 마는 둥 하며 급히 취조실로 향했다. 수하들이 깜짝 놀라 고개를 숙였지만 장대릉은 곧바로 텁석부리의 멱살부터 움켜잡았다.

"이놈, 바른대로 대라! 누구냐? 누가 내 동생을 해치고 너를 이곳에 잠입시켰느냐? 사지를 짓뭉개 버리기 전에 어서 사실대로 고하지 못할까!"

장대릉은 고함을 지르며 텁석부리의 뺨을 후려쳤다. 그러나 이미 텁석부리는 혈인(血人)이 되어 숨이 반쯤 넘어간 상태. 그러니 제대로 된 대답이 나올 리 없었다.

하지만 그에 아랑곳하지 않고 미친 듯이 닦달을 해대는 장대릉.

그 바람에 입장이 난처해진 수하들은 서로 눈치를 살피다가 텁석부리의 몸에 진기를 불어넣어 줬다.

일시적으로 정신을 차리게 만들려는 의도였지만,

"으으……."

텁석부리는 몇 마디 말도 내뱉지 못한 채 그만 숨을 거두고 말았다.

그동안의 고문으로 숨이 간당간당한 상태에서 과도한 진기가 흘러들어 오자 심맥이 견디지 못하고 파열되어 버린 것이다.

"으아아! 이런 개 같은 놈! 어서 눈을 떠! 눈을 뜨고 날 보란 말이야!"

장대릉이 괴성을 지르며 텁석부리의 목을 흔들었지만 아무 소용도 없었다. 이미 텁석부리의 영혼은 이승을 떠난 지 오래였으니.

"크으. 이 오살을 하고 육시를 할 놈! 감히 근본도 알 수 없는 놈 따위가 내 동생의 명예에 먹칠을 하고 이대로 죽어버리다니. 으아아!"

장대릉은 괴성을 지르며 텁석부리의 시신을 걷어찼다.

놈이 이대로 죽어버렸으니 이제 자기 동생은 영원히 오명(汚名)을 씻지 못하게 된다. 저런 어리바리한 놈에게 암습을 당하고 시신조차 온전히 남기지 못한 사내로 남해검문의 역사에 기록되고 마는 것이다.

그래서 억장이 무너지는 심정으로 텁석부리의 시신을 걷어차고 있는데,

푸슈슈…….

갑자기 시신에서 바람 빠지는 소리가 났다. 뒤이어 시신의 골격이 서서히 비틀리더니 이전과는 전혀 다른 낯선 체형으로 변해갔다.

'오오!'

장대릉은 자기도 모르게 주먹을 움켜쥐었다.

역시 놈은 동생으로 위장한 하수인에 불과했다!

'그렇다면……?'

동생은 아직 살아 있을지도 모른다.

이 일을 꾸민 자가 누군지 모르겠지만, 그가 노리는 건 동생의 목숨이 아닌 다른 그 무엇일 확률이 높다는 생각이 들었다.

'그게 뭘까?'

속단할 순 없지만, 놈은 동생의 신분을 이용해서 뭔가 이득

을 취하려 했을 공산이 크다.

'하지만 외관영 부영주 신분으로는 얻을 수 있는 이익이 거의 없는데……?'

그런 생각을 하다 문득 한 가지 가정(假定)이 떠올랐다.

'혹시 놈이 노리는 건 본 문의 권력구도 문제가 아닐까?'

그럴 가능성이 높았다. 현재의 남해검문은 문주가 유고(有故)인 상태나 마찬가지였으니.

전대 문주—라고 하면 좀 이상하게 들리겠지만—남해신검 왕세유가 내관영 소속 무인들을 이끌고 검웅 이시백과 함께 천금마옥에 갔다가 행방불명이 된 지 벌써 일 년이 지났다.

그동안 수없이 많은 조사단을 파견해 주변 해역을 이 잡듯이 뒤져봤지만 천금마옥조차 사라져 버린 상황이라 문주의 생사여부를 장담할 길이 없었다.

그래서 문주가 돌아올 때까지 원로원의 다섯 장로와 비파각주, 그리고 운무각주인 자신과 집법전주 등이 문내의 대소사를 함께 처리하고 있는 형편이었으니, 누군가가 동생을 이용해서 자신을 회유하거나 협박하려 했을 수도 있다는 생각이 들었다.

'그러나 추측은 추측일 뿐!'

현재로서는 놈의 배후를 파악하는 게 급선무였다.

"아까 이놈과 함께 잡혀온 놈들이 있었지? 그놈들 지금 어디에 있나?"

"예. 형당에서 심문을 받고 있습니다."

"그래? 그럼 포 당주에게 양해를 구하고 이쪽으로 데려오도록."

"존명!"

수하들이 고개를 숙이며 뒤돌아서는 찰나,

"아니. 아니다. 나도 함께 가도록 하지."

장대릉이 앞장서서 걸음을 옮기기 시작했다.

악몽

魔道天下

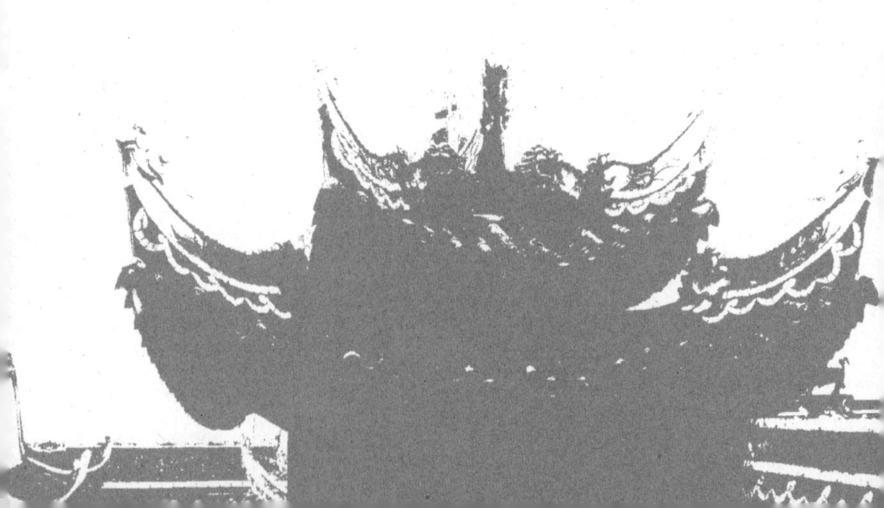

축시(丑時:01시~03시) 초(初).

사방엔 짙은 어둠이 깔려 있다.

묵자후가 앉아 있는 나뭇가지 위에도 어둠이 내려 한 치 앞도 제대로 보이지 않았다.

그러나 묵자후는 사물을 분간하는데 아무 어려움도 겪지 않았다. 이미 어릴 때부터 천금마옥에서 단련이 되어 있어 그 누구보다 어둠에 친숙한 때문이었다.

'흠… 저기서부터 진정한 남해검문이 시작된다고 했던가?'

조금 전, 형당 당주를 제압하면서 얻은 정보였다.

고요한 밤의 적막에 휩싸인 건물.

저 건물을 지나면 비파각과 운무각이 나오고, 그 뒤로 몇 마장쯤 가면 이곳에서 내관영이라 불리는 창해전(蒼海殿)이 나온다고 했다.

그리고 창해전을 지나면 다섯 개의 화원과 일곱 개의 담장으로 둘러싸인 문주 집무실이 나오고, 문주 집무실을 지나 오지산 정상 쪽으로 올라가면 가파른 절벽 사이에 조사동(祖師洞)과 원로원(元老院)이 세워져 있다고 했다. 그러니 여기서부터 진정한 의미의 남해검문이 시작된다고 할 수 있다.

'후우웁!'

묵자후는 천천히 심호흡을 했다.

이제부터 놈들의 심장부로 들어선다고 생각해서일까?

갑자기 그날의 기억이 떠올랐다.

채채챙! 카앙!

"끄악!"

"으아악!"

고막을 울리던 병장기 소리와 코끝을 아리게 만들던 매캐한 유황냄새.

애간장을 저미던 비명 소리와 가슴을 철렁하게 만들던 끔찍한 폭발음.

그리고…….

"후아야, 살아남아야 한다! 너만은 반드시 살아남아서 우리의 염원을 이루어주어야 한다!"

"이제 마도의 미래는 네 어깨에 달려 있다. 부디 경거망동을 삼가 마도천하를 이루어다오!"

누구 목소리였을까?

피맺힌 고함 소리가 고막을 웅웅 울려왔다.

묵자후는 잠시 밤하늘을 쳐다보다가 지그시 입술을 깨물었다.

'다들 걱정하지 마세요. 저깟 놈들이야 단숨에 박살 낼 수 있어요. 방심 같은 거 하지 않고 철저히 부숴놓을 테니 제가 어떻게 싸우는지 똑똑히 지켜봐 주세요…….'

속으로 중얼거리며 다시 전면을 바라보는 순간, 묵자후의 눈에서 섬뜩한 안광이 폭사되었다.

'담장 위에 두 놈, 입구 쪽에 세 놈. 그리고 좌우 숲 속에 다섯 놈!'

모두 전각 근처에 은신하고 있는 놈들이다.

하지만 저들보다 더 신경 쓰이는 사람이 있었다.

전각 안쪽에서 고요한 기도를 흘리고 있는 사람.

'누군지 몰라도 대단하군! 기의 흐름이 거의 느껴지질 않아.'

아마 저 건물의 최고 책임자인 집법전주일 것이다.

'그가 이곳에서 열 손가락 안에 드는 고수라고 했지? 어디, 소문만큼 대단한지 한번 두고 보자구…….'

싸늘한 미소를 지으며 지면으로 내려선 묵자후. 집법전을 향해 천천히 걸음을 옮기자 어둠 속에서 누군가가 소리쳤다.

"정지! 이곳은 출입금지 구역이다. 다가오는 자는 걸음을 멈추고 신분과 소속을 밝혀라!"

그러나 묵자후는 들은 척 만 척, 몇 걸음 더 앞으로 나아갔다.

그러자 사방에서 오싹한 살기가 날아들었고, 그제야 걸음을 멈춘 묵자후는 태연한 음성으로 대답했다.

"나요."

"…나라니?"

"아, 나라니깐!"

"아니, 어느 놈이 감히 장난을……?"

한 놈이 부아가 치밀었는지 밖으로 뛰쳐나왔다.

그는 살벌한 눈빛으로 묵자후를 노려보다가 마지못해 아는 척을 했다.

"아니, 포 당주께서 어인 일이오?"

생전 처음 보는 얼굴이었지만 묵자후는 웃으며 대답했다.

"급히 보고드릴 일이 있어서 왔소. 전주께 청을 좀 넣어주시오."

"불가하오! 이미 침소에 드셨으니 아침에 다시 오시오."

"이런! 급한 일이라니까. 본 당에 변고가 발생했단 말이오."

"그래도 마찬가지요. 전주께서 침소에 드신 이상 어느 누구도 출입할 수 없소. 이는 포 당주께서도 익히 알고 계시는 사실이잖소?"

완강한 사내의 말에 묵자후는 어깨를 으쓱했다.

"정말 안 되겠소?"

"그렇소. 내 역량 밖의 일이오."

그 말이 흘러나오는 순간, 묵자후의 표정이 백팔십도 달라졌다.

"할 수 없군. 안 그래도 시간이 너무 많이 걸리는 것 같아서 고민이었는데……."

그 말이 끝나기 무섭게 묵자후의 신형이 엿가락처럼 쭉 늘어났다.

"헉! 포 당주? 당신……?"

사내가 깜짝 놀라 뭐라고 소리치려 했지만 그는 말을 끝까지 이어나갈 수 없었다. 어느새 묵자후의 지풍에 맞아 이마가 뻥 뚫려 버린 때문이었다.

"헉? 저자가?"

"포 당주? 당신 지금 뭐 하는 짓이오?"

다른 놈들도 마찬가지였다. 몇 놈이 대경실색하여 몸을 날려 왔지만 어느새 묵자후의 손이 활짝 펼쳐졌고, 그들은 각자 이마와 목, 심장 등에 피를 흘리며 하나둘 쓰러지고 말았다.

"뭐야, 이놈들? 왜 이렇게 허약해?"

묵자후는 곤혹스런 표정으로 좌우를 둘러봤다.

놈들이 너무 빨리 죽어버리는 바람에 필요한 정보를 얻지 못했다. 더구나 이 많은 시체들을 어찌 처리한단 말인가?

"이럴 줄 알았다면 좀 더 힘 조절을 하는 건데……."

묵자후는 한숨을 푹푹 내쉬다가 나뭇가지 몇 개를 꺾어들었다. 뒤이어 오행과 팔괘에 따라 진(陣)을 펼치고 양손으로 장력을 내뿜자 놀라운 일이 벌어졌다.

우우우웅…….

진 안에서 강한 회오리바람이 일어나더니 시체들이 두둥실 허공으로 떠오르기 시작한 것이다.

하지만 원래 의도는 그게 아니었던 듯, 묵자후는 살짝 인상을 찌푸렸다.

"이런! 정오행이 아니고 반오행이었던가?"

그러면서 다시 나뭇가지를 꺾어 진을 보강하자 시체들이 우당탕, 바닥으로 곤두박질쳤다. 이후 신중한 표정으로 장력을 내뿜자 시체들이 비틀거리며 일어나 천천히 진 안을 맴돌기 시작했다.

"좋아. 이제야 제대로 됐군."

한 가지 아쉬운 게 있다면 시체들이 너무 뻣뻣하게 움직인다는 것.

그러나 어릴 때 배운 강시술을 진법에 적용해 봤으니 나름대로 의의가 있다고 할 수 있다. 그리고 부력(浮力)을 이용한 활혼진(活魂陣)에다 혼돈미리진(混沌迷離陣)을 더했으니 당분간 들킬 염려는 없을 것 같았다.

묵자후는 만족스러운 듯 고개를 끄덕이다가 훌쩍 담을 넘어 집법전 안으로 들어갔다. 이제부터 놈들에게 잊지 못할 악몽을 선사해 주기 위해서였다.

* * *

집법전 안쪽에 위치한 어느 화려한 침실.

생사검(生死劍) 감효득(甘曉得)은 한참 수면에 빠져 있다가 홀연히 눈을 떴다.

'음? 이게 무슨 소리지?'

어디선가 미미한 파공음이 울리고 답답한 신음이 흘러나오더니 상상을 초월하는 기운이 자기 쪽으로 다가오고 있다.

'나도 모르는 사이에 무슨 변고가……?'

감효득은 급히 자리에서 일어나 머리맡에 놓인 검을 집어 들었다. 그리고는 설렁줄을 당겨 수하들을 부르려다가 이내 고개를 가로저으며 차분히 가부좌를 틀었다.

이미 그는 신검합일(身劍合一)의 경지에 다다른 사람.

더욱이 이곳에서 열 손가락 안에 드는 고수였으니 상대의 기운을 감지하지 못할 리 없다. 따라서 괜히 수하들을 불러 주위를 번잡케 만드느니 자신의 마음부터 다스리려는 것이다.

붉은 포단 위에 가부좌를 튼 채 반개한 눈으로 명상에 잠긴 감효득.

그 맞은편에서 소리없이 문이 열리더니, 시커먼 그림자가 불쑥 뛰어들어 왔다. 순간, 감효득의 어깨어림에서 푸른 광채가 번쩍였다.

쉬익!

침입자의 목에 사선이 그어지고 그 상처부위에서 붉은 피가 흘러나온 것은 어느새 납검(納劍)을 마친 감효득이 다시 한 번 주위를 탐색하고 있을 때였다.

'으음……!'

의외로 감효득의 안색은 심각하게 굳어 있었다.

지금 눈앞에 쓰러져 있는 사내.

그는 침입자가 아니었다.

자기 휘하에 있는 수하였고, 자신이 베기도 전에 이미 절명한 상태였다.

그런데도 피가 흘러나온다는 것은 죽은 지 얼마 되지 않았다는 뜻.

'그렇다면?

놈은 아직도 이 부근에 있다!

'으드득! 죽은 시체를 이용해 내 이목을 흩뜨리고 눈 깜짝 할 사이에 종적을 감춰 버리다니…….'

누군지 몰라도 무척 잔인하고 교활한 놈이다!

감효득은 속으로 이를 갈며 다시 한 번 주위를 살펴봤다.

기감을 퍼뜨리고 오감을 집중하고……. 내공을 극한까지 올려봤지만 놈의 기척은 전혀 느껴지지가 않았다.

그런데도 이 불길한 느낌은 뭐란 말인가?

마치 거미줄에 걸린 듯, 사방에서 끈적끈적한 살기가 흘러나와 전신을 옥죄어오고 있다. 그에 더하여 방 안 전체에 알 수 없는 기운이 뭉클거리고 있어 흡사 안개 속을 헤매는 미아(迷兒)가 된 기분이었다.

'으음……!'

감효득은 이마에 식은땀을 흘리며 마음의 평정을 유지하려 애썼다. 그러나 손바닥에도 땀이 배었는지 자꾸 검이 미끄러지는 기분이 들어 신경이 날카롭게 곤두섰다.

감효득은 팽팽한 긴장감을 누그러뜨리기 위해 천천히 심호흡을 했다. 그리고는 새끼손가락부터 엄지손가락까지 부드럽게 관절을 풀어나갔다.

바로 그때,

스으윽…….

감효득의 등 뒤로 낯선 그림자가 나타났다.

아무 기척도 없이 불쑥 나타난 그림자.

손가락 끝에 새파란 지강을 일렁이며 무심한 눈길로 감효득을 바라보고 있었다. 그런데도 감효득은 아무 느낌도 받지 못한 듯 굳은 표정으로 좌우만 살피고 있었다.

'쯧쯧…….'

그런 감효득을 보며 묵자후는 속으로 혀를 찼다.

바로 등 뒤에 적이 서 있는데도 전혀 눈치 채지 못하고 있다니.

저런 자를 상대로 경각심을 가진 자신이 한심스러워졌다. 그래서 곧바로 손을 쓰는 대신 그의 반응을 지켜봤다.

'으음…….'

감효득은 점점 사지가 마비되는 기분이었다.

가부좌를 튼 상태로 너무 오래 긴장하고 있어서였다.

'이러다가는 허리까지 굳어버리겠군…….'

상황이 이렇게 될 줄 알았다면 진작 수하들을 부를 걸 그랬다. 괜한 자존심으로 놈을 상대하려다 오히려 궁지에 몰려 버렸다.

'그러나 이제는 일어나도 되지 않을까?

지금까지 아무 반응이 없는 걸로 미뤄 놈은 이미 물러갔을

지도 모른다. 설령 그렇지 않다 하더라도 이 상태로는 자신이 너무 불리하다는 생각이 들어 조심스럽게 몸을 일으켰다.

그런데,

'헉!'

반쯤 허리를 펴던 감효득은 자기도 모르게 굳어버렸다.

창문을 통해 어렴풋이 비친 그림자.

자기 머리 위에 누군가의 손이 얹혀 있는 게 아닌가?

'이, 이럴 수가……!'

감효득은 순간적으로 심장이 목구멍 밖으로 튀어나오는 기분이었다. 동시에 가슴 저 깊은 곳에서 지독한 분노와 모멸감이 치솟아 이성을 마비시켜 왔다.

무인에게는 죽음을 안길지언정 모욕은 주지 않는 법이거늘.

"이노오옴!"

감효득은 괴성을 지르며 벼락처럼 몸을 틀었다. 그리고 사력을 다해 검을 날렸다.

하지만 아무 느낌도 전해오지 않았다. 그저 바람을 벤 듯 공허한 기분만 느껴졌고 텅 빈 어둠이 망막을 아프게 찔러왔다.

'으으…….'

죽음을 각오한 동귀어진의 수법이었거늘, 그걸 감쪽같이 피해 버리다니.

감효득은 극도의 허탈감이 밀려오는 것을 느꼈다. 동시에 가슴속에서 오싹한 한기가 휘몰아치더니, 기이한 감정이 전신으로 번져 갔다.

감효득 평생에 처음 느껴보는 감정.

그건 바로 공포였다.

저 어둠 속에서 제강(帝江)* 같은 괴물이 자신을 보며 비웃고 있는 것 같아 견디기 힘들었다.

'아니야! 이건 아니야! 내가 누군데? 내가 어떤 사람인데……!'

감효득은 피가 나도록 입술을 깨물었다. 그리고는 좌우를 노려보다가 갑자기 앞쪽으로 튀어나갔다.

"이놈! 나와라! 비겁하게 숨어 있지만 말고 내 앞에 나타나서 검을 받아보란 말이닷!"

괴성을 지르며 미친 듯이 검을 휘두르는 감효득.

그 서슬에 탁자가 잘려 나가고 침상이 부서졌다.

그런데도 묵자후는 여전히 모습을 나타내지 않았다.

"크으, 이 잔인한 놈. 사람을 이토록 비참하게 만들다니……!"

결국 감효득은 어깨를 늘어뜨리며 벽에 등을 기댔다.

더 이상 검을 휘두를 힘도, 의욕도 사라져 버린 때문이었다.

---

* 제강(帝江): 천산에 산다는 괴물. 여섯 개의 다리와 네 개의 날개를 지녔고 눈, 코, 입, 귀가 없다.

그런데 그가 막 벽에 등을 기대는 순간,

스으윽…….

등 뒤에서 기이한 감각이 느껴졌다. 깜짝 놀라 내공을 끌어올렸지만, 허리 어림이 뜨끔하더니 전신이 마비되어 왔다. 뒤이어 벽면이 통째로 녹아내리더니 누군가가 모습을 드러냈다.

"맙소사! 포 당주?!"

감효득은 어찌나 놀랐는지 자기도 모르게 고함을 쳤다.

하지만 퍼뜩 생각해 보니 포 당주일 리가 없었다. 그의 무공은 저토록 뛰어나질 않으니…….

"역시 아니라는 걸 알아채는군."

감효득의 안색이 차츰 정상을 회복하자 묵자후는 서서히 천변만화공을 풀었다. 순간, 감효득은 이전보다 더한 경악에 빠져들었다.

'맙소사! 저런 새파란 애송이였다니?'

저렇게 새파란 놈이, 그것도 저렇게 곱상하게 생긴 놈이 자신을 공포에 떨게 만들었단 말인가?

감효득은 너무 어이가 없어 으르렁거리는 목소리로 물었다.

"네놈은 누구냐? 누구기에 이런 치졸한 귀신 짓거리로 나를 능멸하는 것이냐?"

"치졸한… 귀신 짓거리라고?"

묵자후가 피식 웃으며 한 발을 내딛자 감효득의 안색이 파랗게 질려갔다. 묵자후에게서 엄청난 살기가 밀려와 숨 쉬기조차 힘들었기 때문이다.

그러나 감효득은 애써 목소리를 쥐어짜 냈다.

"그럼 아니란 말이냐? 이런 야심한 시각에 남의 침소에 잠입해 해괴한 사술(邪術)이나 펼쳐대니, 그게 치졸한 짓거리가 아니면 뭐란 말이냐?"

딴에는 어떻게든 시간을 끌어보려는 의도였다. 그러나 묵자후는 눈도 깜짝 않았다.

"후후. 내 신법 때문에 한바탕 혼이 난 모양이군. 그러나 어쩌겠나? 이 모두가 당신 실력이 부족한 탓이니 애꿎은 나를 원망하지 말고 허술한 당신 무공이나 원망하라고."

그러면서 미끄러지듯 다가와 멱살을 틀어쥐어 버린다.

"아! 그리고 방금 내가 누구냐고 물었던가? 많이 기다렸던 질문인데 아쉽게 됐군. 난 곧 죽을 사람에게는 이름을 알려주기 싫어서 말이야."

그 말과 함께 손에 힘을 가하자 감효득이 창백한 표정으로 연신 기침을 터뜨렸다.

그러나 묵자후는 인정사정없었다.

싸늘한 표정으로 암흑쇄겁수를 발동하더니, 시퍼런 지강이 흘러나오는 손으로 감효득의 머리를 쓰다듬기 시작했다. 마치 어디를 찌르면 좀 더 잘 들어갈까 고민하는 듯이.

'으, 으으으…….'

이제 감효득의 안색은 잿빛으로 변해갔다.

내 인생이 여기서 끝나는구나 싶어 눈앞이 캄캄해진 것이다.

그런데 이때, 예상치 못한 변화가 일어났다.

"여봐라! 게 아무도 없느냐?"

멀리서 쩌렁쩌렁한 목소리가 들려온 것이다.

그 음성을 듣는 순간 감효득의 안색이 확 밝아졌다.

'오오! 벽력패검, 벽력패검이 왔구나!'

그랬다.

우렁찬 목소리로 감효득에게 일말의 희망을 안겨준 사람.

그는 다름 아닌 벽력패검 장대릉이었다.

잠시 전, 수하들과 함께 형당에 들렀다가 몇 가지 의심스러운 점을 발견하고 급히 집법전을 찾은 것이다.

하지만 그런 사정을 알 리 없는 감효득. 아니, 알았다 한들 무심하게 넘겨 버렸을 감효득이 이토록 장대릉을 반기는 이유는 죽음밖에 남지 않은 상황에서 의외의 변수가 발생했기 때문이다. 그래선지 다 죽어가던 감효득의 얼굴에 조금씩 화색이 어리기 시작했다. 제발 이놈이 자기를 놔두고 곱게 물러가 주기를……!

처음엔 기대대로 흘러가는 듯했다.

"흠… 안 그래도 허전한 기분이 들었는데 마침 잘됐군! 좋은 먹잇감이 나타났어."

그러면서 놈이 장대릉 일행에게 관심을 가지기 시작한 것이다.

감효득은 이제 살았구나 싶어 안도의 한숨을 내쉬었다.

그런데 이게 어찌 된 일인가?

아무리 기다려도 놈이 움직일 생각을 하지 않고 있는 게 아닌가?

더구나 금방이라도 안으로 뛰어들어 올 듯하던 장대릉 일행도 묵자후와 입을 맞추기라도 한 듯 밖에서 고함만 지르고 있다.

'저런 바보 같은! 한시가 급한데 뭘 꾸물거리고 있는 게야?'

감효득은 속이 바짝바짝 타 들어갔다.

묵자후가 언제 자기 머리통을 깨부술지 몰라서였다.

그런 속내를 알아차렸는지, 묵자후가 피식 웃으며 귀엣말을 속삭였다.

"저들이 왜 안 들어오고 밖에서 얼쩡거리고 있는지 궁금한 모양이군. 하지만 잠깐만 더 기다려 봐. 곧 재미있는 일이 벌어질 테니까."

그 말이 끝나자마자였다.

"으악!"

"어이쿠! 이게 무슨 일이야?"

"끄으, 형님… 형님이 왜 저에게……?"

"아이고, 아니야! 오핼세! 나는 누가 내 등을 노리기에 그걸 막은 것뿐인데……."

"크윽? 왕 형! 미쳤소? 갑자기 검을 휘두르면 나보고 어떡하라고?"

"아니, 오 형! 오 형이 왜 거기 서 있어?"

갑자기 운무각 무인들 사이에서 비명과 고성(高聲)이 흘러나왔다.

다들 주위에서 섬뜩한 살기를 느끼고 급히 방어에 나섰는데, 검을 휘두르고 보니 엉뚱하게도 동료들이 비명을 지르는 게 아닌가?

그에 놀라 검을 멈췄으나 희생자는 계속 늘어나기만 했다.

한 사람이 검을 멈춰도 다른 사람이 뭔가에 놀라 검을 휘둘렀기에 모두 분위기에 휩쓸려 또다시 방어에 나서는 등, 악순환이 이어진 때문이었다.

상황은 장대릉이라고 예외가 아니었다.

"헉! 이놈들, 이게 무슨 짓이냐?"

갑자기 주위에 있던 수하들이 검을 날려온 것이다.

다행히 수비초식을 펼쳐 위기를 모면했지만, 뭔가에 홀리기라도 한 듯 연거푸 검을 날려 오는 수하들.

장대릉은 어이가 없어 버럭 고함을 질렀다.

"이놈들! 네놈들이 감히 하극상(下剋上)을 범할 셈이냐? 그게 아니라면 검을 내려놔라. 좋은 말로 할 때 어서 검을 내려놓으란 말이다!"

그러나 뉘 집 개가 짖느냐는 듯 계속해서 살수만 펼쳐 오는 수하들.

할 수 없이 그들 모두를 베어버린 장대릉은 허탈한 표정으로 뺨을 씰룩였다.

'이게 어찌 된 일인가? 저놈들이 갑자기 왜……?'

장대릉은 너무 충격을 받아 한동안 멍하니 서 있었다. 그러다가 주위를 둘러보니 다른 곳도 비슷한 상황이었다. 대부분의 수하들이 허깨비에 홀린 듯 동료들과 칼부림을 벌이고 있었던 것이다.

'이런!'

장대릉은 그제야 정신이 들었다.

'진법이다! 이 주위에 진법이 설치되어 있었던 거야!'

그런 생각이 떠오르자마자 장대릉은 담장 너머를 향해 전신공력으로 고함을 질렀다.

"이보시오, 감 전주! 어디 계시오? 누가 이 주위에 진을 설치해 둔 모양이오. 우리끼리 상잔(相殘)을 벌이고 있는 상황이니 어서 나와서 진을 좀 해체해 주시오!"

장대릉이 뇌성벽력 같은 고함을 지르자 기왓장이 들썩이

고 사방 벽이 우르르 떨렸다. 그러자 저 멀리 있던 전각에서 하나둘 등불이 켜졌고, 가까이 있던 건물에서는 웅성거리는 목소리가 들려왔다.

하지만 눈앞에 있는 집법전만은 여전한 어둠, 괴괴한 정적만 흘리고 있었다.

"흠… 잘못하다간 손 쓸 사이도 없이 끝나 버리겠군."

묵자후는 창밖을 내다보다가 천천히 뒤돌아 섰다. 그리고는 은근한 표정으로 감효득에게 귀엣말을 건넸다.

"이봐, 저쪽에서 당신을 애타게 찾고 있는데 잠깐이라도 얼굴을 내밀어야 도리겠지?"

그러면서 씨익 웃는데 그 미소가 왠지 오싹하게 느껴졌다.

그래서 감효득은 그럴 리 없다고 생각하면서도 일말의 기대감을 안고 물어봤다.

"그럼… 나를 풀어주겠다는 것이냐?"

"아니. 그건 아니고……."

그러면서 기이한 눈빛으로 정수리를 움켜쥔다.

"헉! 이놈! 무슨 짓을, 내게 무슨 짓을 하려는 것이냐?"

감효득이 화들짝 놀라 기겁성을 토했다.

묵자후가 정수리를 움켜쥐는 순간 기이한 압력이 형성되더니 뭔가가 썰물처럼 정수리 밖으로 빠져나가는 기분이 들어서였다.

"아아, 그렇게 놀랄 필요까지는 없어. 저자가 고함을 지르는 바람에 일이 약간 복잡해졌거든. 그래서 미리 대책을 세워두려는 거야."

그러면서 한쪽 눈을 찡긋하는데 왠지 가슴이 철렁했다. 그래서 불안한 눈빛으로 묵자후를 바라보는데 기절초풍할 일이 벌어졌다.

"으아아! 이 악마 같은 놈! 네놈이, 네놈이 감히?"

감효득은 자기도 모르게 비명을 질렀다. 왜냐하면 놈의 얼굴이 밀가루 반죽처럼 비틀리더니 자신과 똑같은 얼굴로 변해가기 시작한 것이다.

그 얼굴을 보는 순간, 감효득은 절대 벌어져서는 안 되는 끔찍한 상상이 떠올랐다.

"안 된다, 이놈! 내 명예를 더럽힐 요량이라면 차라리 이 자리에서 나를 죽여다오, 제발!"

간절한 목소리로 애원했지만, 묵자후는 차가운 눈빛으로 고개를 내저었다.

"겨우 이 정도 갖고 놀라면 어떡하나? 자, 자. 여기 앉아서 편히 쉬고 있으라구. 곧 재미있는 광경을 보게 될 테니까."

그러면서 감효득의 아혈과 마혈을 찍어 창가에 앉힌 묵자후는 방 안을 뒤져 옷차림을 바꿔 입은 뒤 느릿한 걸음으로 방을 나섰다.

'크으으… 저놈이, 저놈이 대체 무슨 짓을 벌이려고?'

감효득은 조마조마한 심정으로 묵자후를 쳐다봤다.

제발이지 놈이 자기 명예를 더럽히는 일만은 없기를 간절히 바라면서…….

원망

魔道天下

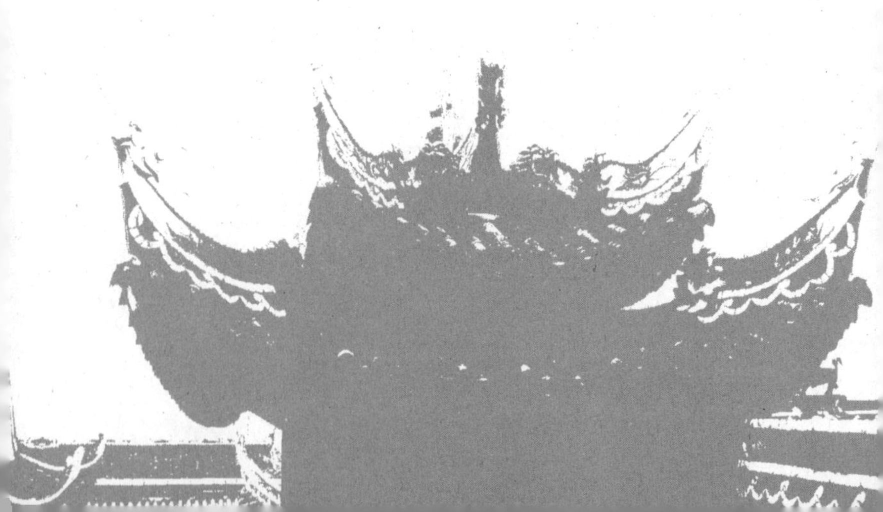

장대릉은 이글거리는 눈빛으로 담장 너머를 쳐다봤다.

'정녕 내 인내심을 시험할 작정인가……?'

벌써 두 번이나 고함질렀는데도 개미 새끼 한 마리 나와보지 않으니 울화가 치밀었다.

'설마 본 문의 주도권 문제로 잦은 언쟁을 벌였다고 그걸 마음속에 품고 있었던가? 그게 아니라면 수하들 정도는 내보내줄 수 있지 않은가?'

평소, 숙면(熟眠)을 중시하여 밤에는 아무도 만나지 않는다는 걸 알고 있었지만, 다른 사람도 아닌 자신이 직접 찾아왔는데 코빼기조차 내보이지 않다니……!

가뜩이나 동생 문제로 신경이 곤두서 있던 장대릉.

기다리는 집법전주는 나오지 않고 계속 피해가 늘어가자 참다못해 벽력무상공(霹靂無上功)을 운용했다. 나중에 감효득과 얼굴을 붉히는 한이 있더라도 진이 설치되어 있는 전각 입구 쪽을 완전히 날려 버릴 작정이었던 것이다.

그런데 그가 기수식을 취하며 검기를 내뿜으려는 찰나,

"아니, 장 각주, 연락도 없이 이 시간에 어인 일인가?"

담장 너머에서 늙수그레한 음성이 들려왔다.

마치 자기가 집법전주라도 된 듯 느긋이 뒷짐을 지고 서 있는 묵자후의 음성이었다.

'으으. 목소리까지 똑같을 줄이야……!'

그 목소리를 듣고 감효득은 참담한 심정으로 이를 갈았는지 모르겠지만, 장대릉은 반색한 표정으로 공력을 풀었다.

"아! 이제 기침(起寢)하신 모양이군요. 밤늦게 소란을 피워 죄송합니다만 몇 가지 알아볼 게 있어 전주를 찾았습니다. 그런데 입구에 진이 설치되어 있어서……. 번거로우시겠지만 진을 좀 해체해 주셨으면 합니다."

직위에 걸맞은 오만하지도, 비굴하지도 않은 요청.

묵자후는 내심 실소를 흘렸다.

딴엔 급조한 진이었는데 예상보다 위력을 발휘한 모양이다. 벌써 몇 놈이 인사불성이 되어 쓰러져 있고, 나머지 놈들도 자기들끼리 검을 날리는 등 우왕좌왕거리고 있다.

하지만 묵자후는 짐짓 의뭉을 떨었다.

"입구에 진이 설치되어 있다고 하셨나? 거참 이상하군. 우리 아이들이 경계를 서고 있는데 누가 진을 설치한단 말인가?"

그러면서 슬쩍 장력을 내뿜자 진을 형성하고 있던 대나무들이 일제히 가루로 변해갔다. 그로 인해 진 안의 풍경이 일목요연하게 드러나자 묵자후는 과장되게 눈을 치뜨며 갑자기 고함을 지르기 시작했다.

"아니, 장 각주! 이게 무슨 짓인가? 자네… 자네가 우리 아이들을……?"

그러면서 주먹을 부르르 떨자 장대릉이 의아하다는 듯 주변을 둘러봤다.

"예? 그게 무슨 말씀이신지……? 헉! 이게 뭐야?"

묵자후의 호통에 무심코 고개를 돌리던 장대릉은 주위에 쓰러져 있는 낯선 시신들을 보고 눈을 휘둥그레 떴다.

보아하니 저들은 집법전 소속 경계무인들 같은데 왜 여기 쓰러져 있단 말인가?

상황이 너무 괴이하다 보니 머리가 혼란스러웠다. 그래서 눈만 끔뻑이고 있는데 어느새 입구 쪽으로 걸어나온 묵자후가 재차 고함을 질렀다.

"자네, 내 말이 말 같지 않게 들리는가! 이 시간에 떼거리로 몰려와서 도대체 무슨 짓을 벌이고 있는 겐가? 설마하니 본

전을 몽땅 뒤집어엎을 생각이란 말인가? 무슨 권리로? 자네가 무슨 권리로 이런 짓을 벌인단 말인가?"

속사포처럼 터져 나오는 묵자후의 노성에 장대릉은 그만 할 말을 잃고 말았다.

그게 아닌데.

자신은 암중 흉수를 좇아 여기까지 온 것뿐인데…….

그러다가 이글거리는 묵자후의 눈빛을 보고 왠지 모를 이질감을 느꼈다.

뭐랄까?

그가 분노를 터뜨리는 한편으로 이 상황을 즐기고 있는 듯한 기분이 든 달까?

'하지만 그럴 리가 있겠는가.'

장대릉은 괜한 의심으로 상황을 그르칠까 봐 서둘러 해명에 나섰다.

"듣자 하니 말씀이 너무 지나치십니다. 저희가 여기에 온 건 불과 일각도 되지 않습니다. 게다가 진에 갇혀 전주께 도움을 요청하고 있었는데 어떻게 저들을 해칠 수 있단 말입니까?"

딴엔 정중한 항의였다.

그러나 항의가 채 끝나기도 전에,

"갈! 어쭙잖은 변명으로 나를 기만하려 하다니! 보다시피 여기에 무슨 진이 설치되어 있고 자네들 외에 어느 누가 검에 피를 묻히고 있단 말인가? 정황이 이렇게 명확하거늘 교활한 혓바닥으로 나를 속이려 들다니!"

그러면서 맹렬한 살기를 내뿜자 장대릉은 기가 막혀 말도 제대로 나오지 않았다.

"억지십니다! 전주께서 오시기 전에는 분명히 진이 설치되어 있었습니다. 그리고 우리 아이들의 검에 피가 묻은 이유는 진에 홀려 우리끼리 싸우고 있었기 때문입니다. 그런데 어찌하여 저희들에게 덤터기를 씌우려 하십니까?"

장대릉이 화가 나서 소리쳤지만, 묵자후는 냉랭한 표정으로 코웃음을 흘렸다.

"흥! 자네가 뭐라던 내 판단은 이미 끝났네! 내, 그대들을 죽여 수하들의 원수를 갚을 작정이니 능력이 있다면 어디 수단껏 막아보도록 하라!"

그 말이 끝나기 무섭게 양손을 치켜든다.

장대릉은 어이가 없어 재차 해명에 나섰다.

"감 전주! 이건 오해요! 내가 직위를 걸고 맹세하건대 결코 우리가 한 짓이 아니… 어이쿠!"

장대릉은 말하다 말고 급히 몸을 피했다. 어느새 묵자후가 장력을 날려온 때문이었다.

'으음, 이건 너무 심하지 않은가?'

옷자락을 스치고 지나간 섬뜩한 장력.

그 여파에 휘말려 휘청거리는 수하들을 보고 장대릉은 내심 화가 치밀었다. 그러나 상황이 상황이다 보니 또 한 번 인내심을 발휘했다.

"이보시오, 감 전주! 부디 흥분을 가라앉히고 제 설명부터 좀 들어주시오! 제가 차근차근 오해를 풀어드리겠습니다."

그러나 묵자후는 그와 대화를 나누고 싶은 생각이 눈곱만큼도 없었다. 그래서 잇달아 장력을 날리며 장대릉을 궁지로 몰아갔다.

'으으… 이렇게 난감할 데가…….'

장대릉은 점점 손발이 바빠졌다.

평소 앙숙지간이긴 했지만 사리분별 하나만큼은 확실했던 감효득이 왜 저리 막무가내로 날뛴단 말인가?

하도 어이가 없다 보니 어떻게 대처해야 좋을지 판단이 서지 않았다.

그와 맞서 싸우자니 오해가 더 깊어질 것 같고, 그렇다고 이대로 계속 피해 다니자니 그도 못할 노릇인 것 같고…….

그나마 다행인 건 서로 무공 차이가 별로 나지 않는 데다 주위에 사람들이 몰려들고 있다는 사실.

'그래! 사람들이 모이고 누군가가 중재에 나서면 그도 흥분을 가라앉히겠지. 그때 수하들로 하여금 상황을 설명하게 하면 오해가 완전히 풀릴 테니 그때까지만 좀 더 버텨보도록 하자.'

그렇게 마음을 가다듬으며 다시 수비에 전념했다.

그러나 장대릉이 착각하고 있는 것.

묵자후가 이렇게 공격을 펼치는 이유는 오히려 주위에 사람들이 몰려들고 있었기 때문이다.

사람들이 모이기 시작할 때 최대한 소란을 일으켜 모두의 판단력을 마비시켜 놓기 위해서였다.

그리고 장대릉이 또 하나 오판하고 있는 건, 지금 그에게 공격을 가하고 있는 사람은 감효득이 아니라 묵자후란 사실이었다.

이미 열일곱 살 때 강서제일고수라 불리던 음양필 구당을 격퇴시키고, 연이어 남해신검 왕세유의 간담을 서늘하게 만들었던 묵자후다. 때문에 겉으로는 전력을 다해 공격을 펼치는 것 같았지만 실제로는 장대릉이 힘겹게나마 몸을 피할 수 있도록 수위를 조절하고 있었던 것이다.

하지만 그런 줄은 꿈에도 생각지 못하고 있는 장대릉.

곤혹스런 표정으로 묵자후의 공격을 막아내느라 진땀을 흘리고 있었다.

그런데,

'웃? 이게 무슨 수법이지?'

상대의 공격이 점점 이상하게 변해갔다.

'이건 본 문의 무공이 아닌데……?'

경황 중에도 그런 생각이 들었다.

지금 감효득이 펼치고 있는 수법은 편격괴이하다고 소문난 본 문의 무공보다 훨씬 더 잔인하고 무자비한 초식들이었다.

'그뿐만이 아냐……!'

장대릉이 아는 한, 감효득의 절기는 결코 권장법(拳掌法)이 아니었다. 눈 깜짝할 사이에 상대의 목을 베어버리는 빛보다 빠른 쾌검이 그의 성명절기(盛名絶技)인데 어찌하여 좌도방문(左道傍門) 계열의 음험한 권장법만 펼치고 있단 말인가?

게다가 그의 공세를 흘리기 위해 어쩔 수 없이 손을 맞부딪칠 때마다 조금씩 공력이 빠져나가는 기분이 들어 마음이 혼란스러웠다.

하지만 뭐라고 물어볼 기회조차 주지 않으니 이를 악물고 수비에만 전념할 수밖에 없었다.

그러다가 점점 손발이 뒤엉켜, 이대로 가다가는 돌이킬 수 없는 결과를 맞이할지도 모르겠다는 생각이 들어 마침내 검을 뽑아 들었다. 그런데 그때,

"잠깐! 두 분께서는 잠시 손을 멈추어주시오!"

멀리서 쩌렁쩌렁한 호통이 들려왔다. 동시에 기쾌한 파공음이 울리더니 밤하늘에 몇 사람의 그림자가 나타났다.

안력을 모아보니 선두에는 비파각주 호요광이라, 마침 잘됐다 싶어 훌쩍 몸을 빼낸 장대릉은 묵자후를 향해 양손을 펼쳐 보였다. 더 이상 싸울 의사가 없다는 뜻을 피력한 것이다.

뒤이어 호요광 쪽을 보며 뭐라고 중재를 부탁하려는데,

쉬이익!

등 뒤에서 섬뜩한 파공음이 들려왔다.

이때까지와는 차원이 다른 무시무시한 파공음이었다.

'이런 비겁한……!'

장대릉은 뭐라고 소리칠 겨를도 없이 몸을 피했다.

그러나,

빠버버벅!

'크으윽!'

양쪽 광대뼈에 엄청난 통증이 느껴졌다.

마치 얼음송곳에 찔리고 그 자리를 다시 망치로 두들겨 맞는 듯한 끔찍한 통증이었다.

"끄으으……."

장대릉은 고통에 못 이겨 하얗게 눈을 까뒤집었다. 하지만 그 와중에도 필사적으로 묵자후를 노려보려 애썼다. 마치 당신이 내게 어떻게 이럴 수 있느냐, 라고 항의하려는 듯이.

그러나 자신을 향해 비릿한 미소를 짓고 있는 묵자후를 보자 가슴속에서 섬뜩한 오한이 치밀어 오르는 걸 느꼈다.

'저자는… 저자는 감 전주가 아니다! 내가 왜 그런 사실을 이제야 깨달았을까……?'

그 생각을 끝으로 장대릉은 서서히 의식을 잃어갔다.

"각주님!"

"각주님, 정신 차리십시오!"

양 광대뼈가 함몰되어 비몽사몽으로 쓰러진 장대릉을 보고 운무각 무인들은 모두 경악했다.

이제껏 오해를 풀기 위해 단 한 번도 검을 날리지 않은 장대릉이다. 더구나 방금 전에는 손을 들어 더 이상 싸울 의사가 없다는 뜻을 밝히지 않았던가?

그런데 갑작스런 암습으로 자신들의 상관을 이 지경으로 만들어 버리다니…….

"세상에 어떻게 이럴 수가?"

"너무하십니다! 상황도 알아보지 않고 이런 독수를 쓰시다니……!"

운무각 무인들은 비분강개한 표정으로 묵자후를 노려봤다.

만약 눈빛에도 날[刃]이 있다면 묵자후의 전신은 수없이 난도질당하고 말았으리라.

하지만 묵자후는 태연하게 그들의 시선을 외면했고, 그 모습을 본 군중들은 서서히 흥분하기 시작했다.

'으음…….'

두 사람을 말리기 위해 달려온 비파각주 호요광이나 창해전주(蒼海殿主) 담대우리(膽大遇理) 역시 흥분하긴 마찬가지였다. 그러나 세 개의 눈과 여덟 개의 팔로 남해검문의 정보를 총괄하고 있다는 호요광은 금세 냉정을 회복했다.

그는 서늘한 눈길로 묵자후를 노려보다가 천천히 입을 열었다.

"감 전주, 이번 출수에 대해 우리 모두 납득할 수 있도록 해명을 해주시오."

낮은 목소리였지만 모두의 귀를 파고드는 까마귀 울음소리 같은 목소리였다. 거기다 시의적절한 요청이기까지 했지만 묵자후는 피식 웃으며 지나가듯 대답했다.

"굳이 해명하고 자시고 할 필요도 없네. 모두 주변을 둘러보면 알겠지만 저들은 천인공노할 역도(逆徒)라네. 야음을 틈타 우리 아이들을 살해했지. 그래서 그 죄를 묻고 있던 참이었네."

"뭐라고요?"

"이익! 아직도 억지를 부리실 작정이시오?"

운무각 무인들이 치를 떨며 항의했다. 몇 사람은 아예 검파(劍把)를 움켜쥐며 금방이라도 검을 뽑을 듯한 기세였다. 그러나 한 사람이 나서서 그들을 진정시키더니 이글거리는 눈빛으로 물었다.

"전주! 전주께서 지적하신 부분은 이미 각주께서 해명하셨소이다. 그런데도 계속 억지주장을 하시겠다는 말씀입니까?"

눈빛과 달리 차분한 목소리로 항의하는 사내.

그는 운무각 부각주 신분으로, 들끓는 분노를 다스릴 줄 아는 절제된 기품의 소유자였다.

그러나 묵자후는 일부러 그를 자극했다.

"훗. 해명이라고? 존재하지도 않는 진을 들먹이며 우리 아이들을 살해한 게 해명이란 말이더냐? 호 각주, 저놈들 말은 들을 필요 없네. 모두 한통속이야. 보다시피 이 주변에 무슨 진이 설치되어 있으며, 저놈들 외에 어느 누가 검에 피를 묻히고 있단 말인가?"

그러면서 운무각 무인들을 가리키자 중인들의 시선이 눈에 띄게 흔들렸다.

주변을 둘러보고 운무각 무인들을 살펴보니 묵자후의 말이 어느 정도 사실인 것같이 느껴져서였다.

그런 군중들의 반응을 보고 사내는 억장이 무너졌으나 차분한 목소리로 재차 항의했다.

"그 역시 각주께서 이미 해명하셨소이다. 진법이 왜 사라져 버렸는지는 우리도 잘 모르겠지만 저 시신들을 유심히 살펴봐 주십시오. 모두 피가 굳어 있지 않습니까? 반면 우리 아이들은 어떻습니까? 모두 선명한 피를 흘리고 있지 않습니까?"

사내의 말에 중인들의 표정이 다시 바뀌었다.

호요광을 비롯한 몇몇 고수는 사내의 말에 동의한다는 듯 크게 고개를 끄덕이기도 했다.

그러나 묵자후는 여전히 코웃음을 쳤다.

"흥. 네놈이 나를 바보로 아는 모양이구나. 응혈산(凝血散)이나 제혈산(除血散) 같은 약물을 쓰면 피가 금방 굳어버린다는 것쯤은 삼척동자도 이미 알고 있는 사실이다."

"으음……."

"음!"

이번에는 창해전주를 비롯한 몇 사람이 묵자후의 말에 동의를 표했다.

사내는 기가 막혀 눈꼬리를 떨었다.

도무지 해명이 통하지 않으니 말로는 해결될 것 같지가 않았다.

사내는 잠시 묵자후를 노려보다가 결연한 표정으로 검을 뽑아 들었다.

"전주! 거듭 말씀드리지만 저희는 무고합니다. 그런데도 계속 억지를 부리시겠다면… 미욱하지만 제 목으로 저희들의 결백을 증명하겠습니다!"

그 말과 함께 목에 검을 들이대자 중인들이 깜짝 놀라 그를 만류했다.

그러나 묵자후는 여전히 냉소만 흘릴 뿐이었다.

"흥. 대단한 결심이군. 그래, 자네 뜻이 정 그렇다면 말이 아닌 행동으로 증명해 보게!"

"아니, 감 전주!"

"전주! 지금 무슨 말씀을 하시는 게요?"

호요광과 창해전주가 동시에 소리쳤지만 묵자후는 눈도 깜짝하지 않았다.

사내는 어이가 없어 주먹을 부르르 떨었다. 그러다가 묵자후를 노려보며 비장한 표정으로 말했다.

"좋습니다! 이미 말씀드린 대로 제 목을 내놓을 테니 전주께서도 스스로의 행동에 책임을 져주시기 바랍니다!"

"안 돼!"

"부각주! 도대체 무슨 짓을……!"

누가 말리기도 전이었다.

한차례 뺨을 씰룩이던 사내는 곧바로 자기 목에 검을 꽂아 넣었다.

"맙소사!"

"부각주!"

중인들은 아연실색했고, 운무각 무인들은 비명을 지르며 사내에게 달려갔다.

그러나 묵자후는 여전히 냉소만 흘렸고, 사내는 그런 묵자후를 보며 피가래 끓는 목소리로 말했다.

"컥… 커컥… 이래도… 이래도 제 말이 거짓이란 말이오?"

피를 울컥울컥 토하면서도 끝까지 말을 이어가는 사내.

묵자후의 눈에 처음으로 파문이 일었다.

'정파 놈들 중에도… 저런 자가 있었단 말인가?'

그때부터 묵자후의 표정이 서서히 굳어갔다.

장내의 분위기 역시 숙연하게 변해갔다.

이윽고 사내가 숨을 거두자 호요광이 다시 입을 열었다.

"이제 전주의 변명을 들어보겠소이다."

착 가라앉은 눈빛, 비틀린 미소.

그 표정이 묵자후를 자극했을까?

묵자후의 얼굴에 다시 서리가 내렸다.

"방금 말하지 않았던가? 저놈들이 내 수하를 죽였기에 그 죄를 물은 것뿐이라고."

너무나 태연한 묵자후의 대답에 중인들은 할 말을 잃어버렸다.

호요광 역시 어이가 없는지 잠시 침묵을 지키다가 두 눈에 스산한 한기를 피워 올렸다.

"설령 그렇다 하더라도 전후사정은 알아보셔야 했소이다!"

"알아봤었네."

"정말이오?"

"정말이지."

그러자 호요광이 건너편에 있는 시신들을 가리켰다.

"그럼 저 시신들은 뭐요? 아무리 봐도 검에 당한 상처보다는 지풍에 당한 상처가 더 치명적인 사인(死因)인 것 같은데?"

"……!"

실로 예리한 눈썰미였다.

달빛도 거의 없는 밤인데 시체들의 상흔을 단번에 알아보다니.

"글쎄… 나는 검에 당한 상처를 더 치명적인 사인으로 봤네."

순간, 호요광이 입술을 기괴하게 말아 올렸다.

"후후. 기가 막히는군요. 일이 이쯤 되었으면 잘못을 인정하고 죄를 청해야 마땅하거늘……."

그러면서 천천히 앞으로 다가온다.

"죄를 청하다니?"

"상황을 잘못 판단하여 손을 과하게 쓰시지 않았소?"

"손을 과하게 썼다고? 진심으로 하는 소린가?"

묵자후는 피식 웃으며 어깨를 으쓱였다.

입술은 웃고 있지만 눈은 웃고 있지 않다.

그러나 호요광은 그에 개의치 않았다.

"진심으로 하는 소리요."

오히려 큰 걸음으로 다가왔다.

이제 두 사람 사이는 손만 뻗으면 닿을 거리.

두 사람의 눈이 정면으로 마주쳤다.

싸늘하게 웃고 있는 호요광의 눈빛.

무표정하게 굳어 있는 묵자후의 눈빛.

그때 호요광의 망막에 흐릿한 그림자가 맺혔다.

묵자후 등 뒤로 유령처럼 솟아오르는 비파사령의 영상이었다.

그 광경을 보고 호요광이 회심의 미소를 짓는 순간, 굳어 있던 묵자후의 눈에 희미한 냉소가 어렸다. 동시에,

"아니, 잘못 판단하지 않았네. 오히려 손을 약하게 쓴 감이 있지."

그 말과 함께 묵자후의 손이 바람을 갈랐다.

"컥……?"

"커컥!"

"끄윽!"

몇 사람의 신음이 동시에 흘러나왔다.

무슨 일이 벌어진 것일까?

"미안하지만, 내가 한발 빨랐네."

"끄으……. 네놈이… 네놈이……?"

호요광은 불신 어린 표정으로 말을 더듬었다.

어느새 묵자후의 좌수가 그의 심장을 파고든 것이다.

'미리 대비한다고 했는데…….'

식어가는 호요광의 눈에 비파사령의 모습이 보였다.

이마에 동전만 한 구멍을 뚫린 채 절명해 있는 그들.

묵자후가 희미한 미소를 지으며 속삭이듯 말했다.

"당신은 너무 여유를 부렸어. 내 정체를 의심했다면 곧바로 손을 썼어야지!"

"끄으, 끄끄끄……."

호요광은 원통하다는 듯 묵자후의 목을 움켜쥐려 했다.

그러나 그의 눈은 퉁방울처럼 튀어나와 있고 그의 상체는 간헐적인 경련을 일으키고 있었다. 벌써 혼이 육체를 떠나기 시작한 것이다.

얼마 지나지 않아 호요광은 스르르 무릎을 꿇었다.

하지만 군중들은 무슨 일이 벌어지고 있는지 눈치 채지 못하고 있었다. 묵자후가 목을 잡힌 상태로 자연스럽게 호요광을 부축하고 있었기 때문이다.

그러다가 뻥 뚫린 비파사령의 이마에서 피분수가 뿜어져 나오고 뒤늦게 그들의 동체가 쿵, 쿵 소리를 내며 쓰러지자 장내엔 일대소란이 벌어졌다.

"맙소사! 각주님?"

"감 전주! 이게, 이게 무슨 짓입니까?"

군중들은 또 한 번 경악의 도가니에 빠져들었다.

처음엔 가볍게 언쟁을 벌이는 듯하던 두 사람.

그런데 호요광과 비파사령이 갑자기 숨을 거둬 버리다니?

급박하게 변해 버린 상황에 모두 넋이 나갔다.

특히 비파각 무인들은 호요광과 비파사령의 시신을 보며 충격에 휩싸였다. 그중 일부는 흥분을 이기지 못한 듯 묵자후에게 달려가며 검을 뽑아 들고 있었다.

그러나 묵자후는 오히려 큰소리를 쳤다.

"모두 경거망동하지 마라! 이번 일은 모두 예상하고 있던 일이다!"

그러면서 느닷없이 비파사령 쪽을 향하고 있던 우수를 치켜들었다.

모두 보라는 듯, 하늘 높이 치켜든 묵자후의 손엔 반짝이는 암기가 들려 있었다.

"모두 이 암기가 누구 건지 알 수 있을 것이다. 그들이 먼저 암습을 가했다! 즉, 나를 죽여 살인멸구(殺人滅口)하려 했다는 말이다. 무슨 말인지 이해가 가나? 여기 있는 비파각주와 저기 쓰러져 있는 운무각주가 손을 잡고 나를 죽이려 했다는 말이다. 왜? 무엇 때문에 이런 짓을 벌이는 것일까? 내 짐작이지만, 그들은 누군가의 유혹에 빠졌거나 외부 세력의 주구(走狗)가 된 것 같다. 문주께서 안 계신 틈을 타 본 문을 장악하려고 했는데 내가 거추장스러웠던지 야음을 틈타 수하들을 죽이고 나까지 살해하려 한 것이다. 그러니 이 일의 전모가 밝혀질 때까지 모두 자중하도록 하라!"

실로 기가 막힌 언변이었지만, 비파각과 운무각 무인들은 그에 동의하지 않았다.

"말도 안 되오!"

"그럴 리가 없소!"

다들 벌 떼처럼 일어나 묵자후를 향해 검을 뽑아 들었다.

그러나 묵자후는 추호도 동요하지 않았다.

오히려 품속에서 동그란 신패를 꺼내 들며 대갈일성을 터뜨렸다.

"여봐라! 지금 이 자리에 나와 있는 집법전 휘하들은 모두 포승을 꺼내 들어라! 금일 축시를 기해 본 전에 역도가 난입했다. 아무 이유도 없이 동문을 살해하고 본 문의 기강을 흩뜨렸으니, 저 무뢰배들을 포박하여 당장 형당으로 압송하라! 만약 반항하는 자가 있을 시 그 자리에서 즉참하고 그 가족들을 대신 잡아들이도록 하라!"

"예에?"

"모, 모두 잡아들이라굽쇼?"

느닷없는 호령에 모두 눈을 휘둥그레 떴다.

특히 소란통에 달려온 집법전 영외 거주자들은 심장이 툭 튀어나올 정도로 놀랐다.

아무리 법을 관장하는 집법전이라지만, 문주 직속의 초법적(超法的) 사정기관인 운무각 무인들과 본 문의 정보를 총괄하고 있는 비파각 무인들을 잡아들이라니!

도무지 말이 되지 않는 이야기였다.

"전주! 이런 법은 없소이다!"

"그렇소! 말도 안 되는 명령이오!"

주위에서 구경하고 있던 이들도 마찬가지 심정이었다.

그들은 상황이 점점 이상하게 흘러가자 저마다 흥분하여 목청을 돋우기 시작했다.

그러나 묵자후는 더 강하게 나갔다.

"이놈들! 내 말이 말 같지 않게 들리느냐? 속히 명을 집행하지 않고 무얼 망설이는 게야?"

호통과 함께 직접 손을 쓰기 시작했다. 장대릉이 혼절하고 호요광이 죽어버린 지금, 실권은 자신에게 있었기에 거칠게 없었다.

"으악!"

"끄아악!"

"으드득! 정말 우리 모두를 역도로 몰 참이오?"

묵자후가 손을 쓰기 시작하자 장내에 피바람이 불었다.

동료들이 묵자후의 손에 피떡이 되어 날아가는 광경을 보고 비파각과 운무각 무인들이 눈에 불을 켜고 묵자후를 공격하기 시작한 것이다. 그리고 그들이 묵자후를 합공하자 이때까지 망설이고 있던 집법전 무인들이 장내로 뛰어들었다.

"아이고, 미치겠네."

"오밤중에 이게 무슨 난리래?"

울상이 되어 정신없이 검을 날리는 집법전 무인들.

수장이 몸소 움직이고 있으니, 그리고 비파각과 운무각 무인들이 수장을 공격하고 있으니 수하된 입장에서 넋 놓고 있을 수만은 없었기 때문이다.

그렇게 집법전 무인들까지 가세하자 장내엔 아비규환의 참상이 벌어졌다.

그러나 아무리 집법전이라도 수적 열세만은 어쩔 수 없는 법.

더구나 상대가 남해검문 최강이라는 비파각과 운무각 무인들이었으니 말해 무엇하랴.

시간이 갈수록 집법전 무인들의 시신이 늘어갔다.

그러나 묵자후 주변에는 정반대의 풍경이 벌어졌다.

장대릉과 호요광은 물론이고 감효득조차 막아내지 못한 묵자후를 어느 누가 감당할 수 있을까?

때문에 묵자후 주변은 비파각과 운무각 무인들의 시신이 산처럼 쌓여갔다. 그런데도 묵자후는 손에 인정을 남기지 않았다. 마치 한풀이하듯 무자비하게 살수를 뿌려 나갔다.

그러자 저 뒤에서 한숨을 쉬고 있던 창해전주가 나섰다.

"휴우… 감 전주! 이때까지는 당신과의 우정을 생각해서 참고 있었지만, 이젠 도저히 안 되겠소. 당신 손속이 너무 잔인하고 괴이하오."

창해전주가 인상을 찌푸리며 장내로 들어서자 천 명에 이르는 내관영 무인들이 일제히 검을 뽑아 들었다. 그리고 그들이 동시에 움직이기 시작하자 장내가 순식간에 포위되어 버렸다.

"이런! 그대마저 역도들과 손을 잡은 것이오?"

묵자후는 그제야 손을 멈췄다.

그러나 두 눈에 싸늘한 비웃음이 어려 있다는 걸 눈치 챈 담대우리는 기가 막혀 뺨을 씰룩였다.

"지금 뭐라고 하셨소? 내가 역도와 손을 잡았다고?"

어이가 없었다.

이때까지 상황을 지켜보고 있던 자신이 나선 이유는 그가 내관영 무인들까지 마구 도륙해 버린 때문이었다. 그것도 상황을 지켜만 보고 있던 자신의 수하들을 일말의 인정도 베풀지 않는 잔인한 손속으로, 평소의 감효득이라면 절대 쓰지 않을 음험한 수법으로 살수를 펼친 때문이었다.

"이보시오, 감 전주. 이번 일은 제삼자가 보기에 이해가 되지 않는 부분이 많소. 벌써 비파각주가 유명을 달리했고 수많은 고수들이 어이없이 희생됐소. 그러니 이번 일의 시시비비는 그대가 아닌 원로원의 판단에 맡기는 게 좋을 것 같소. 부디 내 말에 귀를 기울여 주시기 바라오."

그러면서 담대우리는 수하들에게 명을 내렸다.

"상황이야 어찌 됐든 본 문의 법을 관장하시는 어른이시다. 결례가 되지 않도록 정중히 모시도록 해라!"

말은 부드러웠지만, 그 속엔 추상같은 의지가 담겨 있다. 그래선지 내관영 무인들은 공손히 예를 표하면서도 엄정한 눈빛으로 묵자후를 에워싸기 시작했다.

그러나 천 명의 무인에게 둘러싸였다고 해서 맥없이 꼬리를 내릴 묵자후가 아니었다.

"이보시오, 창해전주. 당신이 뭔가 착각하고 있는 모양인데, 집법전주는 나요! 저 역도들을 체포하거나 죽이거나 풀어 줄 수 있는 권한은 나한테만 있단 말이오. 괜히 당신까지 엮이고 싶지 않으면 수하들을 뒤로 물리시오. 내 저 역도들을 죽여 본 문의 기강을 바로 세울 것이오!"

"허허, 정말 파국을 원하시는 게요?"

"파국이라니? 본 문의 기강을 세우는 일이 어떻게 파국이 된단 말이오?"

그 말과 함께 묵자후가 등을 획 돌려 버린다.

막을 테면 막아보란 뜻.

"허허. 기가 막히는군. 사십 년 우정이 이렇게 깨져 버릴 줄이야……."

딴에는 일을 원만하게 수습하려 했는데 묵자후가 저토록 거부반응을 보이니 더 이상 방법이 없었다.

"애들아, 창해전이 왜 창해전인지, 그리고 왜 내관영을 총괄하는지 그 힘을 보여 드리도록 해라."

명이 떨어지자 내관영 무인들이 일사불란하게 움직였다.

마치 거대한 바닷물이 밀려오듯 순식간에 묵자후를 세 겹으로 에워싸 버린 것이다.

"후후. 드디어 몸을 풀 시간인가?"

자신을 에워싼 무지막지한 인(人)의 장막을 보고도 묵자후는 눈 하나 깜짝하지 않았다. 오히려 싸늘한 미소를 지으며 양손을 치켜들었다.

그리고,

파파팟!

묵자후가 내관영 무인들 속으로 뛰어들면서 후일 환마겁(幻魔劫)이라 불린 대혈투가 시작되었다.

'아이고, 저놈! 저 미친놈! 죽으려면 곱게 죽을 것이지 왜 내 얼굴 가죽을 뒤집어쓰고 저 난리란 말인가?'

감효득은 거대한 인의 장막 속으로 뛰어드는 묵자후를 보고 속으로 안달이 났다. 묵자후를 걱정해서가 아니라 이 일의 파장이 어디까지 번질지 몰라서였다.

'부디 죽더라도 네 정체는 밝히고 죽어다오. 그래야 내가 산다. 제발 부탁이다……!'

그러나 감효득은 이때까지만 해도 전혀 눈치를 채지 못 하고 있었다. 묵자후가 왜 저렇게 무모하게 일을 벌이는지.

때문에 그는 오매불망, 이 일의 파장이 자기에게는 미치지 않기만을 간절히 바랐다.

내관영 무인뿐만 아니라 비파각과 운무각, 그리고 구경하고 있던 이들까지 모두 합세한 천오백 대 일의 혈투!

말은 쉽지만 인간 한계를 초월한 일이었다.

어른이 어린아이를 상대로 싸워도 고개를 내저을 일인데 상대의 대부분이 일류를 넘어선 절정의 검귀(劒鬼)들이었으니 그 흉험함이 어떠했겠는가?

그런데도 묵자후는 좌충우돌 몸을 날렸다. 아니, 오히려 무지막지한 살기를 내뿜으며 파죽지세로 움직이고 있었다.

퍼퍼펑!

콰지직!

"끄악!"

"으아악!"

처음엔 양손으로 장력과 지풍을 뿌리던 묵자후. 그러나 육장(肉掌)으로 싸워서는 시간이 너무 많이 걸리겠다 싶었는지 어느 순간부터 상대의 검을 취했다. 그리고는 그때부터 양손에 검을 쥐고 상대를 무참하게 베어나가기 시작했다. 그렇게 싸우다가 한쪽 검이 부러지면 허공으로 튀어 오른 누군가의 잘린 팔뚝을 거머쥐고 그 팔로 다른 이의 심장을 찔러 버린다. 또 누군가가 암기를 던져 오면 그 암기를 튕겨 맞은편에 있던 무인의 동공에 틀어박히게 만든 뒤, 그 암기를 걷어차 뒷골까지 뚫고 나오게 만들어 버린다. 동시에 그 반동을 이용해 십 장 밖으로 날아가며 또다시 살수를 뿌려댄다. 그러다가 누가 옆구리를 베어오면 전면을 공격하다가도 관절을 기이하게 꺾어 그를 베어버리고, 그 시체를 무기 삼아 사방팔방 휘둘러 버린다.

이렇게 묵자후의 일거수일투족은 기괴하고 치명적이지 않은 게 없었다. 더구나 그 수법마저 상식을 벗어나거나 보는 이로 하여금 공포에 떨게 만드니 어느 순간부터 내관영 무인들이 묵자후의 기세에 질려 슬금슬금 뒷걸음질을 치기 시작했다.

그 광경을 보고 눈이 뒤집힌 담대우리는 묵자후를 노려보며 수염을 부르르 떨다가 수하들에게 대폭풍진법(大暴風陣法)을 발동하라 명했다.

대폭풍진법은 남해검문이 자랑하는 극강의 진법.

그 진법에는 생문이라는 게 전혀 존재하지 않았다.

시도 때도 없이 노략질을 일삼는 왜구들을 상대하기 위해 만들어졌기에 오직 죽고 죽이는 살상만이 존재할 뿐이었다. 때문에 웬만하면 묵자후의 지위를 감안해 진의 발동을 자제했겠지만, 이미 묵자후의 손에 너무 많은 수하들이 죽었기에, 그리고 그의 무위가 상상을 초월했기에 더 이상 방법이 없었다.

"내가 원로원에 문책당하는 일이 있더라도 어쩔 수 없다. 그를 천참만륙, 시체조차 남지 않게 베어도 상관없으니 모두 전력을 기울여 진을 발동하도록 하라!"

산처럼 쌓인 수하들의 주검과 그 사기가 저하되는 것을 보고 분기탱천하여 활화산 같은 명을 내리는 담대우리.

그러나 그의 분노는 도리어 묵자후가 바라마지 않던 일이었다.

조금 전 장대릉을 밀어붙일 때도 마찬가지였지만, 고수들에겐 절대 딴생각할 여유를 주면 안 된다. 남들이 보기에 심하다

싶을 정도로 몰아붙여야 하고, 그래야만 평상심을 흩뜨려 놓을 수 있다. 그리고 평상심을 흩뜨려 놔야만 뭐가 진실인지 헷갈리게 되고, 그렇게 어리벙벙한 상태에서야 비로소 서로가 서로를 의심하는 차도살인지계가 빛을 발할 수 있게 된다.

하지만 묵자후의 숨은 의도를 짐작하지 못하고 있는 담대우리. 원한이 사무친 눈길로, 눈에 칼이 달렸다면 천 갈래 만 갈래 찢어죽일 듯한 표정으로 묵자후를 노려보고 있었다.

그러나 대폭풍진법은 상황에 아무 도움도 되지 못했다.

생문조차 없는 진법인데도 묵자후가 움직이면 진이 허물어지고 내관영 무인들끼리 상잔을 벌이게 된다.

'도대체 이게 무슨 조화란 말인가?'

대폭풍진법을 만든 삼대 조사께서도 너무 살인적인 진법이라며 혀를 내둘렀다는데, 저놈은 진법의 신이라도 된단 말인가?

어떻게 만든 사람조차 파악하지 못한 약점을 제 손금 들여다보듯 파악하고 있단 말인가?

그러나 이미 발동되어 버렸으니 멈추고 싶어도 멈출 방법이 없었다.

대폭풍진법이라는 이름에 걸맞게 끝을 봐야만 멈출 수 있기 때문이다. 그렇지 않고 임의로 멈추려고 하면 진법이 만든 회오리에 말려 오히려 진을 구성하고 있는 이들이 내상을 입게 된다.

결국 이러지도 못하고 저러지도 못한 상태에서 속수무책으로 죽어가는 수하들.

급기야 담대우리가 검을 뽑아 들고 진에 합세했으며, 그러고도 상황이 호전되지 않아 원로원에 머물던 장로들까지 뛰어나왔다.

"감 전주! 이게 대체 뭐 하는 짓인가? 어서 손을 멈추지 못할까?"

고막이 떨어져 나갈 듯한 호통을 지르며 장내에 나타난 이들.

그들의 신광(神光) 어린 눈빛을 보고 창해전 무인들은 모두 안도했다. 특히 원로원의 수장인 광룡신검(光龍神劍) 이세창(李世昌)이 이십 년 만에 다시 검을 뽑아 들자 담대우리마저 속으로 환호성을 터뜨렸다.

그런데 세상에 이런 어이없는 일이 벌어질 줄이야?

"저, 저, 저 간악하고 치졸한 인간!"

원로원 장로들이 나타나자마자 묵자후가 뒤도 돌아보지 않고 줄행랑을 놓아버린 것이다. 그것도 그냥 달아난 게 아니라 창해전 소속 당주 한 사람을 인질로 삼아 집법전 안으로 사라져 버렸다.

'으아악! 이, 이, 이 미친놈이?'

묵자후가 인질과 함께 뛰어들어 오자 감효득은 불길한 예감에 몸을 떨었다.

아니나 다를까?

놈이 기이한 눈빛으로 마혈을 풀어주더니, 죽어버린 시신을 품에 안겨준다. 그리고는,

"자, 지금까지 구경만 하느라 답답했지? 난 좀 쉬어야 되겠으니 이제부터는 당신이 한바탕 몸을 풀어보라구."

그러면서 자신을 발로 차듯 내쫓아버린다.

'끄으… 이런 환장할 일이 있나?'

감효득은 너무 참담하여 날개라도 있으면 어디론가 도망가고 싶었다.

자신을 향한 저 분노에 찬 시선들!

특히 사십 년 지기인 창해전주까지 노기를 터뜨리고 있는 상황이니 얼굴이 따끔거려 눈 둘 곳을 찾기 힘들었다.

'차라리 자진을 해버릴까?'

오죽하면 그런 생각까지 들 지경이었다.

'그러나 이렇게 죽을 수는 없다!'

죽을 때 죽더라도 명예회복은 하고 죽어야 한다.

하지만 말이 쉬워 명예회복이지, 주위를 둘러보니 눈앞이 캄캄했다.

저 찢어발길 듯한 시선들!

뭐라고 해명이라도 할 수 있으면 좋으련만, 놈이 아혈을 풀어주지 않아 말을 하고 싶어도 할 수가 없는 상황이다.

'물론 해명 따위는 들으려고 하지도 않겠지만…….'

그게 진실이었다.

지금 남해검문도들의 심정은 방금 도망갔던 감효득—사실은 진짜 감효득—이 뻔뻔스럽게 인질의 시체를 안고 다시 밖으로 나오자 모두 그를 토막토막 내어 갈아 마시고 싶은 심정이었다.

그래서 감효득이 나타나자 그를 노려보고 있다가 어느 순간부터 앞 다퉈 검을 날리기 시작했다.

'끄으… 내게 변명할 기회도 주지 않고…….'

감효득은 피눈물을 흘렸다.

앞서거니 뒤서거니 검을 날려오는 사람들.

이대로 오명을 쓴 채 죽어줄 수도 없고, 그렇다고 이들 모두를 베어버릴 수도 없고.

진퇴양난에 빠진 감효득은 할 수 없이 수비에만 몰두했다.

그러나 그가 묵자후가 아닌 이상 한계가 있을 수밖에 없었다.

창해전이나 비파각 무인들의 공격이야 어찌어찌 흘려 버린다 해도 담대우리나 장로들의 공격은 견디기 힘들었기 때문이다. 그래서 궁여지책으로 전신공력을 쥐어짜 검강을 일으켰다.

아직 미완성 상태인데도 깜짝 놀라는 문도들.

자존심이 상한 듯 덩달아 검강을 일으키려는 장로들.

감효득은 허탈한 눈빛으로 그들을 둘러보다가 울컥 피를 토하며 지면으로 검강을 날렸다.

콰아앙!

지면이 갈라지고 먼지가 풀썩 피어올랐다.

"쿨럭, 쿨럭!"

일순간 과도한 진기를 일으킨 탓인지 목구멍에서 연신 핏덩어리가 올라왔다. 그러나 감효득은 억지로 몸을 움직여 가부좌를 틀었다. 그리고는 의아한 듯 바라보는 중인들의 시선을 받으며 손가락으로 이때까지의 사연을 적으려 했다.

그런데!

갑자기 군중들 사이에서 한 사람이 달려나오더니 득달같이 심장을 찔러왔다.

'컥……?'

감효득은 불신 어린 표정으로 그를 바라봤다.

장대릉이었다.

조금 전까지만 해도 안면이 함몰되어 기절해 있던 그가 어느새 멀쩡한 모습으로 서 있었다.

'이, 이게… 이게……!'

감효득은 너무 황당해 그를 쳐다봤다.

그런데 뭔가 이상했다. 그의 눈빛이 묘하게 눈에 익었다.

'비웃는 듯 가라앉은 저 눈빛. 어디서 봤더라……?'

흐려져 가는 의식 사이로 그 미소의 주인공을 떠올리기 위해 노력하는 사이, 그가 씨익 웃으며 전음을 보내왔다.

"어때? 아까 당신이 내게 치졸한 짓거리를 벌인다고 했었는데 이쯤은 돼야 진짜 치졸하다는 소리를 듣겠지?"

그 음성을 듣는 순간, 감효득은 뇌리에서 광풍폭우가 휘몰아치는 것을 느꼈다.

'컥! 네놈이… 네놈이……!'

다 죽어가는 상황인데도 귓구멍에서 연기가 치솟았다.

마음 같아서는 놈의 얼굴을 한 방 갈겨주고 싶은데 이미 시간이 다 된 모양이었다. 온몸이 나른하고 눈꺼풀이 천 근인 듯 느껴졌다.

결국 감효득은 묵자후에게 주먹을 날리는 대신 사그라져 가는 의식 사이로 한 가지 원망을 새겨 넣었다.

'나쁜 놈! 잠시 쉬고 있겠다고 해놓고……!'

그렇게 감효득은 원망 어린 눈빛으로 생을 마감했다.

묵자후의 정체도 파악하지 못한 채, 더구나 묵자후를 만난 그 순간처럼 가부좌를 튼 상태로…….

제25장

공포

魔道天下

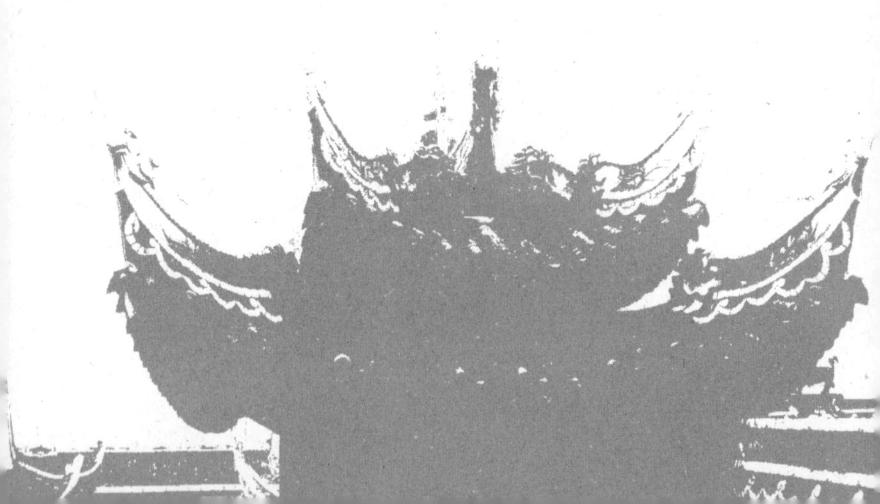

"그래서 어찌 되었소?"

어둠 속에서 누군가가 물었다.

캄캄한 밀실.

한쪽 벽에 유등이 일렁이고, 그 불빛 아래 한 사람이 앉아 있다.

사십대가량의 중년인.

그는 양손으로 깍지를 낀 채 입술을 떨고 있다가 갈증이 치미는지 옆에 있던 찻주전자를 잡고 단숨에 들이켰다. 그리고는 '휴우' 하는 한숨과 함께 떨리는 목소리로 말을 이어나갔다.

"집법전주가 죽자 그가 뒤돌아섰습니다. 사람들은 그를 보고 의아하게 생각했습니다. 그의 얼굴은 완전히 망가진 상태였는데 의외로 말끔하게 회복되었기 때문입니다. 그래서 누군가가 물었습니다. '각주님, 벌써 상처가 다 나았군요'. 그러자 그가 뭐라고 대답하면서 집법전주를 죽인 일에 대해 자진해서 조사를 받겠다며 검을 내려놓았습니다. 그래서 모(毛) 장로가 그의 마혈을 짚고……."

거기까지 이야기하는 순간, 누군가가 끼어들었다.

"잠깐! 모 장로라면 남해삼십육검의 한 분이신 칠지신검(七支神劍) 모지충(毛至忠), 모 장로를 가리키는 것이오?"

"그렇습니다. 칠지신검 어르신 외에 누가 모 장로라고 불릴 수 있겠습니까?"

사내가 고개를 끄덕이자 다른 방향에서 '그분이 마혈을 짚었다면 틀림없었겠군' 하는 소리가 들려왔다. 그러자 중간에 끼어들었던 목소리가 다시 사내를 재촉했다.

"계속 이야기해 보시오."

사내는 고개를 끄덕이며 다시 입을 열었다.

"그가 모 장로와 함께 사라지자 우리들은 한숨을 쉬며 각자 처소로 돌아가려 했습니다. 그런데 그때, 그때……!"

거기까지 말한 사내는 갑자기 머리카락을 움켜쥐었다.

뭔가 끔찍한 장면을 목격한 사람처럼 사지를 부들부들 떠는 그의 뇌리에 그날의 참상이 떠올랐다.

*　　　*　　　*

"끄아아아악!"

갑자기 처절한 비명이 울려 퍼졌다.

사람들은 깜짝 놀라 숙소로 향하던 발길을 돌려 비명이 흘러나온 곳으로 달려갔다.

창해전 뒤쪽.

수풀 우거진 화원에서 한 사람이 심장에 검을 꽂은 채 비틀거리고 있었다. 모 장로에게 마혈을 짚인 장대릉이었다.

"아니, 이게, 이게 어찌 된 일인지 도무지……."

모 장로는 크게 당황하고 있었다.

"내가 한 짓이 아니라네. 장 각주가 갑자기 내 검을 움켜쥐더니 스스로를 찔러 버렸네."

그 말에 중인들은 황당하다는 표정을 지었다.

그는 이미 마혈을 찍힌 상탠데 어떻게 움직일 수 있단 말인가?

모두 웅성거리며 서로를 돌아보는 사이,

"앗! 장 각주가, 장 각주가 갑자기 꺼지듯 사라져 버렸소!"

누군가의 외침에 사람들은 또 한 번 당황했다.

방금 전까지만 해도 심장에 칼을 꽂고 비틀거리던 장대릉이 눈 깜짝할 사이에 사라져 버린 것이다.

"모두 주위를 뒤져 봅시다!"

누군가의 제안에 모두 뒤숭숭한 심정으로 주위를 뒤지기 시작했다.

그중 한 사람은 화원 끝머리에 심겨진 나무 뒤를 살펴봤다. 그런데,

쉭!

나무 속에서 갑자기 검이 튀어나왔다.

'컥!'

사내는 비명을 지를 사이도 없이 절명하고 말았다. 그러자 나무가 흐물흐물 녹아내리더니 방금 숨을 거둔 사내로 탈바꿈했다.

그는 태연히 걸음을 옮겨 석상 사이를 살펴보고 있는 빼빼 마른 중년인 옆으로 다가가 다짜고짜 그의 심장을 찔렀다.

"컥! 자, 자네가 왜?"

빼빼 마른 중년인이 불신 어린 표정을 지었지만 사내는 어깨만 으쓱일 뿐이었다. 뒤이어 그는 화원 이곳저곳을 뛰어다니며 미친 사람처럼 고함을 지르기 시작했다.

"와하하하하! 방금 왕육이 죽고 오칠이 죽었다. 조금 있으면 장삼이 죽고 이사가 죽을 것이다. 어느 누구도 죽음을 피할 수 없으리라! 크하하하하!"

그렇게 미친 듯이 고함을 지르자 모두의 시선이 그에게 집중됐다.

"구달춘, 네 이놈! 이게 무슨 짓이냐? 어서 정신을 차리지 못할까?"

사내의 상관이 고함을 질렀지만 그는 계속 횡설수설했다. 결국 주위에 있던 사람들이 그를 제압하려 했다. 그러나 그는 기이하게 몸을 피하더니 오히려 검을 날려 그들 모두를 베어 버렸다.

"이노옴!"

급기야 한 사람이 호통을 지르며 사내를 덮쳐 갔다.

구달춘이라 불린 사내를 휘하에 거느리고 있던 노도당주(怒濤堂主)였다.

"이놈! 당장 검을 버리고 무릎을 꿇어라!"

퍼퍼펑!

"크윽!"

노도당주의 장력에 사내가 피를 토하며 쓰러졌다.

"혹시나 싶어 손에 정을 남겼다. 놈을 데려와라."

노도당주가 한숨을 쉬며 명을 내렸다.

그런데 뭔가 이상했다. 사내의 안색이 푸르죽죽하게 변해 있었다.

누군가가 급히 맥을 짚어봤다.

"이런! 벌써 숨을 거뒀습니다!"

맥을 짚은 사내의 말에 노도당주가 고개를 갸웃거렸다.

"이상하군. 그럴 리가 없을 텐데……? 할 수 없지. 시신을 윤회전(輪廻殿)으로 옮겨라."

그때부터 악몽이 시작되었다.

갑자기 시체가 되살아난 것이다. 그것도 관 뚜껑을 열고 유령처럼 움직여 노도당주를 살해한 뒤, 그와 똑같은 모습으로 사방에 피 보라를 뿌리기 시작한 것이다.

"으아악!"

"커헉!"

"으으… 다, 당주 어른? 끄아악!"

"노도당주! 이게 무슨 짓인가?"

마치 귀신들린 사람처럼 노도당주가 살수를 뿌리자 할 수 없이 동료 당주들이 나서서 그를 제압했다.

하지만 그게 끝이 아니었다.

마치 저주라도 내린 듯, 노도당주를 제압한 당주들이 돌아가면서 수하들을 살해하기 시작한 것이다.

"으아악! 다, 당주님!"

"풍파당주? 자네, 미쳤는가? 크헉, 이, 이럴 수가……?"

그때부터 소름 끼친 밤이 시작됐다.

이곳저곳에서 들려오는 비명.

동료가 적으로 변하고 직속상관이 살인귀로 변해 버리는 등, 사방에서 죽음의 손길이 뻗쳐 왔다.

어느 누구도 믿을 수 없는 상황.

남해검문은 서서히 피에 잠겨갔다.

이 모든 일의 주범인 묵자후.

그는 어둠 속에서 동에 번쩍 서에 번쩍 살수를 뿌려 나갔다. 그의 손길이 닿는 곳마다 시체가 산을 이뤘고 피가 강을 이뤘다.

"끄아악!"

"크흐……!"

밤이 깊어갈수록 비명 소리는 높아만 갔고, 희뿌연 먼동이 틀 무렵, 해남도에는 제대로 서 있는 사람이 드물었다.

취릭!

묵자후는 가볍게 손목을 떨쳐 검신에 고인 핏물을 털어냈다.

피로한 기색도 없이 정면을 응시하는 묵자후.

그 앞에 다섯 명이 서 있었다.

희끗한 반백 머리카락에 원한이 뻗쳐 나오는 눈빛.

남해검문의 마지막 남은 고수, 원로원 장로들이었다.

세 명이 합공을 펼치면 남해신검 왕세유조차 죽음을 피할 수 없다는 초절정고수들.

그들이 가공할 기세로 묵자후를 에워싸고 있었다.

"훗… 이제부터 본신실력을 발휘해야 할 땐가?"

묵자후의 중얼거림이 끝나는 순간, 다섯 장로가 무서운 속도로 공간을 쪼개왔다.

쾌애애애액!

츠츠츠츠츠!

고오오오오!

벼락처럼 들이닥치는 다섯 줄기의 뇌전.

귀신이 놀라고 혼백이 까무러칠 정도의 섬광이, 그것도 다섯 줄기의 시퍼런 섬광이 묵자후의 전신을 난도질하는 순간, 뇌전 같은 검기 속에서 열 줄기 혈광이 치솟았다.

*　　　*　　　*

"으음……!"

"음……!"

사내의 이야기가 끝나자 사방에서 억눌린 신음이 흘러나왔다.

밀실 밖에서 이야기를 듣고 있던 여섯 명의 중년인.

그들은 심각한 표정으로 서로를 봤다.

"도저히 믿을 수 없는 이야기요."

"그렇소. 남해검문이 어떤 곳인데 하루아침에……!"

황당하다는 표정으로 고개를 설레설레 내젓는 이들.

만약 이 자리에 강호인이 있어 그들의 면면을 살핀다면 깜짝 놀라 자기도 모르게 입을 쩍 벌리고 말 것이다.

소요검객(逍遙劍客) 사도광(司徒剛).

은섬창(銀閃槍) 노광백(魯光白).

만금장주(萬金莊主) 왕천락(王天樂).

남령패검(南寧覇劒) 누창서(累昶瑞).

대도호(大刀虎) 엽단풍(葉丹風)……!

모두 광동 땅을 대표하는 명숙들이다.

더욱이 놀라운 것은 그들의 신분이 제각각이라는 사실.

강호와 상계(商界), 육선문(六扇門:관부)을 호령하는 명숙들이 한자리에 모인 것이다.

상석에는 의외의 인물이 앉아 있었다.

옥척수사(玉尺秀士) 이일화(李一華)!

그는 영웅성 정보총괄기관인 천밀각(天密閣) 소속 광동 지단주(支團主)였다.

원래는 오늘 모임을 주선한 광동성의 대포두, 대도호 엽단풍이 상석에 앉아야 하나 천하의 영웅성을 어느 누가 무시할 수 있으랴. 그래서 젊은 나이임에도 불구하고 상석을 차지하게 된 것이다.

'으음… 저 사내의 이야기를 과연 어디까지 믿어줘야 하나?'

옥척수사 이일화는 다른 사람의 반응을 지켜보며 혼자 생각에 잠겼다.

남해검문이 어떤 곳인가?

세력이 강할 때는 구대문파에 속하고, 세력이 약할 때라도 영남 땅을 한 손에 쥐고 흔들던 막강한 문파가 아니던가!

그런데 그런 초거대 문파가 단 한 사람에 의해 멸문지경에 처했다니?

천하의 어느 누구라도 믿을 수 없는 이야기였다.

'그러나……!'

이일화의 귓가에 남해검문의 생존자라는, 아직도 밀실 안에서 그때의 악몽을 떨치지 못하고 있는 창해전 소속 무인의 흐느끼는 목소리가 들려왔다.

"다들 믿지 못하시겠지만, 제 말은 한 치의 거짓도 없는 사실입니다. 그는 인간이 아니었습니다. 야차 같고 악마 같은 놈이었습니다. 크흐흐흑!"

절규하듯 흐느끼며 당시의 상황을 되풀이해서 이야기하는 사내. 그의 증언은 들을수록 놀라웠다.

"공포! 심장이 터져 버릴 듯한 공포였습니다. 명이 통하지 않고 어느 누구도 믿을 수 없었습니다. 서로가 서로를 의심하다 보니 우리끼리 칼부림이 벌어지기도 했습니다. 끄으……."

그러면서 다시 찻주전자를 잡는 사내.

그때 이일화가 물었다.

"잠깐! 방금 서로가 서로를 의심하는 상황이라고 하셨소?"

"그렇습니다."

"그렇다면 역용술에 능한데다 군중심리에 정통하다는 말

인데…….”

“그건 잘 모르겠습니다. 아무튼 노도당주가 죽고 풍파당주가 죽고, 급기야는 창해전주마저 돌아가시자 난리도 아니었습니다. 오죽했으면 원로원 장로들께서 합공에 나서셨겠습니까?”

순간 이일화가 다시 질문을 던졌다.

“방금 원로원 장로들께서 합공을 펼쳤다고 했는데, 그럼 그때는 흉수가 누군지 알아차렸다는 말입니까?”

사내는 허탈하게 웃으며 고개를 끄덕였다.

“그렇습니다. 창해전주께서 돌아가시고 나자 놈이 얼굴을 드러냈습니다. 하지만 그게 무슨 소용입니까? 놈의 얼굴은 눈 깜짝할 사이에 수십 번 변하는데. 다만 그때부터는 놈이 더 이상 우리들로 변신하지는 않았습니다.”

“으음… 찰나간에 수십 번 변하는 얼굴이라……!”

이일화가 알 듯 말 듯하다는 듯 고개를 갸웃거렸다.

그러자 옆에서 듣고 있던 소요검객 사도광이 회상에 잠긴 얼굴로 혼잣말을 중얼거렸다.

“하긴 이십몇 년 전에도 그런 사람이 있었지…….”

그 말이 끝나기 무섭게 이일화의 안색이 확 굳어갔다. 그리고 그때부터 눈을 감고 사내에게 들은 이야기를 정리하기 시작했다.

‘놈은 심장에 칼을 꽂고도 죽지 않았다. 그리고 육신갑(肉

身鉀)을 입은 듯 암기를 던져도 튕겨 나왔고, 그 신법은 육안으로는 도저히 따라잡을 수 없을 정도라고 했다. 그리고……'

이일화는 확인 차원에서 다시 한 번 물어봤다.

"그가 장로 분들과 싸울 때 어떻게 싸웠다고 하셨소?"

"……."

사내는 잠시 입을 다물었다. 그리고는 당시의 기억을 떠올리는지 사지를 부들부들 떨다가 마침내 울부짖듯 이야기했다.

"장로님들과 싸울 때 놈의 전신이 갑자기 커졌습니다. 마치 유부(幽府)에서 뛰쳐나온 괴물처럼. 그리고 그 손끝에서 열 줄기 광채가 뻗어 나오자, 그 광채에 장로님들뿐만 아니라 주위에 있던 모든 사람들이 마치… 마치 생선살이 발라지듯 갈가리 찢겨 버리고 말았습니다!"

쿵……!

이일화는 순간적으로 심장이 쿵 떨어져 내리는 소리를 들었다.

사내가 나가고 나자 분위기는 사뭇 달라졌다. 특히 노강호(老江湖) 소리를 듣는 소요검객 사도광이나 은섬창 노광백의 표정은 거북이 등껍질처럼 굳어 있었다.

이일화는 무슨 생각을 하는지 고개를 숙인 채 표정을 복잡하게 변화시키고 있었고, 그런 세 사람을 보며 남령패검 누창서는 뭔가 이야기를 꺼내려고 입술을 달싹거리다가 그게 아니라 싶었는지 혼자 고개를 설레설레 내젓고 있었다.

하지만 강호와는 조금 거리가 있는 만금장주 왕천락과 대도호 엽단풍은 서로 자기 생각을 이야기했다.

"방금 저자가 한 말이 사실이라면 고금에 드문 대마두(大魔頭)가 출현했다는 말인데, 고수들은 거의 다 죽고 하수들만 남았으니 그들 이야기로는 정확한 무위를 측정하기가 곤란한 것 같소."

"그러나 원로원 장로들까지 물리쳤다면, 그것도 합공을 격파했다면, 으음……."

"그야 사실인지 아닌지 직접 보지 않은 이상 확인할 수 없는 노릇이고, 아무튼 제대로 된 용모파기라도 있어야 지인들에게 통문(通文)을 돌리든지 말든지 하지, 증언하는 사람들마다 이야기가 제각각이니, 원……."

"안 그래도 흉수의 용모파기를 작성하는 것이 가장 큰 문제라 싶어 이(李) 지단주를 모신 것이오."

대도호 엽단풍의 말에 이일화가 고개를 들었다.

"용모파기 때문에… 저를 부르셨다고 하셨습니까?"

"그렇습니다. 강호엔 기인이사가 모래알처럼 많다지만 정작 찾으려하면 다들 신룡의 꼬리처럼 종적을 발견하기가 힘든지라……."

"그게 무슨 말씀이신지? 저는 그 기인이사라는 범주에 해당이 되지 않는 사람입니다만?"

그제야 엽단풍이 웃으며 속내를 털어놓았다.

"무슨 말씀을. 이 지단주의 능력은 벌써 본인이 수차례 감탄한 바가 있소이다. 그리고… 외람되지만 영웅성에는 이 지단주를 포함하여 기인이사들이 구름처럼 몰려 있다는 말을 들었습니다. 사실… 남해검문의 생존자들보다 흉수의 진면목을 좀 더 확실히 본 사람이 있습니다. 그래서 급히 모신 것입니다. 그 목격자가 누군가 하면……."

그때부터 엽단풍의 목소리가 한층 낮아졌다. 이윽고 엽단풍의 이야기가 끝나자 중인들은 하나같이 반색한 표정으로 미소를 지었다.

"오오! 정말이오? 정말 그 아이가 흉수를 봤단 말이오?"

"다행이구려! 그 아이의 재주는 내가 보증하지! 그 아이라면 흉수의 용모를 그 누구보다 확실히 설명할 수 있을 것이오!"

그러나 좌중의 반응과 달리, 이일화는 곰곰이 생각에 잠겼다.

'그와 마주치고 난 뒤에 계속 혼절 상태라니? 도대체 무슨 수법에 당했기에……?'

며칠 지나면 금방 확인할 수 있는 사실인데도 이일화는 그 부분이 자꾸 마음에 걸렸다.

아무튼, 그날은 흉수를 환마(幻魔)라 부르기로 하고 모임을 파했다.

이일화는 엽단풍과 따로 연락을 취하기로 하고 서둘러 자리를 떴다. 오늘 들은 이야기를 영웅성에 보고하기 위해서였다.

*　　　*　　　*

며칠 후.

광주(廣州)의 평안대로(平安大路).

광동의 성도(省都)에서 가장 번화한 거리다.

오전 무렵.

팔두마차 한 대가 평안대로 중심부에 위치한 어느 화려한 장원 앞에 멈춰 섰다.

마차 지붕 위에는 금색 실로 수놓은 영웅성 깃발이 펄럭이고 있었는데 마차가 도착하자 기다리고 있던 하인들이 서둘러 대문을 열었다.

그그그긍!

대문이 열리자 마차는 안으로 들어섰고, 열려진 대문 사이로 기화요초가 만발한 화원과 융단 같은 초지. 끝없이 늘어선 전각들이 보였다. 그 배치가 어찌나 절묘하던지 마치 인세의 무릉도원 같은 풍경이었다.

마차는 중문(中門)을 지나 내전(內殿) 앞에서 멈췄다.

내전 앞에는 이 장원의 주인인 듯한 사십대 중년인이 가솔들과 함께 마중을 나와 있었다.

어자석에 앉아 있던 무인이 절도있게 마차 문을 열자 네 사람이 내렸고, 그들은 장원의 주인과 인사를 나눴다.

그중 한 사람은 영웅성 천밀각 산하의 광동지단주인 이일화였다.

이일화 옆에는 다소 우쭐해하는 표정의 대도호 엽단풍이 서 있었고, 그 옆에는 소요검객 사도광이 미소 띤 얼굴로 장원의 주인과 반갑게 인사를 나누고 있었다.

그들 세 사람 뒤에는 오십대 초반의, 약간 음험해 보이는 눈빛의 초로인이 양 팔짱을 낀 채 서 있었는데, 이일화가 그를 소개했다.

"본 성에서 나오신 분입니다."

이일화가 소개하자 장원의 주인이 황송하다는 듯 고개를 숙였다. 하지만 그는 거만한 표정으로 입술만 달싹였다.

"척 모라고 하오."

그 모습을 본 이일화는 자기도 모르게 눈살을 찌푸렸다.

이일화가 내심 불쾌하게 여기고 있는 초로인의 정체.

그는 천밀각 산하, 백팔정혼단(百八精魂團)의 부단주, 색혼수사(索魂秀士) 척가량(斥可量)이었다.

원래는 이십팔봉공(二十八奉公) 중 한 사람을 모시려 했는데 어찌 된 일인지 그가 왔다.

하지만 척가량 역시 함부로 움직이는 사람이 아닌지라 뭐라고 항의하기도 난감했다. 때문에 애써 불쾌한 기색을 숨기고 있었는데 그의 거만한 태도를 보자 자기도 모르게 눈살이 찌푸려졌다.

"흠… 저 아이가 목격자란 말이오?"

색혼수사 척가량이 묻자 엽단풍은 고개를 끄덕였다.

"그렇습니다. 이 장원의 천금(千金)이신 백리 소저지요."

"그럼 한번 봅시다. 무슨 증상인지."

그러면서 휘적휘적 침상 앞으로 다가가자 하녀들이 해연히 소리쳤다.

"예를 갖춰주십시오. 소저께서는 강호인이 아니십니다."

"환자를 보는데 예는 무슨……."

척가량이 코웃음을 쳤지만 하녀들은 한사코 앞을 막아섰다.

척가량은 할 수 없이 휘장 너머로 맥을 짚을 수밖에 없었다. 그것도 백리혜혜의 팔에 묶인 가느다란 실을 통해.

"어떻습니까? 무슨 증상인지 답이 나왔습니까?"

백리상단의 주인인 백리장춘(百里長春)이 조심스럽게 물었다.

탁…….

척가량은 찻잔을 내려놓으며 무뚝뚝한 표정으로 대답했다.

"맥을 짚어봤는데 아무 이상이 없었소이다."

"예에? 그럼 무슨 영문으로?"

"낸들 아오? 그걸 알아보기 위해서는 눈을 봐야 하는데 하녀들이 기를 쓰고 막는 통에 도무지 방법이 없었소이다."

"그, 그런……."

백리장춘이 당황하는 찰나 이일화가 대안을 제시했다.

"그럼 면사로 얼굴을 가리면 되겠군요. 어쨌든 눈만 보면 될 테니……."

순간, 척가량이 이일화를 노려봤다.

이일화는 그 시선을 무심히 받아넘기며 속으로 중얼거렸다.

'이미 당신 행실은 익히 듣고 있던 바요!'

정파에서는 드문 섭혼술(攝魂術)의 대가, 척가량.

그는 영웅성 내에서도 행실이 좋지 않아 몇 번 구설수에 오른 적이 있다. 여제자들의 수련을 돕는다는 핑계하에 섭혼술을 펼쳐 그들의 몸을 만지는 등 추행을 일삼았기 때문이다.

'흠… 듣던 대로 겁없는 녀석이군…….'

척가량은 이일화를 보며 슬쩍 입술을 비틀었다. 이곳으로 오기 전, 천밀각 부각주에게 들은 이야기가 생각난 것이다.

"참나, 이 친구는 겁이 없는데다 상상력이 너무 풍부해서 탈이오."

그러면서 보여준 서찰.

'흥. 이십 년 전에 천하를 공포에 떨게 만들었던 십대마공이 나타난 것 같다고? 나 원, 웃기지도 않아서…….'

물론 척가량은 정사대전을 직접 겪어보지 못했다.

당시 그가 몸담고 있던 문파는 강호의 일에 별 관심이 없었기 때문이다. 그러다 보니 척가량 역시 정사대전을 겪은 사람들이 십대마공이니 십대마인이니 떠들어대도 별다른 흥미를 느끼지 못하고 있었던 것이다.

'이미 십대마공을 익힌 자들은 모두 죽어버렸지. 해저화산이 폭발하는 바람에 검웅 어르신과 양패구상했다던가?'

이는 영웅성 내에서도 핵심 수뇌부만 알고 있는 사실이다. 천밀각 부각주가 이일화가 보낸 서찰을 보여주며 지나가듯 이야기해 주었기에 척가량도 덩달아 알게 된 것이다.

'아무튼… 아직 몸도 제대로 여물지 않은 계집애를 만져봐야 무슨 흥이 나겠는가?'

척가량은 이일화에게서 시선을 거두며 고개를 끄덕였다.

"할 수 없지. 그럼 이 지단주 말대로 합시다. 그건 그렇고, 그 아이 외에 또 다른 목격자가 있다고 하지 않았소? 그 누구라고 했더라?"

"오 총관이라오."

사안에 비해 척가량의 말투나 태도가 기분 나빴을까?

백리장춘이 짤막한 어조로 대답하자 이일화가 빙그레 웃으며 한마디 덧붙였다.

"태음장(太陰掌) 오욱환(吳旭煥) 대협이시오."

"음? 태음장 오 대협이 이곳 총관이라고?"

"그렇습니다."

"흠. 별일도 다 있군. 절강 땅에서 큰소리깨나 치시던 양반이 어쩌다 이곳까지 흘러들어 왔을꼬?"

'저 작자가?'

오만한 척가량의 말투에 백리장춘은 속이 부글부글 끓어올랐다. 하지만 상대가 천하의 영웅성이니 어쩌겠는가?

"허허. 제 안사람 때문이라오. 안사람의 육촌 오라비뻘 되지요."

척가량은 그제야 고개를 끄덕였다.

"그랬었군. 그런데 그는 지금 어디에 있소? 그도 함께 목격했다면서?"

"그게… 딸아이와 달리 심한 내상을 입어 모처에서 중한 치료를 받고 있습니다."

"중한 치료?"

"예. 진기요상법(眞氣療傷法)을 받고 있지요."

"진기요상법이라……. 돈이 무척 많으신 모양이군."

순간, 백리장춘의 표정이 확 구겨졌다.

'저 작자가 계속……?'

물론 척가량의 말이 완전히 틀린 건 아니었다. 진기요상법을 쓰기 위해서는 내공이 이 갑자 이상인 절정고수와 각종 영약이 필요하니 웬만한 인맥과 재력이 없으면 꿈도 꾸지 못할 일이었다.

'하지만 같은 말이라도 달리 표현할 수 있지 않은가?'

그게 바로 백리장춘이 열받은 이유였다.

그러나 영웅성이 달리 영웅성이던가.

백리장춘은 어색한 미소로 대답했다.

"돈이 많다기보다… 안사람의 육촌 오라비인데다 제 딸아이를 보호하시다가 그런 횡액을 당했으니……."

"뭐, 그쪽 사정까지는 내 알 바 아니고… 아무튼 저녁에 봅시다. 면사를 씌우든 말든."

그 말과 함께 척가량이 나가고 나자 내실에서 와장창거리는 소리가 흘러나왔다. 백리장춘이 화가 나서 찻잔을 집어 던진 때문이었다.

그날 저녁.

척가량은 신중한 표정으로 대법을 준비했다.

침상 곁에 다탁을 놓아두고 그 위에 침구(鍼灸)를 가지런히 정리했다. 그리고는 작은 의자에 앉아 반 시진 동안 운기조식에 들어갔다.

이후, 척가량이 눈을 뜨자 그의 동공에서 우윳빛 광채가 어리기 시작했다.

"그럼 지금부터 대법을 시행하겠소."

척가량이 근엄한 표정으로 침대 휘장을 걷었다.

침대 위에는 면사를 쓴 소녀, 백리혜혜가 누워 있었다.

밀랍인형처럼 창백한 안색에 두 눈이 꼭 감긴 상태였는데, 미간과 눈 주변에 검은 기운이 어려 있었다.

"흠… 먼저 침을 놓아야 하니 이불을 걷어주시오."

"예에? 이불을 걷으라니요?"

해연히 놀라는 하녀들, 척가량 뒤에 있는 백리장춘을 쳐다본다. 그러나 척가량이 먼저 그녀들에게 타박을 놓았다.

"그럼 이불 위에다 침을 놓으리?"

그러면서 회심의 미소를 지으려는 순간, 백리장춘 옆에 서 있던 이일화가 빙그레 웃으며 말했다.

"들어오시라고 해라."

그러자 방문이 열리고 사십대 후반의 여도사가 들어왔다.

'이, 이게 뭐야?

척가량이 낭패한 표정으로 쏘아보자 이일화가 웃는 얼굴로 대답했다.

"혹시나 싶어 모셨습니다. 영남 땅의 신침(神針)이라 불리시는 태화관(太和觀)의 관주이십니다."

'이런 약아빠진 녀석!'

척가량의 눈길이 또 한 번 이일화를 향했다.

이번에도 역시 무심히 흘려 버리는 이일화.

옷자락 위로 침이 놓이자 대법이 시행되었다.

양손을 벌린 채 진기운행에 몰두하던 척가량. 어느 순간 백리혜혜의 관자놀이에 양손을 갖다 대자 백리혜혜가 홀린 듯 눈을 떴다.

"오오!"

반색하는 백리장춘.

그러나 척가량은 미미하게 안색을 찌푸렸다.

'이럴 리가 없는데?'

눈에 초점이 잡히지 않았다.

이는 대법이 제대로 통하지 않았다는 말.

'할 수 없군.'

잠시 고민하던 척가량은 품 안에서 요령(搖鈴)을 꺼냈다.

딸랑, 딸랑……!

방 안 가득 울려 퍼지는 요령 소리.

그 소리는 매우 독특했다.

맑고 고운 소리가 흘러나오는 게 아니라 듣는 이의 신경을 자극하는 거칠고 탁한 소리가 흘러나왔다. 그리고 요령 소리가 울려 퍼짐과 동시에 척가량의 입에서 괴이한 주문이 흘러 나왔다.

"나먁삼만다 파즈라 단샌… 암 크링크링 타다타 옴 아나레 아나레… 암급급여율령사파(唵急急如律令裟婆)!"

사문을 나온 뒤에는 좀체 안 쓰던 술법이었다.

'음… 나부파(羅浮波) 출신이라더니……!'

이일화가 척가량을 보고 내심 감탄하는 찰나,

"으으음……!"

백리혜혜의 입에서 희미한 신음이 흘러나왔다.

'성공인가?

주문을 멈춘 척가량이 백리혜혜의 눈을 살폈다.

그런 것 같기도 하고 아닌 것 같기도 하고.

'아무튼 눈에 초점은 잡혔군.'

속으로 고개를 끄덕인 척가량은 양손을 들어 백리혜혜의 관자놀이에 다시 공력을 불어넣었다.

그런데 그가 공력을 집어넣자마자,

"으으음!"

백리혜혜가 고통스런 신음을 흘리면서 이마에 식은땀을 흘리기 시작했다.

"이런!"

당혹스런 척가량의 외침.

백리혜혜의 전신이 부들부들 떨고 있었고, 양 관자놀이와 미간 사이의 혈관이 잔뜩 부풀어 오르고 있다.

'어서, 어서 대법을 멈춰야……!'

당황한 척가량은 빠른 어조로 혈도의 순서를 외치다가 안 되겠다 싶었는지 여도사를 밀치고 직접 침을 뽑기 시작했다.

'으으음…….'

백리혜혜는 한없는 나락으로 추락하고 있었다.

무간지옥이 이러할까?

빛 한줌 없는 공간.

그 속에서 무기력하게 어디론가 끝없이 침잠해 들어가고 있었다.

그런데, 언젠가부터 머리가 깨질 듯한 두통이 밀려왔다.

'아아아……!'

그와 동시에 결코 떠올리고 싶지 않은 그날의 영상이 눈앞에 아른거렸다.

"아가씨, 안 됩니다. 뭔가 심상치 않은 벌어진 것 같으니 이만 돌아가는 게 좋을 것 같습니다."

"그게 무슨 소리예요? 우리가 여기까지 온 목적을 잊었어요?"

그때까지만 해도 위험을 피해갈 순 없다고 생각했다.

그건 진정한 상인의 자세가 아니기에.

하지만 성곽 같은 담장을 지나 육중한 대문을 밀고 들어서자 사방에서 처절한 비명이 들려왔다.

저 멀리 보이는 전각에서는 끊임없이 불길이 피어올랐고, 눈앞에 있는 화원에서는 시체들이 나뒹구는 가운데 나무가 부러지고 꽃이 짓밟혀 있는 등 엉망진창이었다.

"아가씨, 제발 돌아갑시다. 상황이 너무 심각합니다."

호위무사들까지 나서서 만류했지만, 백리혜혜는 심호흡을 하며 문루 앞을 지났다.

그때, 누군가가 다가왔다.

하필이면 동이 터오를 때라 그의 얼굴을 똑똑히 알아볼 수 없었다. 그러나 역광 속에 서 있는 그의 발아래로 붉은 피가 뚝뚝 떨어지고 있다는 건 확실히 알아볼 수 있었다.

'그때 돌아서야 했는데…….'

백리혜혜는 덜덜 떨면서도 한 손을 들어 태양을 가렸다.

먼저 피 묻은 검을 쥐고 있는 그의 손이 보였다.

마치 여자 손처럼 길고 가늘었지만, 극고의 수련을 거친 듯 마디마디마다 옹이가 박혀 있었다.

그다음으로는 갈가리 찢긴 그의 상의가 보였고, 찢긴 옷자락 사이로 탄탄한 가슴 근육이 보였다.

그 위로 은빛 사슬에 철패를 꿴 으스스한 목걸이가 보였고,

그 위로 갸름하지만 강인해 보이는 턱과 붉고 아름다운 입술. 그리고 오뚝하게 뻗은 콧날과 왠지 모를 슬픔에 잠겨 있는 우수 어린 눈망울이 보였다.

실로 가슴이 쿵쿵 뛸 정도로 환상적인 외모를 지닌 남자였지만, 그와 눈이 마주치는 순간 백리혜혜는 사지를 벌벌 떨어야 했다.

'그 사람이야! 청파검으로 변신했던 바로 그 사람이야!'

그의 두 눈에서, 그리고 전신에서 뿜어져 나오는 묵직한 살기.

때문에 백리혜혜는 그가 저 시신들의 목숨을 앗아간 원흉이라는 사실을 알 수 있었다.

그의 기세에 놀랐을까?

아니면 자신을 보호하려고 그랬을까?

"이놈!"

호위무사들이 일제히 검을 뽑아 들고 그를 공격했다.

오 총관은 급히 자신을 보호하며 앞을 막아섰다.

"안 돼! 뒤로 물러서요!"

백리혜혜는 찢어질 듯 비명을 질렀다. 그의 기세를 느끼고 있었기에 호위무사들을 만류하려 한 것이다.

그러나 한발 늦어버려 호위무사들은 이미 목 잃은 시신으로 변해 있었다.

뒤이어 마주친 그의 눈빛!

얼음처럼 투명하고 기이한 슬픔에 잠긴 그의 눈은 난생 처음 대하는 공포였다.

그 뒤로 무슨 일이 벌어졌을까?

"으으으… 악마! 이 악마 같은 놈!"

오 총관의 쥐어짜는 듯한 목소리가 들려왔다.

그러나 백리혜혜는 손가락 하나 까딱할 수 없었다.

마치 거미줄에 걸린 풀벌레처럼 그의 눈에서 시선을 뗄 수 없었다.

그리고 그의 눈에서 기이한 광채가 흘러나오는 순간, 백리혜혜는 자신의 영혼이 무서운 속도로 빨려 들어가는 것을 느꼈다.

한 번도 느껴보지 못하고 겪어보지 못한 공간!

오로지 존재의 소멸만이 있는 아득한 공간 속으로 한없이 빨려 들어가는 것을 느끼며 백리혜혜는 자기도 모르게 비명을 질렀다.

"아아아악!"

백리혜혜의 입에서 섬뜩한 비명이 흘러나왔다. 뒤이어 그녀의 허리가 활처럼 휘며 전신을 부들부들 떨기 시작했다.

'이런 낭패가!'

다급히 침을 회수하던 척가량은 백리혜혜가 사시나무처럼 몸을 떨며 하얗게 눈을 까뒤집자 급히 그녀의 혼혈을 찍었다.

하지만 그녀의 전신에서 기이한 잠력이 흘러나와 손가락을 튕겨냈다. 뒤이어 그녀의 입에서 하얀 거품이 흘러나오자 척가량은 사색이 되어 전신공력을 끌어올렸다.

'위험하다!'

척가량은 번개 같은 손놀림으로 백리혜혜의 삼백육십 개 대혈을 찍었다. 그리고도 안심이 되지 않아 은밀히 십여 개의 혈도에 침을 꽂아 넣었다.

그러나 아무 소용도 없었다.

전신의 떨림은 진정되었지만 양 관자놀이와 미간 사이의 혈관이 터질 듯 부풀어 올랐다.

'도대체 이게 무슨 현상이란 말인가? 목숨을 걸고 훔친 나부파의 비전마저 통하지 않다니?'

척가량은 등에 식은땀을 흘리며 은밀히 진기를 불어넣어 봤다. 혹시라도 기맥이 통하면 머리 쪽에 몰려 있는 압력을 온몸으로 분산시키기 위해서였다.

그러나 그녀는 무공을 전혀 익히지 않은 몸.

술법을 쓸 때와 달리 내공이 전혀 들어가지 않았다.

'으음… 이를 어쩐다? 이대로 두면 뇌사 상태에 빠질 텐데…….'

그러나 아무리 생각해도 방법이 떠오르지 않았다.

'할 수 없지. 일단 편법이라도 써서……!'

시시각각 안색을 변화시키던 척가량은 백리혜혜의 정수리

부위에 한 뼘쯤 되는 침을 찔러 넣었다. 뒤이어 양 관자놀이 사이에 소털 같은 침을 꽂은 뒤, 이전에 꽂아 넣었던 십여 개의 침을 회수했다. 그리고는 미간과 눈 주위에 어려 있던 탁기를 제거한 뒤, 태연한 얼굴로 백리장춘을 돌아봤다.

"일단 초기 시술은 끝냈소. 다행히 영애가 눈을 뜨고 말문을 열었으니 차차 나아질게요. 하지만 아직 사기(邪氣)가 골수에 스며 있으니 며칠 뒤에 이차 시술을 하도록 하겠소."

그 말을 남기고는 누가 잡을세라 휙 떠나 버렸다.

"도대체 이게 무슨……?"

"그, 그러게 말입니다."

갑자기 척가량이 도망치듯 떠나가자 백리장춘과 이일화는 황당하다는 표정으로 서로를 쳐다봤다.

파견

魔道天下

"이런 찢어죽일 놈! 갈아 마실 놈! 지근지근 밟아 불에 굽고 얼음 구덩이에 빠뜨려 버릴 놈!"

백리장춘은 날마다 북쪽을 향해 욕을 퍼부었다.

저 남령산맥 넘어 영웅성이 있다는 무창을 향해서였다.

척가량이 떠나고 난 뒤 백리혜혜의 상태는 더욱 나빠졌다.

겨우 숨만 쉴 뿐, 물도 마시지 못하고 죽도 넘기지 못한 채 하루하루 말라가기 시작한 것이었다.

그 모습을 보고 애가 탄 백리장춘은 날마다 명의를 부르고 고수를 초청하고 영약을 구입하느라 동분서주했다. 그러나 백리혜혜는 이미 백약이 무효인 상태.

거금을 주고 초청한 명의나 고수들이 하루도 못 가 고개를 내저었다.

결국 하나밖에 없는 딸이 식물인간처럼 변해가자 삶의 보람을 잃어버린 백리장춘.

"그놈도 때려죽일 놈이지만, 그 기생오라비 같은 놈도 찢어죽일 놈이야. 아니, 둘 다 똑같은 놈들이야! 으드득!"

어느 날은 척가량을 욕하고 어느 날은 척가량을 데려온 이일화를 욕하면서 하루하루를 보냈다.

물론 백리장춘에게 욕을 얻어먹고 있는 이일화는 척가량이 영웅성으로 돌아간 직후 곧바로 업무정지에 처해졌다. 하지만 그런 사정을 알 리 없는 백리장춘은 날마다 두 사람을 욕하며 거의 폐인처럼 지냈다. 그렇게 보름 정도 지나자 집안은 물론이고 상단마저 휘청거릴 정도가 되어버렸다.

보다 못한 안주인, 유씨 부인이 거래처를 뛰어다니며 남편 대신 애쓰다가 어느 날 조그마한 암자 곁을 지나면서 기적처럼, 까맣게 잊고 지냈던 친척 한 사람을 생각해 냈다.

"방금 뭐라고 하셨소? 당신 외사촌 조카가 남해 보타암(普陀庵)과 인연이 있다고……?"

눈을 휘둥그레 뜨며 묻는 백리장춘의 말에 유씨 부인은 민망한 듯 고개를 끄덕였다.

"예. 외사촌 동생 부부가 십 년 전에 세상을 떠나 저도 까맣게 잊고 있었습니다. 그러다가 오늘 아침에 문득 생각해 보니 그 부부에게 딸이 하나 있었는데, 젖먹이 때부터 지병이 있어 남해 보타암에 맡겼다는 이야기가 떠올랐습니다."

"허허! 그런 인연이 있다면 진작 이야기를 하지 그랬소? 옛날부터 보타암에는 신선이 산다는 이야기가 떠돌았는데. 또한 신묘한 의술과 불력 높은 고승들이 즐비하다고 들었으니 내일이라도 당장 사람을 보냅시다! 그런데……."

"예?"

"그곳에서 어느 분과 인연이 닿았는지 혹시 아시오? 내가 알기로 그곳에는 크고 작은 암자만 이백 개에 이른다던데, 스님 이름을 모르면 수소문하기가 힘들지 않겠소?"

"아! 그렇군요. 그때 뭐라고 했더라? 보타암은 보타암인데 무슨 강호문파 같은 곳의 최고 어른이라고 했던 것 같은데?"

순간, 백리장춘은 자기도 자리에서 환호성을 터뜨렸다.

"오오! 부인! 정말이시오? 당신 말이 정말이라면 우리 혜아는 이제 살았소! 진짜 살았단 말이오! 모르는 사람들은 보타암이라고 하면 남해 보타산에 있는 절이 다 보타암인 줄 알지만, 거기 있는 수많은 암자들 중에서 진짜 보타암은 당신이 말한 바로 거기요! 강호의 전설, 검후(劍后)가 탄생하는 곳! 그곳이 진짜 남해 보타암이란 말이오! 와하하하하!"

백리장춘은 그날, 딸아이를 해남도로 보내던 그날 이후 처음으로 파안대소를 터뜨렸다.

*　　*　　*

어느 한적한 바닷가.

울퉁불퉁한 바위와 우거진 야자수밖에 보이지 않는 황량한 바닷가에 일단의 무인들이 나타났다.

눈부신 백의 무복 차림에 정광이 번뜩이는 눈.

은색 피풍의에 진주가 박힌 영웅건과 금빛 수실 휘날리는 보검까지 지닌 이들은 다름 아닌 영웅성 천밀각 휘하의 비영대(秘影隊)였다.

각각 오십 명으로 구성된 비영 일(一), 이대(二隊)가 동시에 움직이는 건 흑마련이 등장한 이후 칠 년 만의 일로, 주변을 탐색하는 그들의 얼굴엔 팽팽한 긴장감이 흐르고 있었다.

"대주님, 아무래도 이쪽에는 건질 게 없는 것 같습니다."

한 사내가 절도있게 등을 돌리며 말했다.

"건질 게 없는 것 같다고?"

저 뒤에서 양 팔짱을 끼고 서 있던 호랑이 눈의 중년인이 눈썹을 꿈틀했다.

"예. 주변을 샅샅이 뒤져 봤지만 폐허뿐입니다. 그리고 결정적으로 배가 한 척도 보이지 않습니다."

"배가 한 척도 보이지 않는다?"

"그렇습니다. 배가 한 척도 보이지 않는다는 말은 놈들이 이곳을 떠났거나 몰살당했다는 뜻. 아무래도 후자일 가능성이 높습니다."

"흠……."

호랑이 눈의 중년인은 묵묵히 주변을 둘러봤다.

사내의 말대로 배는커녕 판자 조각 하나 보이지 않았다.

"비영이대 쪽은 어떤가?"

호랑이 눈이 건너편을 보며 묻자 늑대 같은 인상의 중년인이 말없이 고개를 내저었다.

'비영이대 쪽도 아무 성과가 없단 말이지? 그렇다면 비영십호의 판단이 옳다는 소린데…….'

하지만 비영 십호의 말을 믿자니 그 여파가 너무 컸다.

'남해검문도 소탕하지 못한 독종들을 누군가가 몰살시켰다고 한다면 위에서 뭐라고 생각하겠는가?'

그게 호랑이 눈, 비영일대주의 고민이었다.

해남도 동쪽 연안을 제 집 안방처럼 휘젓고 다니던 무리, 백교단(百鮫團).

그 피에 굶주린 해적들에 대한 소문은 남령산맥을 넘어 본성에까지 알려졌다. 그런데 며칠 전, 백교단이 갑자기 사라져 버렸다며 천밀각에서 자신들을 파견한 것이다.

'흠… 부각주께서 고작 백교단 때문에 우리를 파견하지는 않았을 터. 아무래도 최근에 참화를 겪은 남해검문과 연관되어 있다. 틀림없이……!'

그때였다.

"거기 누구냐?"

건너편에서 호통 소리가 들려왔다.

비영이대 쪽이었다.

무슨 일인가 싶어 기감을 퍼뜨려 보니 비영이대 쪽에 누군가가 접근하고 있다.

'대략 서른 명 내외. 대부분 하수들이지만 고수도 있는 것 같다.'

비영일대주가 속으로 판단을 끝낼 무렵, 야자수 나무 사이에서 서른 명가량의 무인이 나타났다.

'음? 호랑이도 제 말 하면 나타난다더니……!'

그랬다.

비영이대 쪽으로 향하는 은푸른 무복 차림의 사내들.

그들은 남해검문의 무인들이었다.

'짙푸른 무복이 아니라 은푸른 무복이면 수련총(修鍊塚) 무인들인가?'

그 예상도 딱 맞아떨어졌다.

수련총 무인들. 말 그대로 수련을 위한 무덤인 오지산 깊은 동굴 속에서 검로(劒路)에만 매진하고 있다는 초보 검귀(劒鬼)들을 일컫는 말이다.

'물론 개중에는 검로를 다시 연구해 보고자 하는 고수들과 남해검문의 주축을 이루는 옛 사대 가문의 직계 후손들도 있

지…….'

그런 생각을 하며 면면을 훑어보니 과연 십대 중후반의 소년이 대부분이었지만 간혹 중년인들도 보였다.

'특히 저자는 나도 상대하기 힘든 고수군…….'

무리의 가장 앞쪽에 서 있는 외눈박이 사내.

서른 살 초반가량 되어 보이는 그의 눈에는 이글거리는 불길이 치솟아오르고 있었다.

"영웅성에서 이곳까진 어인 일인가?"

그가 먼저 말을 건네왔다.

'영웅성임을 알면서도 하대하는 듯한 말투라… 예상보다 더한 고수일지도 모르겠군.'

그러나 직접 손을 섞어보기 전에는 알 수 없는 일.

비영일대주는 천천히 시선을 돌렸다.

그가 비영이대주와 이야기를 나누고 있으니 굳이 끼어들 필요가 없다는 생각이 들어서였다.

그런데 얼마 지나지 않아 솔깃한 이야기가 들려왔다.

"우리도 마찬가지요. 밀밀향(密密香)을 추적하다가 그 향기가 이쪽을 향하고 있어서 주변을 살피고 있던 중이었소. 하지만 놈들의 본거지가 초토화된 상태라 원주민들을 상대로 탐문을 했는데, 놈들 중 일부가 바다로 떠났다고 하더이다."

비영이대주와 배짱이 통했는지 사내의 말투는 많이 부드러워져 있었다.

'밀밀향? 밀밀향이라면 척살 대상에게 뿌리는 남해검문 특유의 향기가 아닌가? 그렇다면 소문대로 흉수가 한 사람이란 말인가? 어떻게 그런 말도 안 되는 일이……?'

그러나 비영일대주는 금방 생각을 바꿨다.

'하긴 일이 그쯤 되니까 우리 모두를 출동시킨 것이겠지. 그런데 가만히 생각해 보니 이번에 업무정지 먹었다는 광동지단주란 작자, 정말 형편없군. 수련총 무인들도 알고 있는 사실을 파악조차 하지 못하고 있었다니…….'

애꿎은 이일화를 평가절하하면서 비영일대주는 앞뒤 사건의 연관성을 추측해 봤다. 그러는 사이에 대화가 끝나고 남해검문 무인들이 하나둘 자리를 뜨기 시작했다.

비영일대주는 체면불구하고 물었다.

"어디로 가실 작정이오?"

외눈박이 사내가 빙그레 웃으며 대답했다.

"말씀드린 대로 바다에 나가보려고 하오. 최근에 이상한 깃발을 단 배가 남해를 뒤지고 있다는 소문이 들려서."

"이상한 깃발? 어떤 깃발이기에?"

"그건 나도 잘 모르겠소. 사람 이름 같다고 하던데……. 아무튼 흑경방 놈들이 그런 이상한 짓을 벌이고 있다고 하더군요."

"흑경방이라면?"

"광동 연안에서 활동하는 자들이오. 최근에 우두머리가 바꿔었다는 소문이 떠돌아서 한번 덮쳐 보려고 하오."

'역시 해남에선 이들의 정보가 훨씬 더 빠르고 정확하군.'

비영일대주가 감탄한 표정으로 고개를 끄덕이는데,

"혹시 관심있다면 함께 가시겠소?"

사내가 의외의 제안을 해왔다.

"어떻게 생각하나?"

비영이대주를 돌아보자 말없이 고개를 끄덕인다.

"좋소! 우리 역시 백교단을 쫓고 있었으니 함께 움직입시다."

그 이후부터 비영대는 수련총 무인들과 함께 흑경방의 본거지인 천산군도로 향했다.

* * *

"으아아! 이게 무슨 꼴이냐? 남해가 좁다고 설치던 천하의 백상어가 이게 무슨 꼴이냔 말이다아아앗!"

한 사내가 밤하늘을 향해 괴성을 터뜨리고 있었다.

생쥐 같은 눈에 어울리지 않는 하마 같은 덩치를 가진 사내.

그가 내지르는 절규처럼, 그는 남해가 좁다고 설치던 공포의 해적단 두목, 백교천리(白鮫千里) 장천리(張天里)였다.

그는 도저히 현실이 믿어지지가 않았다.

"내가 이 모양 이 꼴로 허구한 날 바다나 뒤져야 하다니! 내가 이런 짓이나 하려고 세상에 태어났단 말인가? 크흐흐흑!"

혼자 한탄을 하며 꺽꺽거리는 사내.

하긴 그의 행색은 남 보기에 우스꽝스럽긴 했다.

불과 열흘 전의 그 화려했던 옷차림은 어디로 가고 치부만 달랑 가린 속옷차림으로 난간을 붙잡고 서 있었으니.

"그러게나 말이오. 정말 이게 무슨 꼴인지……."

장천리의 절규가 심금을 울렸을까? 한 사람이 옆에서 맞장구를 쳤다.

메기처럼 툭 튀어나온 입술에 뱀처럼 쭉 찢어진 눈.

그는 오문(澳門)과 향항(香港), 보다 정확히는 구룡반도(九龍半島) 인근에서 악명을 떨치던 해적단 두목, 포뢰백리(蒲牢百里) 오백리(吳百里)였다.

"그러나 어쩌겠소? 이게 다 운명인걸……."

"운명이라고 받아들이기엔 너무 가혹하지 않나? 우리가 무슨 죄를 지었다고 이런 형벌을 받아야 하는가?"

"그러게나 말이오. 세상에는 우리보다 더 나쁜 놈들도 많은데……."

말도 안 되는 변명을 하며 동병상련의 정을 나누는 두 사람.

그때,

"어쭈? 이것들이 지금 뭐 하고 있는 거야? 잠깐 밥 먹는 사이에 또 요령을 피워? 이것들이 정말 죽도록 맞아봐야 정신을 차리려나? 지금 노닥거릴 시간이 어디 있어, 이 새끼들아!"

갑자기 나타나 기세등등하게 고함을 지르는 사내.

그는 흑경만리 좌무기였다.

그런데 이상한 것은, 얼마 전까지만 해도 좌무기보다 세력이 더 강했던 두 사람이 좌무기를 보자마자 찔끔한 표정으로 앞 다퉈 바닷물 속으로 뛰어들었다는 사실이었다.

그런 두 사람을 보며 좌무기는 득의의 미소를 지었다.

"크흐흐. 살다 보니 내게도 이런 날이 오는구나! 천하의 백교단과 포뢰방 두목을 수하로 거느리게 될 줄이야."

난간에 기대어 입이 찢어지도록 웃는 좌무기.

문득 그의 눈에 이 일의 배후인 묵자후가 떠올랐다.

"젠장할! 야차보다 무섭고 악마보다 더 잔인한 놈! 어떻게 저 악머구리들을 단숨에 제압할 수 있었을까?"

물론 그보다 더 놀란 일은, 놈이 그 무시무시하다는 남해검문마저 무너뜨린 것 같다는 사실이었다.

비록 묵자후에게 직접 들은 적은 없지만, 떠도는 소문으로 미뤄 충분히 짐작할 수 있는 일이었다. 천하에 그런 짓을 벌일 사람은 그놈뿐이었으니.

"아무튼 나야 두 놈을 감시하면서 오 년 만 버티면 되지. 그러면 남해가 내 수중에 들어오게 될 테니. 크흐흐흐."

물론 전제조건이 있었다. 오 년 안에 반드시 누군가를 찾아야 한다는 것.

'제기랄!'

좌무기는 신경질적으로 머리 위를 쳐다봤다.

바람에 나부끼는 깃발. 그리고 깃발뿐만 아니라 돛 폭 전체에 수놓인 커다란 글씨.

'저 글자가 뭐라고 했더라?'

좌무기는 까막눈이라 글을 읽을 줄 모른다.

"야! 저기 쓰인 글자가 뭐라고 했냐?"

"예! 묵 자, 자 자, 후 자라고 그러셨습니다."

수하의 대답에 좌무기는 고개를 끄덕였다.

'그래! 묵자후! 저 깃발을 알아보는 사람이 있으면 황제처럼 극진히 모시라고 했지? 그러면 방주직을 되돌려준다고……'

그러기 위해선 저놈들을 더 혹독하게 몰아붙여야 한다.

'오 년 안에, 아니, 최단시간 내에 저 깃발을 알아보는 사람을 찾아내야 한다! 이 바다를 몽땅 뒤지는 한이 있더라도! 그렇지 않으면 남해고 뭐고 내 목숨부터 작살난다!'

좌무기가 주먹을 움켜쥐며 내심 다짐하는 이유.

묵자후가 그에게 금제를 가한 때문이다.

삼 개월에 한 번씩 해약을 먹지 않으면 심장이 터져 버리는 금제.

그리고 오 년이 지나면 심장뿐만 아니라 온몸의 혈관이 산

산이 터져 버리는 금제!

그 금제에 걸린 사람은 좌무기 혼자만이 아니었다. 저 앞에서 어푸어푸거리며 바다를 뒤지고 있는 장천리와 오백리, 그리고 그 휘하에 있는 소두목 급의 해적들도 모두 금제에 걸려 있다. 그것도 천성이 게으르고 나태한 해적들이라 금방 까먹을까 우려하여 열흘에 한 번씩 개미 떼가 온몸을 갉아먹는 듯한 발작이 일어나게 만들어놨다.

그리고 이곳에서 그 발작을 해결할 수 있는 사람은 좌무기 한 사람뿐이었다. 그게 바로 장천리와 오백리가 묵자후에 이어 좌무기에게까지 쩔쩔매는 이유였다.

'아무튼 악마같이 교활한 놈! 혹시라도 해약을 안 보내주기만 해봐라. 저놈의 돛을 몽땅 불 싸질러 버리고 말 테다!'

서글프게도 좌무기가 할 수 있는 보복이라고는 그 한 가지뿐이었다.

하지만 좌무기는 굳게 믿고 있었다.

자기들에게 금제를 가한 뒤 대륙으로 떠난 묵자후가 반드시 해약을 보내올 것이라는걸.

그리고 언젠가는 저 돛을 보고 누군가가 찾아와 자신을 남해의 제왕으로 만들어줄 것이라는걸.

그걸 어떻게 믿느냐고?

'나보다 무공이 훨씬 더 뛰어난 저놈들을 수하로 거느리게 해준 걸 보면 알 수 있지. 비록 악마 같은 놈이지만, 놈은 사

람을 부릴 줄 알아. 나나 저놈들과 달리 의리가 뭔지 아는 놈이라고…….'

그런 생각을 하며 좌무기는 난간 아래를 쳐다봤다.

자신과 눈이 마주치자 노닥거림을 멈추고 또다시 물속으로 기어들어 가는 장천리와 오백리.

그 두 사람을 보며 좌무기는 또 한 번 웃음을 터뜨렸다.

"그래, 당분간은 이 맛으로 사는 거야! 크하하하!"

* * *

"훗! 해적들에게도 의리가 있다고?"

누군가가 피식 웃으며 소도(小刀)를 꺼내 들었다.

달빛에 반짝이는 칼날.

봉두난발의 해적이 겁먹은 표정으로 그 칼을 쳐다봤다.

하지만 소도를 쥔 사내, 방금 비웃음을 흘렸던 외눈박이는 차가운 표정으로 그의 목을 움켜쥐었다.

"아냐. 너희 같은 종자는 의리를 몰라. 왜냐하면 말이지. 너희는 인간이 아니라 짐승이기 때문이야."

그 말과 함께 외눈박이가 봉두난발의 두 눈을 파냈다.

"끄아아아악!"

봉두난발이 괴성을 지르며 몸부림쳤지만, 어느 누구도 그를 동정하는 사람이 없었다. 외눈박이 주변에 서 있던 은푸른 무복의 사내들은 물론이고, 그 뒤에서 시체들을 모으고 있던 백의사내들마저 무심한 눈길로 그를 바라봤다.

그들의 방관 속에 봉두난발의 사내가 꺽꺽 흐느끼며 뭐라고 중얼거리기 시작했고, 그의 이야기를 다 들은 외눈박이는 긴 한숨을 내쉬었다.

그리고…

푹!

"끄흐……."

봉두난발이 단말마의 신음을 흘리며 쓰러졌고 외눈박이가 천천히 뒤돌아섰다.

"이번에도 별 신통한 게 없소. 고작 누군가가 광동 인근의 해적을 몽땅 통합해 버렸다는 이야기뿐."

"어딜 가나 그 이야기뿐이구려. 정체를 알 수 없는 해적단 총두목 이야기……."

비영일대주가 고개를 설레설레 흔들자 그 옆에 있던 비영이대주가 공감한다는 듯 한숨을 내쉬었다.

"이제 어쩌시려오? 흑경방 놈들도 먼 바다로 나갔다는데, 계속 그들을 추적하실 작정이시오?"

비영일대주의 물음에 외눈박이가 씨익 웃으며 대답했다.

"우리 해남 사람들은 흐릿한 걸 싫어하지요. 내가 죽든, 상대가 죽든 끝장을 봐야 직성이 풀립니다."

그 말을 듣는 순간, 비영일대주는 강호인들이 왜 제자들에게 사천당가와 남해검문만은 절대 건드리지 말라고 신신당부하는지 그 이유를 알 수 있을 것 같았다.

"그럼, 무운을 빕니다. 우리는 바다에 익숙지 않아서, 또한 상부에 보고해야 할 게 있어서 이만 철수하도록 하겠습니다."

"그러시오. 귀하들에게도 무운이 있기를 바라겠소."

묵자후를 추적하던 두 집단은 천산군도에 남아 있던 몇몇 해적 잔당들을 처치한 뒤 서로 헤어졌다. 비영대는 영웅성으로, 수련총 무인들은 먼 바다로…….

*　　*　　*

짙푸른 바다.

파도가 너울대는 수평선에 하얀 구름이 걸려 있다.

양털 같기도 하고 솜털 같기도 한 구름은 바람 따라 흐르다가 잠시 쉬고 싶었는지 어느 섬 위로 내려앉았다.

주산군도(舟山群島)!

이리저리 흩어진 이백여 개의 섬이 일대 장관을 이루는 곳.

그중에서도 아름다운 해안선과 넓은 백사장. 울창한 숲과 기이한 암벽들이 보는 이의 눈을 사로잡는 어느 신비한 섬에 이른 아침, 커다란 상선(商船) 한 척이 나타났다.

"음… 진정 백리상단이란 말이더냐?"

"예. 연아(然兒)의 외사촌 동생뻘 된다는 상단주의 딸이 사경을 헤매고 있다며 도움을 요청하고 있습니다."

"저런! 나무관세음보살……."

"그래서 일단 연화암(蓮花庵)으로 모시긴 했는데, 어찌해야 좋을지……."

"흐음… 나무관세음보살. 나무관자재보살……."

노승은 대답 대신 연신 불호를 외웠다.

호리호리한 체구에 검버섯 핀 얼굴.

반 이상 굽은 허리에 잔주름 가득한 눈매.

그러나 뭇 강호인이 그녀를 본다면 오체투지도 마다하지 않으리라. 불과 이십 년 전까지만 해도 그녀는 악을 원수처럼 미워한다는 마두관음의 화신, 마두검후(馬頭劍后)라 불렸으니.

하지만 폭 삭아버린 가사(袈裟), 손때 묻은 염주를 굴리며 파르르 눈썹을 떨고 있는 지금, 그녀에게선 과거의 모습을 전혀 찾아볼 수 없었다. 그저 어린 제자에게 찾아온 갑작스런 인연에 놀라 가슴 졸이는 마음 약한 사부의 모습만 보일 뿐.

그러다가 한참 뒤에 눈을 뜬 그녀.

어느새 마음을 비웠는지 자애로운 눈빛으로 입을 연다.

"이야기를 들어보니 사정이 퍽 딱한 것 같구나. 벌써 한 달 이상 정신을 못 차리고 있다면 이는 강력한 심공에 의해 혼백이 억눌려 있다는 말인데, 이곳에서 그 문제를 해결할 수 있는 사람이 연아뿐이니. 나무아미타불, 나무관자재보살…….”

하지만 그녀의 불호가 끝나기 무섭게 다소곳한 태도로 앉아 있던 중년 여승이 완강히 고개를 내저었다.

“안 됩니다, 사부님! 연아는 백지 같은 아이입니다. 비록 꽃처럼 아름답고 눈처럼 순수하지만 그 아이는 아직 세상에 단 한 번도 나가보지 못했습니다. 더구나 그 아이는 풀잎처럼 연약한 아이. 행여 세상에 나갔다가 무슨 일이라도 생긴다면…….”

그러면서 차마 말을 잇지 못하겠는지 눈물을 주르륵 흘리는 여승.

한쪽 구석에서 그 모습을 보고 있던 사미니(沙彌尼:어린 여자 스님) 두 사람이 입을 가리며 웃음을 참느라 애를 먹는다.

‘정화(精花) 사숙께서 또 감정이 북받치셨나 봐. 저러다 금방 또 마음을 바꾸시겠지?’

‘당연하지. 하루에도 열두 번 더 우시는 정화 사숙이신데.’

철없는 사미니들의 속삭임에 한숨을 쉬던 노승은 잠시 그들을 노려본 뒤 다시 입을 열었다.

“정화야, 내가 어찌 네 마음을 모르겠느냐? 하지만 어찌할꼬? 친척 동생의 일인데다가 너희 중에 항마신공(降魔神功)을 극성으로 깨우친 사람은 연아밖에 없지 않느냐?”

"하오나 사부님, 연아는……!"

"그만! 네가 무슨 말을 하려는지 안다. 하지만 정화야, 위험하다고 해서 평생 그 아이를 이곳에 가둬놓고 있을 수만은 없지 않느냐? 더구나 그 아이에게 세상구경이라도 시켜줘야 한이라도 없지 않겠느냐? 또 그렇게라도 해야 연아가 이 땅에 왔다 갔다는 흔적이라도 남길 수 있지 않겠느냐?"

"하오나, 하오나, 사부님. 흑흑흑……."

급기야 어깨를 들썩이며 오열하는 여승.

노승은 그녀의 어깨를 다독여 주며 사미니들에게 말했다.

"너희들이 가서 사숙을 찾아오도록 해라."

"예. 명을 받드옵니다."

노승에게 고개를 숙이며 뒷걸음질로 물러난 사미니들.

"아유. 우리 말괄량이 소사숙을 어디 가서 찾지?"

"글쎄, 이 시간쯤이면 온천동굴에 가계시지 않을까?"

"온천동굴? 하긴 그럴 가능성이 높겠네. 얼른 가보자."

까불거리던 모습과 달리 바람처럼 몸을 날린다.

순식간에 산 아래로 내려가 바다가 보이는 해안가로 들어서는데, 아무리 봐도 온천이 있을 만한 지형이 아니었다.

수풀 우거진 골짜기가 기암절벽과 만나는 곳.

중간에 오목한 분지가 있고, 좌우로 동굴들이 벌집처럼 뚫려 있다.

하지만 깊은 골짜기인데도 햇볕이 잘 들어 겨울엔 따뜻하고 여름엔 시원할 것 같은 지형이었다. 특히 전면에 보이는 동굴은 바다 쪽으로 뚫려 있었는데, 그곳에는 한겨울에도 따뜻한 물이 올라오는 작은 웅덩이가 있어 사미니들끼리 이곳을 온천동굴이라고 부르는 것이다.

사미니들은 골짜기로 내려서자마자 그들이 찾고 있는 사숙, 은혜연(銀惠然)을 발견할 수 있었다.

"얘들아, 잘 들어. 이건 비밀인데, 본 문에는 엄청난 검법이 네 개나 있어. 그게 뭐냐면 말이지, 팔만사천보리항마검법(八萬四千菩提降魔劍法)과 천수일천검형(千手一千劍形), 마라백팔검형(摩羅百八劍形)과 의형십팔검(意形十八劍)인데……."

입술에 검지를 올린 채 쉴 새 없이 재잘거리는 소녀.

"어머, 소사숙! 거기서 뭐 하세요?!"

주근깨투성이의 사미니가 신기한 듯 외쳤다.

십여 장 앞쪽. 햇살 가득한 분지 위에 울퉁불퉁한 바위가 솟아 있고 그 위에 수십 마리의 원숭이가 부동자세로 서 있다.

그리고 원숭이들 한가운데에는 자기 키보다 더 높은 바위 위에 올라선 은혜연이 목검을 흔들며 원숭이들에게 뭐라고 일장연설을 하고 있었던 것이다.

"어머? 사질들 왔네?"

사미니들을 보자 황급히 목검을 감추는 소녀.

그녀는 무척 아름다웠다. 그러나 나이에 비해 약간 어려 보이는 외모를 갖고 있었다.

크지도 작지도 않은 키에 가냘픈 허리, 아담한 어깨, 봉긋 부풀어 오르기 시작하는 가슴 등이 그녀의 나이를 열일고여덟 정도로 짐작하게 만들었지만, 얼굴 반을 차지하는 맑고 큰 눈에 아기처럼 뽀얀 피부, 깨알 같은 점이 박힌 앙증맞은 코와 앵두처럼 작은 입술 등이 그녀의 나이를 실제보다 조금 어려 보이게 만들기도 했다.

특히 그 큰 눈이 사질들을 보자마자 속눈썹을 떨며 허둥거리기 시작했고, 앙다문 입술 사이로 분홍빛 혀가 쏙 튀어나와 있어 그녀의 성격이 무척 개구지고 천진난만하다는 것을 알 수 있게 해주었다.

또한 승복을 입고 있었지만 머리를 깎지 않은 속발(俗髮) 차림이라 아직 정식으로 출가하지 않은 신녀(信女) 신분임도 알 수 있게 해주었다.

하지만 안타깝게도 그녀의 미간에 은은한 푸른 기운이 감돌고 있어 어딘가 모르게 병약해 보이는, 그래서 보는 이로 하여금 까닭 모를 보호본능을 불러일으키게 만드는 슬픈 인상을 풍기기도 했다.

"네에? 원숭이들에게 무공을 가르치고 있다구요?"

"와아! 너무 신기해요. 한번 보여주세요. 네?"

눈을 휘둥그레 뜨는 사질들의 말에 은혜연은 기고만장한

표정을 지었다.

"좋아! 왕후(王猴)! 사질들 앞에서 시범을 보여봐!"

"……?"

그러나 시범은 무슨.

목검을 받자마자 녀석이 캭캭거리며 무리들과 함께 달아나 버린다.

"어쭈? 저 녀석이?"

"까르르."

"호호호. 아유, 배야. 큭큭큭."

그 모습을 보고 폭소를 터뜨리는 사미니들.

은혜연은 자존심이 상해 왕후를 노려봤다. 그러나 어느새 저만치 달아나 무리들과 장난을 즐기고 있다.

"칫. 저 녀석이 낯을 가려서 저래. 우리끼리 있을 때는 얼마나 잘 따라한다구."

"호호호. 제발 그만 좀 웃기세요."

"그러게요. 너무 웃었더니 턱이 다 아파요, 사숙. 호호호."

"칫. 정말이라니까. 근데 무슨 일이야? 아직 점심 공양은 멀었잖아?"

"아! 내 정신 좀 봐. 장문인께서 찾고 계세요."

"사부님께서?"

"네."

"무슨 일이지?"

"글쎄요. 얼핏 백리상단 이야기가 나오던데……."

"백리상단?"

"네. 사숙님의 친척께서 운영하고 계신대요."

"그래? 난 처음 듣는 이야긴데?"

고개를 갸웃거리며 곧바로 몸을 날리는 은혜연. 순식간에 아득한 점이 되어 사라진다.

"아유, 정말이지 우리 소사숙은 너무 엉뚱하셔."

"그러게 말이야. 꼭 아기 같고, 내 동생 같애."

"그런데… 우리 소사숙께서 강호로 나가 버리시면 심심해서 어쩌지?"

"…그러게 말이야."

대화를 나누다 말고 갑자기 시무룩해져 버리는 사미니들.

그때부터 원망스런 표정으로 해안 쪽을 바라본다.

느닷없이 나타나 자기들의 사숙을 빼앗아가려는 백리상단.

그 상선이 정박해 있는 먼 포구 쪽을…….

"본디 강호란 풍파가 많은 곳. 이곳과 달리 발 없는 말이 천리를 가고 아니 땐 굴뚝에서 연기가 나는 곳이니라. 하니 매사에 삼가고 조신해야 하느니라. 부디 네 행동에 본 문의 명예가 달려 있음을 잊지 말고……."

잔잔하게 울려 퍼지는 음성.

벌써 몇 번짼지 모른다.

제자의 강호행이 걱정되어 했던 말을 하고 또 하는 사부.

은혜연은 계속 듣고 있다가 마침내 입을 열었다.

"네. 시방변만불(十方遍萬佛)*이라 했으니 무슨 문제가 있겠어요? 근데 사부님은 같이 안 가시나요?"

자신의 걱정과 달리 너무 태연한 제자의 말에, 전대의 검후이자 당대의 남해 보타암 장문인인 노승 금정 신니(金精神尼)가 한숨을 쉬며 말했다.

"내가 직접 따라가고 싶지만 며칠 뒤에 소림에서 성승이 오신다고 하니……."

"아! 성승께서 오신다구요? 그럼 이번에는 송엽주 드리는 거 잊지 마세요. 꼭이요!"

"이 녀석이? 송엽주가 아니라 송엽차다."

금정 신니가 눈을 부라렸지만,

"피. 누가 뭐래요?"

애교 부리듯 혀를 쏙 내미는 제자.

금정 신니는 할 수 없다는 듯 웃다가 짐짓 근엄한 표정을 지었다.

"이 녀석, 까불지 말고 불가오계를 암송해 보거라."

"예. 살아 있는 것을 죽이지 말라, 주어지지 않은 것을 훔치지 말라, 음란한 행위를 하지 말라, 거짓말을 하지 말라. 술

---

* 시방변만불(十方遍萬佛):세상 어디나 부처가 있음.

을 마시지 말라."

"그래. 그럼 이번에는 식차마나(式叉摩那)*의 법계(法戒)를 외워보거라."

"예. 스승과 벗을 공경하라. 병든 사람을 지극히 간호하라. 남을 비방하지 말라. 나쁜 일을 생각하지 말라……."

"그래. 잠시 다녀오는 것이지만, 강호에선 무슨 일을 겪을지 알 수 없으니 항상 세존의 가르침을 잊지 말고, 또 네가 지금은 계를 받지 않은 신분이지만 내년에는 정식으로 출가하게 된다는 사실을 잊지 않도록 해라."

"예."

"그리고, 나는 같이 못 가지만 마침 정수(精修)가 강호에 나갈 일이 있으니 함께 가도록 해라."

"정수 사자(師姉)랑 같이요? 야호!"

갑자기 팔을 치켜들며 환호성을 터뜨리는 제자.

금정 신니는 속으로 한숨을 내쉬었다.

'휴우… 제자들이 어째 하나같이 이 모양일꼬? 정화야 그렇다 쳐도 얼음장 같은 정수 녀석까지 이 아이에게 꼼짝을 못하니 본 문의 내일이 암담하도다…….'

하지만 그런 속내를 아는지 모르는지 웃음을 참기에 바쁜 은혜연.

'드디어 이 몸이 강호에 나가는구나. 기다려라, 마두들아!

---

* 식차마나(式叉摩那)의 법계(法戒):사미니와 비구니 사이에 있는 여승들이 지켜야 할 계율.

이 몸이 불력을 빌어 너희들을 몽땅 처단하고야 말겠노라!'
그렇게 희희낙락하고 있는데,
"연아야!"
귓전에 울려 퍼지는 사부의 엄한 목소리.
은혜연은 금세 태도를 바꿔 다소곳이 눈을 내리깔았다.
"네. 말씀하시와요, 사부님."
"이 녀석아, 제발 이 사부나 네 사자들에게 하던 것처럼 말고 참배객을 대할 때처럼 부드럽고 조용하고 나긋나긋하고 온화해야 한다. 알겠느냐? 그리고 정수에게 따로 일러둘 테니 오는 길에 사가(私家)에 들렀다 오너라. 비록 속세의 인연이라 하나 부모님 묘소에 인사는 드리고 와야지."
"예."
"그리고 거듭 당부하지만 강호는 이곳과 다르니 언행에 각별히 신경 써야 한다는 걸 잊지 말도록 해라."
"네! 알겠습니다. 염려 마십시오!"
그러면서 가슴을 쫙 펴는 은혜연.
"제발 그놈의 선머슴아 같은 흉내 좀 내지 말고."
"어머, 네. 호호호."
"에효……."
당부와 달리 신바람 난 얼굴로 물러나는 제자를 보며 남모를 한숨을 내쉬는 금정 신니다.

다음날 아침.

은혜연은 사질들의 배웅을 받으며 정수 사태와 함께 일주문(一柱門)을 나섰다.

일주문 밖까지 따라 나온 금정 신니는 어느 소나무 밑에서 은혜연에게 하얀 보자기를 건네주었다.

"어머, 이게 뭐죠?"

왠지 모를 직감에 두근거리며 풀어보니 과연 흰 천에 둘러 싸인 고색창연한 보검이다.

"사, 사부님?"

눈물이 그렁하여 돌아보니 사부는 짐짓 고개를 돌리고 있다.

"혹시나 하여 주는 것이니 되도록이면 쓰는 일이 없도록 해라."

"와앙! 고마워요, 사부님! 정말 고마워요. 흑흑흑."

자기도 모르게 울음을 터뜨리며 금정 신니를 와락 끌어안는 은혜연.

이제껏 검법을 수련하기는 했으나 진검을 받아보긴 처음이었다. 그것도 사부가 직접 하사하는 검임에야.

하지만 은혜연은 너무 흥분한 상태라 몰랐다.

그 검이 바로 남해검후를 상징하는 천수여의검(千手如意劍)이란 사실을.

그리고 그 검을 준 이유는 이 세상에서 처음이자 마지막 외출에 나서는 제자에게 주는 사부의 절절한 심정이라는 걸.

그런 이유로 사부가 사문의 상징을 넘겨주는 걸 보면서도, 자신을 향한 정수 사태의 눈에 한자락 눈물이 글썽이고 있다는 걸 은혜연은 전혀 모르고 있었다.

"헤헤. 사부님, 금방 갔다 올게요."

"오냐, 몸조심하도록 해라."

눈물방울을 매단 채 헤헤 웃으며 돌아서는 제자.

그런 제자의 뒷모습을 보며 그제야 눈물을 흘리는 사부.

'연아야… 부디 다른 사람의 한평생보다 더 많은 추억을, 더 많은 볼거리를 보고 오너라. 부디…….'

그날 금정 신니는 은혜연이 탄 배가 까마득한 점으로 변할 때까지 늙은 소나무 옆에 서 있었다. 그 옛날 자기 사부가 그랬던 것처럼.

마기

魔道天下

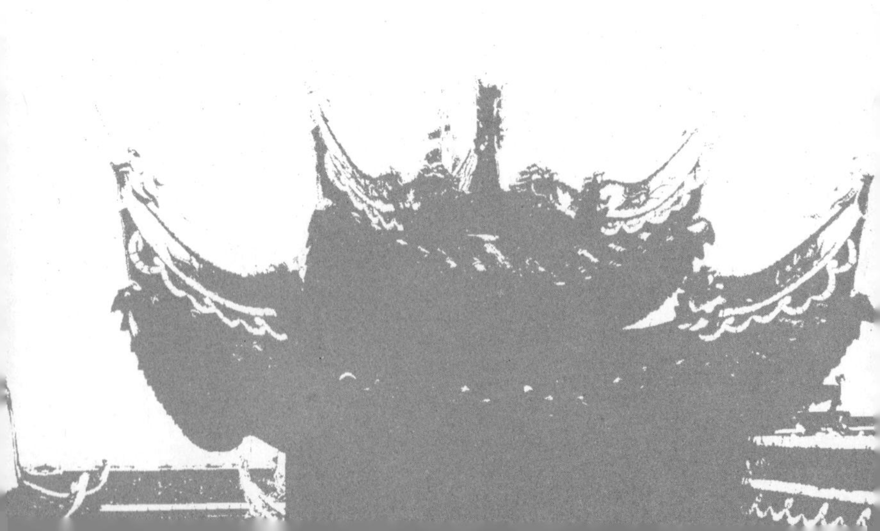

"다 왔습니다."

사공의 말에 묵자후는 천천히 고개를 들었다.

출렁이는 강물 너머로 낯선 거리, 낯선 풍경이 펼쳐져 있었다.

수많은 상점과 전각들. 그 사이를 오가는 사람들.

'이런 게 대륙인가?'

천산군도는 섬이었으니 말할 것도 없고, 처음 발을 디딘 육지, 뇌주반도에서는 검문을 피해 객잔에만 틀어박혀 있느라 주위를 제대로 둘러볼 여유가 없었다. 그리고 해남도에서는 주변풍광을 감상할 틈도 없이 피의 보복을 벌였으니, 대륙을 제대로 본 건 지금이 처음이나 마찬가지였다.

자신이 늘 두려워하면서도 꼭 한번 가보고 싶었던 강호.

그 강호가 눈앞에 펼쳐져 있었다.

그런데 막상 발을 디디려 하니 못 견디게 그리운 얼굴들이 떠올랐다.

'와하하! 강호에 들어선 걸 축하한다!'

'우리 아들. 드디어 강호에 발을 디뎠구나.'

'크흐흐. 이놈! 함께 나가자고 하더니 네가 일착이구나. 어쨌든 축하한다!'

정겨운 목소리와 함께 그리운 얼굴들이 저 하늘 위에서 웃고 있다.

모두 자신의 강호행을 반기고 있다.

'그래요. 드디어 강호에 발을 디뎠어요. 받은 만큼 돌려주기 위해! 마도천하를 이루기 위해!'

그렇게 감상에 젖어 걷다 보니 어디가 어딘지 알 수가 없었다.

'불산(佛山) 어귀, 동하촌에서 북강(北江)으로 갈아탄 뒤, 소관(韶關)까지 가라고 했지? 그리고 소관에서 육로를 타고 호남으로 가는 게 제일 빠르다고…….'

좌무기가 알려준 길이다.

섬서에 있는 중원제일루까지 가려면 호남, 호북을 지나 진령산맥(秦嶺山脈)을 넘는 게 가장 빠르다며.

'그런데 동하촌이 어딘지 알 수가 있나?'

게다가 신경 쓰이는 것.

죽립 차림이 오히려 시선을 끈다는 걸 알고 본 얼굴로 나섰는데 주위를 지나는 여인네들의 눈길이 심상치 않다. 다들 걸음을 멈추고 멍한 표정으로 바라보고 있다.

'미치겠군. 귀검 손 숙부에게 속은 건가? 풍운조화결을 아무리 펼치면 뭐 해? 극성으로 펼쳐도 사람들이 모두 나만 주시하는데…….'

묵자후는 애꿎은 귀검을 원망했지만, 어쩌겠는가?

묵잠과 금초초가 너무 잘생긴 아들을 낳아버린 때문인걸.

더구나 천금마옥에서 생활하는 바람에 빛을 제대로 못 봐서 유난히 하얀 피부인데다, 화령신조와 만년오공의 기운을 흡수해 웬만한 미인보다 윤기가 흘렀으니. 거기다 강자 특유의 기도가, 그것도 극강한 마기가 무형 중에 흘러나와 남들을 압도하고 있었으니 누구를 탓할 수 있겠는가?

하지만 그런 사실을 전혀 깨닫지 못하고 있는 묵자후.

하루 종일 풍운조화결을 탓하며 가능하면 사람들이 안 다니는 으슥한 길만 골라 다녔다.

그러다가 우연히 보게 된 수배령.

'희대의 살인마, 환마라고? 저게 나란 말인가?'

아예 머리에 뿔도 그려놓지, 무슨 괴물을 수배하고 있다.

'그래도 별호는 마음에 드는군. 환마라……. 공손 숙부께서 좋아하시려나?

그렇게 마뇌를 떠올리며 걷는데 저 멀리 강줄기가 보인다.

'이런! 결국 제자리걸음만 했단 말인가!'

어이가 없었다.

주변을 둘러보니 처음 발을 디뎠던 그 선착장이다.

'이러고도 진법을 배웠다니, 한심하군…….'

아무래도 낯선 세상 풍경에 흥분한 탓이리라.

마음을 가다듬고 주변 사람에게 동하촌을 물어보려는데 저 멀리서 상선 한 척이 다가온다.

'백리상단 소속이라…….'

문득 그날 일이 떠올랐다.

'차라리 그때 죽여 버릴 걸 그랬나?'

자신을 보고 버쩍 얼어버리는 백리혜혜.

묵자후는 무심히 그 곁을 지나가려 했다.

이미 피를 너무 많이 봤기에.

특히 문루로 향하기 직전, 자신에게 달려드는 남해검문의 어린 소년을 보고 너무 충격을 받은 상태였기에.

"이 악마! 죽어! 죽어버려"

기를 쓰며 달려드는 어린 소년.

고작 열두 살이나 됐을까.

나이답지 않게 매서운 실력이었다.

'하지만…….'

결국 소년을 베어버렸다.

소년의 전신에서 엄청난 피가 흘러나왔다.

그 광경을 보고 처음으로 후회의 감정이 어렸다.

'하지만 죽진 않았을 것이다. 손에 정을 남겼으니.'

그러나 그 소년의 피가, 그 피의 무게가 가슴을 짓누르고 있었다.

그런데 하필이면 그때 그녀 일행이 나타났고, 그녀의 호위무사들이 먼저 검을 날려와 살심을 자극했다.

'그래서 그녀마저 죽여 버리려 했지만…….'

마음이 약한 탓일까?

아니면 모친에 대한 그리움 때문이었을까? 아직 여자에겐 손대기 싫은 묵자후다. 그래서 목숨만은 살려줬다.

하지만 그게 은혜연과 인연의 끈이 되리라는 건 꿈에도 생각지 못하고 있었다.

'아무튼…….'

북강으로 가는 배를 타야 한다.

'아까 서강을 탔으니 북쪽으로 걷다 보면 강이 나오겠지.'

어느새 남들에게 물어보려던 생각을 지워 버리고, 무거운 표정으로 북쪽을 향해 걷기 시작했다.

누군가가 말했다.

길이 끝나는 곳에서 길이 시작된다고.

삶의 고비에 처해 있을 때, 지금이 바로 내 인생의 끝이라며 좌절하고 있을 때 한순간 생각을 바꾸거나 마음을 돌리면 새로운 길을 발견하게 된다는 철학적인 이야기다.

하지만 그런 심오한 뜻과 달리, 묵자후는 정말 길이 끝나 버리는 황당한 상황에 처했다.

'이게 뭐야?'

계속 북쪽으로 걸었으니 강이 나와야지 왜 절벽이 나온단 말인가?

어이가 없다 보니 절벽을 뛰어넘을 생각도 못했다.

그래서 주위를 두리번거리고 있는데,

"아아악!"

멀리서 은은한 비명이 들려왔다.

'백 장 밖이군.'

굳이 남의 일에 끼어들 필요가 없을 것 같아 무심히 지나치려 했으나 여자 비명 소리라 왠지 호기심이 생겼다.

거기다 하늘에 무수한 까마귀 떼가 몰려 있다.

'뭔가 심상치 않군!'

묵자후는 곧바로 몸을 날렸다.

으스스한 묘지.

사방에 잡초가 돋아 있고, 묘 뒤로 대숲이 우거져 있다.
그 중간.
퇴락한 묘와 대숲 사이에 그들이 있었다.
하얀 도복 차림으로 진(陣)을 구성하고 있는 스무 명가량의 도사와 그들에게 포위되어 있는 두 사람.
포위된 이들은 의외로 여자였다.
도사들을 향해 원독 어린 표정을 짓고 있는 매부리코의 노파와 그 뒤에서 까마귀 떼를 움직이고 있는 까무잡잡한 피부의 소녀.
노파는 이미 심장에 치명상을 입은 상태였다. 그러나 공력이 화경에 이른 듯 소녀를 보호하며 도사들과 격전을 벌이고 있었다.
소녀 역시 정상적인 몸 상태가 아니었다. 옆구리에 긴 상처를 입었는데 그 와중에도 '캇, 캇' 거리며 까마귀 떼에게 연신 신호를 보내고 있었다.
도사들은 두 무리로 나뉘어져 있었다.
앞쪽에서 검을 휘두르고 있는 열 명의 도사와 뒤에서 주문을 외우고 있는 나머지 열 명의 도사.
그리고 그들 뒤에 한 사람이 서 있었다.
묘에 가려 보이지 않던 사람.
해골 목걸이를 한 벽안의 노승려가 기괴한 눈빛으로 소녀를 바라보고 있었다.

노파는 그를 견제하는 한편으로 어떻게든 진을 뚫으려 애썼다. 하지만 시간이 갈수록 몸의 상처만 늘어났고, 그 모습을 본 소녀는 기이한 쇳소리를 발하며 연신 비도를 던져댔다. 하지만 도사들의 무위는 보통이 아니었다. 번개같이 몸을 틀어 소녀의 비수를 튕겨냈다.

자존심이 상한 소녀는 두 눈에 독기를 내뿜었다. 순간 도사들이 왠지 모르게 흠칫하며 당황하는 모습을 보였는데, 뒤쪽에서 들려오는 주문 소리 때문인지 소녀는 도사들을 노려보다 말고 금방 머리를 감싸 쥐며 괴로워했다.

그런데 특이한 것은 그녀가 괴로워할 때마다 그녀의 눈동자가 점점 붉게 변해간다는 사실이었다. 그리고 그녀의 눈동자가 붉게 변해갈수록 까마귀들이 점점 미친 듯이 날뛰기 시작했다.

묵자후는 그런 소녀를 보며 기이한 느낌을 받았다.

'이 느낌은 뭐지?'

아주 오래된 향기처럼, 그녀에게서 묘한 기운이 흘러나오고 있었다.

묵자후에게 너무나 익숙한 기운.

섬뜩할 정도로 무서운 마기가 그녀에게서 흘러나오고 있었다.

*　　*　　*

"으음… 지독한 마기로군."

정수 사태가 인상을 찌푸리며 고개를 돌렸다.

"어떠냐, 연아야. 제어할 수 있겠느냐?"

얼음장 같은 표정의 정수 사태가 묻자 그 곁에 다소곳이 서 있던 은혜연이 고개를 끄덕였다.

백리장춘은 그 모습을 보고 적잖이 안도하면서도 내심 불안한 표정을 지었다.

'저 아이가 과연 혜아의 병을 고쳐 줄 수 있을까?'

눈앞의 두 사람은 어제 밤늦게 도착했다.

"반갑구나. 네 어미를 꼭 빼닮았어."

은혜연을 보며 호들갑을 떠는 안사람.

백리장춘 역시 눈을 휘둥그레 떴다.

'세상에! 우리 딸이 제일 예쁜 줄 알았더니……!'

하지만 백리장춘은 정작 은혜연보다는 정수 사태에게 더욱 공을 들였다. 그가 생각하기에, 처 외사촌 조카라는 저 아이는 아직 나이가 어리니 배워봐야 뭘 얼마나 배웠겠는가. 그보다는 정수 사태가 나이도 있는데다가—정수 사태는 올해 마흔 살이다—그녀의 눈에서 얼음장 같은 기광이 흘러나오고 있으니 구명시식(救命施食)*이나 축사(逐邪) 같은 의식에 딱 맞아떨어질 것 같았다. 그래서 그녀에게 연신 합장을 하며 덕담

* 구명시식(救命施食): 병든 사람을 위해 귀신에게 음식을 베풀고 법문을 알려 주는 의식.

을 건네고 있었는데, 이게 어찌 된 일인가?

날이 밝으니 정작 딸아이를 고쳐 줄 사람은 정수 사태가 아니라 자신의 처 외사촌 조카라고 하는 게 아닌가!

'맙소사! 난다 긴다 하는 의원은 물론이고 영웅성의 고수마저 해내지 못한 일을 어찌 저 아이가……?'

그런 생각을 하며 전전긍긍하고 있었다.

그런데,

"이모님, 이모부님. 두 분 다 잠시만 나가 계셔주세요."

처 외사촌 조카가 이제는 자신들을 내보내더니 방문을 탁 닫아버린다.

이후, 청아한 목탁 소리가 들려오고, 오방내외안위제신진언(五方內外安慰諸神眞言)과 개경게(開經偈), 개법장진언(開法藏眞言) 등이 흘러나왔다.

그때까지는 청수 사태의 목소리만 들려오기에 백리장춘은 '어라? 조카 아이가 대법을 펼친다더니 그게 아니었나?' 하고 고개를 갸웃거렸다. 그런데 그때,

"삼천대천 마군 물러가고, 천마외도 항복할지니, 온몸의 병고 사라지고, 부처님께서 마정수기(摩頂授記)*하실 진저! 다냐타 바로기제 새바라야 살바도따 오하야미 사바하! 옴 이베이베 이야마하 시리예 사바하! 옴 기리기리 바아라 훔 바탁! 옴 바아라니 바아람예 사바하!"

* 마정수기(摩頂授記): 수행자가 미래에 부처가 될 것이라고 인정받는 의식.

영롱한 목소리가 흘러나왔다.

관세음보살 사십이수진언을 외우는 은혜연의 목소리였다.

그 목소리가 어찌나 신비롭던지 유씨 부인은 방문을 향해 연신 백팔 배를 드렸다. 백리장춘 역시 덩달아 합장을 드리다가 문득 고개를 갸웃거렸다.

'얼마 전에 광효사(光孝寺) 큰스님들도 염불만 외다 가셨는데…….'

그동안 수없이 많은 불사를 치르다 보니 자기도 모르게 회의가 들었다.

'하지만 보타암이 달리 보타암이겠는가? 믿자! 지성이라면 감천이라고 했으니 이번만은 기적이 일어나기를 믿자!'

그렇게 속으로 중얼거리며 연신 합장재배를 드리는데 갑자기 정적이 흘렀다. 진언이 그치고 목탁 소리도 들려오지 않았다.

'무슨 일이지? 설마… 혜아에게 무슨 안 좋은 일이라도……?'

백리장춘의 안색이 시시각각 변해갔다.

그동안 딸아이 때문에 노심초사한 시간이 그 얼마였던가.

벌써 한 달 이상 곡기를 접하지 못한 딸이다. 특히 며칠 전부터 안색이 푸르죽죽하게 죽어가기 시작했으니 백리장춘의 머리엔 온갖 불길한 생각이 떠올랐다.

두 사람 중에 누구라도 나와서 설명해 주면 좋겠는데 아무도 나와보지 않고 정적만 흐르고 있으니 속이 바짝바짝 타 들어가기 시작했다.

그러다가 도저히 안 되겠다 싶어 방문을 여는 순간,

'헉!'

백리장춘은 그 자리에서 굳어버리고 말았다.

자기를 향해 천천히 고개를 돌리는 은혜연.

그녀의 눈에서 장엄한 빛이 흘러나오고 있었기 때문이다.

소위 말하는 신광(神光). 내공이나 불력이 극에 달한 사람만 내뿜을 수 있다는 광채였다.

그 광채를 보고 멍하니 굳어 있는데,

"으음……."

희미한 신음이 들려왔다.

억겁 같은 어둠을 뚫는 햇빛 같은 신음.

딸아이였다!

"아이고! 혜아야!"

백리장춘은 자기도 모르게 침상으로 달려갔다. 그리고 눈물을 줄줄 흘리며 딸아이의 안색을 살폈다.

편안해 보였다.

불과 며칠 전까지만 해도 시체 같던 아이가 신기할 정도로 편안해 보였다.

"아아, 질녀. 내가 어떻게 이 고마움을 표현해야 할지……."

이윽고 백리장춘이 눈물을 훔치며 은혜연을 돌아봤다.

그런데,

"으음……."

갑자기 은혜연이 허물어지듯 쓰러졌다.

"아앗! 사매?"

깜짝 놀란 정수 사태가 얼른 은혜연을 부축했다.

"으음… 사자, 너무 무서운 마기였어요. 너무 무섭고 엄청나서 하마터면 감당하지 못할 뻔했어요……."

희미하게 웃으며 탈진한 상태로 중얼거리는 은혜연.

그 칭얼거리는 듯한 말에 정수 사태는 은혜연을 품에 꼭 끌어안았다.

"그래, 수고했다. 정말 수고했어."

마치 엄마가 아기를 대하듯 어깨를 토닥여 주는 정수 사태.

두 사람의 다정한 모습을 보며 백리장춘 부부는 연신 합장을 보냈다.

* * *

"이 요녀들! 어서 항복하지 못하겠느냐?"

도사들 중에서 한 사람이 호통을 쳤다. 그러나 항복하라는 말과 달리 그의 수법은 무척 잔인했다. 노파의 사타구니 부위를 아래에서부터 위로 베어 올리고 있었다.

"이 간악한 놈!"

노파는 치를 떨며 급히 몸을 피했다. 하지만 그 대가로 좌우에서 날아온 검에 어깨와 허벅지를 찔리고 말았다.

"큭!"

노파가 신음을 흘리며 쓰러지자 소녀가 그 앞을 막아섰다.

그 틈을 노리고 다섯 자루의 검이 쇄도했지만 어느새 날아온 까마귀 떼가 그 검을 대신 맞았다.

까아…….

후두둑……!

분분히 휘날리는 깃털과 사방으로 흩어진 살점들.

"끄으… 끄끄끄……!"

까마귀들의 시체를 보고 소녀의 눈에 핏발이 섰다. 그리고 그때부터 소녀의 눈이 활활 타오르기 시작했다.

"이런! 요녀가 염력을 사용하려고 한다! 모두 피해!"

누군가가 소리쳤지만, 이미 늦어버렸다.

소녀의 머리카락이 올올이 하늘로 치솟더니, 두 눈에서 끔찍한 혈광이 폭사되었다.

"크헉?"

"으허헉?"

소녀와 눈이 마주친 두 사람은 심장을 쥐어뜯으며 그 자리에서 즉사하고 말았다. 나머지 도사들은 눈을 감고 뒤로 물러났지만 모두 공포에 질린 듯 다시 공격할 엄두를 못 냈다.

그 모습을 보고 화가 치밀었는지 벽안의 노승려가 신경질적으로 소리쳤다.

"아 옴 치크! 제혼진언(制魂眞言)을 더 높여!"

노승려의 명이 떨어지자 요령을 흔들던 도사들이 한층 목소리를 높였다.

그들의 주문은 매우 섬뜩했다.

지저세계의 영혼을 부르는 듯 뱀이 쉭쉭거리는 목소리로, 늑대가 으르릉거리는 듯한 목소리로 주문을 외워 나갔다. 그 소리에 소녀가 다시 머리를 감싸며 괴로워하자 노파가 힘겹게 몸을 일으켰다.

온몸에 피 칠갑을 한 채 소녀를 껴안는 매부리코의 노파.

그녀의 눈에 원한의 빛이 서리서리 흘러나왔다. 그러나 벽안의 노승려는 비웃음을 흘리며 앞쪽에 있던 도사들에게 신호를 보냈다.

"훔치 훔치 오메르 쉬. 옴 함리 훔리 오로도 사바하……."

주문 소리가 점점 높아지는 가운데, 일제히 검을 치켜드는 도사들.

노파는 비장한 신색으로 그들을 노려봤다. 그러다가 갑자기 소녀를 내려놓으며 양 엄지손가락으로 자신의 관자놀이를 찍었다. 뒤이어 '끼야앗!' 하는 괴성과 함께 양 손목을 뒤집자 노파에게서 무시무시한 장력이 흘러나왔다.

"우웃, 피해!"

최후의 일격을 가하기 위해 다가서던 도사들은 놀란 기러기 떼처럼 사방으로 흩어졌다. 그 순간, 노파는 쿵, 하고 진각을 밟았다. 그러자 노파 앞쪽에서 거대한 흙기둥이 치솟았고, 노파는 그 틈을 이용해 소녀를 안고 진을 벗어나려 했다.

그러나,

"흥! 그 정도로는 어림도 없다!"

벽안의 승려가 코웃음을 치며 꽃을 뿌리듯 양손을 떨치자 흙기둥이 모래알처럼 흩어졌고 허공에서 괴수 형상을 한 수십 개의 환영(幻影)이 나타나 노파를 에워싸기 시작했다.

"으드득! 가하(茄荷)! 네놈이……!"

노파는 이를 갈며 급히 수결을 맺었다. 상대의 술법을 파해하기 위해서였지만 이미 기력을 탈진한 상태라 환영을 소멸시킬 수 없었다.

"끄으… 가하! 내 영혼이 원귀가 되는 한이 있더라도 결코 네놈을 용서치 않으리라!"

그 말과 함께 사지를 부르르 떠는 노파.

그녀의 입에서 검붉은 피가 주르륵 흘러나왔다. 뒤이어 그녀의 전신이 푸른 불꽃에 휩싸여 갔다.

바로 그때,

"갈—!"

뒤쪽에서 뇌성벽력 같은 호통이 들려왔다.

그 소리가 얼마나 어마어마하던지 주문을 외우던 도사들

이 피를 토하며 일제히 쓰러졌고, 노파의 전신을 휘감던 불꽃이 흔적없이 사그라졌다. 동시에 해골 목걸이를 한 승려와 검을 들고 있던 도사들이 고막을 틀어막으며 신형을 비틀거렸다.

"무슨 일인지 모르겠지만, 그쯤하고 물러가라. 보기에 심히 짜증스러우니까."

그 말과 함께 유령처럼 등장한 사람.

묵자후였다.

이때까지 지켜만 보고 있다가 할 수 없이 나선 것이다.

"네, 네놈은 누구냐?"

묵자후의 느닷없는 등장에 벽안의 승려, 가화존자가 당황한 표정으로 물었다. 서툰 한어였다.

"왜? 내가 누군지 알아서 뭐 하게?"

묵자후가 싸늘히 대답하자 가화존자의 눈썹이 꿈틀거렸다.

'저놈이 어디서 튀어나왔지? 이 주변에는 결계가 쳐져 있어서 아무나 못 들어오는데?'

더구나 놈의 공력이 심상치 않았다.

방금 전의 호통으로 자신은 물론이고 스무 명의 기혈이 한꺼번에 진탕되어 버렸으니.

가화존자는 잠시 눈살을 찌푸리다가 나름대로 인내심을 발휘했다.

"네가 누군지 모르겠지만 끼어들지 마라. 저들은 사악한 요녀들. 본 존자가 하늘의 뜻을 받들어 법력을 행사하고 있는 중이다."

하지만 그의 인내심은 묵자후의 코웃음 한 번에 날아가 버렸다.

"흣. 하늘의 뜻? 조잡한 술법으로 여자들을 합공하는 게 하늘의 뜻이란 말이냐? 말장난하지 말고 좋은 말할 때 꺼져!"

그 말에 가화존자의 얼굴이 시뻘게졌다.

"뭐, 뭐라고? 본 존자에게 감히 꺼, 꺼지라고?"

"쯧쯧. 귀는 뚫려 있는 것 같은데 행동이 무척 굼뜨군. 그렇게 말 더듬을 시간에 저 멍청이들을 데리고 이곳을 떠나!"

"뭐, 뭐라고? 어홍! 이 빌어먹을 중생이?"

급기야 가화존자가 콧김을 내뿜으며 양손을 치켜들었다. 하지만 그가 장력을 날리기도 전에 묵자후의 손가락이 가볍게 튕겨졌다.

파파파파팍!

"헉! 이, 이게 어찌 된……?"

사색이 되어 입술을 파르르 떠는 가화존자.

어느새 그의 목걸이가 가루로 변해 있고, 양 소맷자락이 뻥 뚫린 채 나풀거리고 있었다.

"이, 이놈이 감히 혼돈승(混沌僧)의 상징을?"

가화존자는 치욕스런 표정으로 뺨을 부르르 떨다가 한순

간 묵자후를 노려보며 기괴한 음성으로 말했다.

"이 포악한 중생아! 본 존자의 눈을 보고 깨달음을 얻어라. 옴 도로도로 사바하!"

그 말과 함께 가화존자의 눈이 황금빛으로 물들었다.

그가 자랑하는 술법, 혼돈안(混沌眼)이었다.

보통 술법을 펼치기 위해서는 수결을 맺고 진언을 외우고 부적을 뿌려야 한다. 그러나 상승의 경지에 이르면 수결과 진언만 외워도 술법이 가능한데, 가화존자는 거기서 한발 더 나아가 눈으로도 술법을 펼칠 수 있는 상태였다. 즉, 상대와 시선이 마주치는 순간, 영력을 실어 상대에게 환각을 불러일으키는 것이다.

그러나 가화존자는 오늘 상대를 잘못 만났다.

두 눈을 마주하고 있음에도 표정의 변화가 전혀 없는 묵자후.

오히려 가화존자를 향해 씨익 미소 짓더니,

"섭혼술의 일종인가? 그렇다면 아직 한참 더 배워야겠군."

그러면서 태연히 가화존자를 쳐다보는데, 맙소사!

가화존자는 평생 처음으로 지옥에서 뛰쳐나온 아수라를 보고 혼이 나갔다.

이후, 도사들이 떼거리로 달려들었지만 묵자후의 장력 한 방에 추풍낙엽이 되어 쓰러졌고, 결국 그들은 백치가 되어버린 가화존자와 비몽사몽으로 쓰러진 동료들을 안고 도망치듯 장내를 떠났다.

"지금은 비록 물러나지만 너는 언젠가는 이 일을 반드시 후회하게 될 것이다!"

그렇게 저주의 말을 던지면서…….

*　　　*　　　*

"쿨럭, 쿨럭!"

노파는 서서히 죽어가고 있었다.

이미 심장을 찔린데다 가화존자의 술법에 심령을 다쳐 더 이상 돌이킬 수 없는 상태였다.

그런데도 노파는 악착같이 숨을 유지하려 애썼다.

"흐으. 흑오(黑烏)야, 내 삶의 마지막 목표인 흑오야……."

흑오는 소녀 이름이었다.

까마귀를 몰고 다닌다고 해서 흑오인 모양이었다.

"끄으, 끄끄끄……."

흑오는 노파의 손을 잡고 꺽꺽 울어댔다. 목을 다쳤는지 아니면 말을 전혀 못하는지 눈물을 흘리며 연신 쉿소리만 흘려냈다.

"그래, 흑오야. 이제 내가 죽게 되었으니 네 인생을 어찌할꼬? 내가 죽으면 더 이상 너를 돌봐주거나 제어할 사람이 없는데……. 그럴 바에야 차라리 너를 죽여 천하의 안위를 도모

해야 하건만, 이때까지 함께한 정이 있어 도저히 그럴 수가 없구나. 흑오야… 내가 죽고 나면 너는 마탑(魔塔)의 이용물이 될 뿐이다. 그러니 저분에게 음원곡(陰元谷)까지 보호를 요청해라. 그리고…….”

노파는 가쁜 숨을 몰아쉬며 묵자후를 돌아봤다.

묵자후에게 보호를 요청함과 동시에 잠시 자리를 피해달라는 뜻.

“하루거리… 하루거리밖에 안 되오.”

묵자후는 그 말을 듣고 고개를 끄덕였다. 그리고는 뒤로 물러나 자리를 피해줬다.

그때부터 노파는 흑오의 손바닥에 글을 쓰기 시작했다. 아예 묵자후가 대화 내용을 알아차리지 못하게 원천봉쇄하려는 것이다.

‘흑오야… 너에게는 세상을 파멸시킬 힘이 있단다. 마탑의 악마들이 너를 악용하려고 그 힘을 주입시켰지. 하지만 하늘의 뜻인지 내가 너를 구했고 네 안전을 위해 금제를 가해두었다. 본 파의 비전을 활용해서 그 능력을 순화시키려 한 것인데, 끄흐… 이렇게 그 완성을 보지도 못하고 이승을 떠나야 하다니…….’

노파는 한 서린 기색으로 하늘을 쳐다보다가 다시 글을 써 내려갔다.

‘흑오야, 지금부터 내 말을 똑똑히 기억해야 한다. 먼저,

음원곡에 도착하면 저자를 죽여 버려야 한다! 그리고 그의 시체를 불태운 뒤 나와 함께 약초 캐던 곳으로 가라. 거기 가면 내가 모시던 신상(神像) 밑에 쇠사슬이 있고 작은 약단지가 있을 것이니, 쇠사슬을 당겨 동굴을 무너뜨리고 약을 꺼내 먹어라. 반드시, 반드시……. 약속할 수 있겠느냐?

"키이……?"

흑오는 고개를 갸웃거렸다.

흐릿한 기억이었지만, 사물을 분간할 수 있을 때부터 마탑의 추적에 시달린 그녀였다. 더구나 노파를 엄마로 알고 까마귀를 형제로 알고 있던 그녀였기에, 노파와 까마귀를 공격한 무리들은 자신의 철천지원수나 마찬가지였다.

그런데 자신들을 도와준 사람을 죽여 버리라니?

아무리 판단능력이 마비된 흑오라지만 본능적인 거부감이 들었다.

노파는 의아해하는 흑오를 보고 재차 글을 써 내려갔다.

'네 안전을 위해서다. 저 사람은 네 가족이 아니다. 언제 너를 배신할지 모른다. 내게 시간이 있었다면, 내 능력이 완전히 살아 있다면 그를 좀 더 자세히 살펴볼 수도 있겠지만, 그는 무서운 사람이다. 너와 상생의 기운도 갖고 있지만 상극의 기운도 갖고 있기에 마탑 놈들만큼이나 무서운 사람이다. 그러니 그를 죽이지 못한다면 오히려 네가 이용당하거나 제압당할 확률이 높다. 그래서 하는 말이니 반드시 그를 죽여야 한다. 약속하겠느냐?

노파의 거듭된 강요에, 흑오는 고개를 끄덕였다.

그 모습을 보고 희미하게 웃던 노파는 더 할 말이 남아 있는 듯 계속 글을 써 내려가려 했다. 하지만 그녀에게 허락된 시간은 그게 다였다.

'흐으……. 나부파의 맥이… 나부파의 맥이 내 대에서 완전히 끝나 버렸구나. 역대 조사님들이시여! 이 무능한 제자를 용서… 용서…….'

노파는 크게 숨을 들이쉬었다가 장탄식을 토하듯 길게 숨을 내뱉었다. 그리고는 그대로 눈을 감고 세상을 떠나고 말았다.

"끄으… 끄끄끄……."

노파의 시신을 끌어안은 흑오는 한참 오열했다.

묵자후는 묵묵히 그 모습을 지켜보다가 주변을 둘러봤다.

마침 가화존자 일행이 흘리고 간 검이 한 자루 보였다.

묵자후는 그 검으로 나무를 잘라 관을 만들었다. 그리고 노파의 시신을 안치한 뒤, 한쪽 어깨에 걸머지고 흑오에게 턱짓을 했다. 음원곡이 어딘지 앞장서라는 뜻이었다.

이미 눈물을 멈춘 흑오는 멍하니 관을 쳐다보다가 자기 손바닥을 한번 쳐다봤다. 그리고는 묵자후를 뚫어져라 쳐다보더니 앞장서서 걸음을 옮기기 시작했다.

묵자후는 어깨에 관을 둘러메고 흑오를 뒤따랐다.

노파의 유언도 알지 못한 채, 팔자에도 없는 보표와 장의사 신세가 되어…….

까마귀 떼는 그런 묵자후의 뒤를 까악까악거리며 뒤따랐다.

*　　　*　　　*

백리장춘은 그날 이후 은혜연에게 지극 정성을 다했다.

신주단지를 모시듯, 아니, 그 이상으로 공을 들였다. 하지만 항상 미진한 기분을 느꼈다. 왜냐하면 은혜연이 출가를 준비하고 있는 예비 승려 입장이었기 때문이다.

삼시 세끼 진수성찬을 올려도 채식만 고집하고, 비단옷을 안겨주어도 낡아빠진 승복만 고집하고, 호화로운 장신구나 영약을 선물하려 해도 신외지물이라며 고개를 내저으니 이제는 조바심을 넘어 안달이 날 지경이었다.

백리장춘이 이렇게까지 은혜연을 챙기려고 하는 이유는 당연히 딸아이를 고쳐 준 고마움 때문이었다. 더하여 그의 마음속에 조금씩 자리 잡기 시작하는 욕심!

'만약 저 아이를 내 양녀로 삼을 수 있다면 그때부터 우리 집안은 탄탄대로. 반석 위에 놓인 것과 같다!'

그날, 은혜연의 신광을 보고 난 뒤부터 가지게 된 확신이었다.

백리장춘이 생각하기로, 아직 은혜연은 출가도 안 한 상태인데다 어릴 때 부모를 여읜 처지니 비록 처가 쪽이라 해도 자신이 입양을 하겠다고 나서면 칭찬을 받았으면 받았지 손가락질은 받지 않으리라고 판단했다. 그래서 넌지시 정수 사태에게 운을 떼어봤는데,

"우리 사매는 비록 전계는 받지 않았으나 이미 출가를 약속한 상태입니다."

싸늘한 대답만 돌아왔다.

그렇다고 백리장춘이 맥없이 돌아설 리 없었다.

"허허. 우리 조카가 불가와 인연이 깊다고 하니 무척 반가운 일입니다. 그러나 꽃다운 나이에 어찌 승방에서……."

그렇게 뒷말을 흐리며 일말의 여운을 남겨두었던 것이다.

"그러니 앞으로도 계속, 그 아이의 마음을 붙잡기 위해 총력을 기울여야 한다!"

그런 각오를 하며 하인들을 불러 모았다.

모두에게 은혜연을 대할 때 자신을 대하듯 하라고 교육시키기 위해서였다.

그런데,

"뭐라고? 누가 왔다고……?"

느닷없이 날아온 배첩을 보고 백리장춘은 콧김을 씩씩 내뿜었다.

지난 한 달 동안 코빼기도 안 내비치던 작자!

딸아이의 병세를 엉망으로 만든 색혼수사 척가량과 더불

어, 백리장춘이 꿈에서라도 찢어죽이고 싶어하는 영웅성 천밀각 산하 광동 지단주인 이일화가 찾아온 것이었다.

'끄응. 저놈! 저 여우같은 놈……!'

백리장춘은 속으로 이를 뿌드득 갈며 이일화를 노려봤다.

놈의 입에서 흘러나오는 저 청산유수 같은 언변.

한 달 전이나 지금이나 달라진 게 없었다. 아니, 그동안의 마음고생을 생각하면 오히려 더 뻔뻔스러워진 것 같았다.

'도대체 저놈이 어찌 알고?'

백리장춘이 끙끙거리는 이유.

이일화가 갑자기 찾아와 은혜연과 정수 사태에게 초청장을 건넨 때문이었다. 그것도 광동지단이 아닌 영웅성이란 이름으로.

"와아! 영웅성이라구요?"

은혜연은 당연히 환호성을 터뜨렸다.

그동안 사부의 당부를 생각해 언행에 각별히 주의했지만, 말로만 듣던 영웅성의 초대를 받으니 자기도 모르게 눈이 휘둥그레지고 목소리가 커졌다.

"음… 영웅성에서 어찌 알고?"

정수 사태는 백리장춘의 마음을 헤아리기라도 한 듯, 이일화에게 질문을 던졌다.

이일화는 과연 정보통이었다.

업무 중지 상탠데도 백리상단의 움직임을 파악해 두 사람의 신원을 알아냈다.

'젠장! 이러니까 다들 영웅성, 영웅성 그러지…….'

속으로 한숨을 내쉬는 백리장춘.

당연히 그는 영웅성의 초대에 반대의 뜻을 피력했다.

"아직 딸아이가 좀 더 치료를 받아야 하니……."

하지만 자신을 쳐다보는 이일화의 착 가라앉은 눈빛을 보고 말을 중간에 흐릴 수밖에 없었다.

더욱이 귓전을 파고드는 이일화의 모기 같은 음성.

만약 은혜연 일행이 영웅성의 초대에 응하지 않는다면 자기 딸이 대신 가서 흉수에 대해 진술해야 한다고 으름장을 놓았다.

'이런 빌어먹을!'

은혜연에게 대법을 받고 난 뒤부터 기력을 차리기 시작한 딸아이.

그런데 어찌 된 일인지 흉수에 대해 물으면 한사코 입을 다물어 버린다. 은혜연이 물어도 땀을 삘삘 흘리며 고개를 저어 버리니, 이런 상황에서 영웅성으로 간다면?

'안 돼지! 또다시 상태가 악화되기라도 하면……!'

백리장춘은 하는 수 없이 입을 다물 수밖에 없었다.

"음… 연아야. 그렇게도 가보고 싶으냐?"

정수 사태는 곤혹스러운 듯 은혜연을 쳐다봤다.

"네. 꼭 한번 가보고 싶어요. 이번이 아니면 언제 다시 강호에 나올지 알 수 없잖아요. 헤헤."

해맑게 웃으며 고개를 끄덕이는 은혜연.

그 미소가 정수 사태의 마음을 뒤흔들어 놓았다.

아직 자신이 시한부 인생이라는 걸 전혀 모르고 있는 사매.

세상구경에 들떠 철없이 웃음만 터뜨리고 있다.

'이 일을 어찌하면 좋은가?'

사부의 명은 백리상단의 일이 끝나는 즉시 은혜연의 사가에 들렀다가 돌아오라는 것이었다.

'하지만…….'

저렇게 들떠 있는 사매를 어찌 실망시킬 수 있단 말인가?

이번이 사매의 처음이자 마지막 세상구경이 될지도 모르는데.

더구나 흉수가 사용한 무공이 십대마공 같다는 이일화의 말에 내심 마음이 흔들리고 있던 정수 사태다.

이십 년 전. 그녀의 사숙이자, 금정 신니의 사매였던 금옥 사태가 십대마공에 의해 목숨을 잃었으니. 그래서 그 원한을 갚아주기 위해 출도한 금정 신니가 십대마공 중 하나를 꺾어 마두검후라는 찬사를 받았으나, 그 후유증으로 인해 내공의 태반을 잃고 이십 년 동안 고생하고 있었으니…….

"그래, 네 뜻이 정 그렇다면 긍정적으로 한번 생각해 보자꾸나. 영웅성에 갈지 말지……."

"야호! 고마워요, 사자. 이 은혜는 절대 잊지 않을게요. 혹시 일정이 늦어지면 사부님께 부모님 묘소에서 며칠 더 머물렀다고 하면 돼요. 히히히."

그러면서 뭔가를 들고 후다닥 후원으로 달려나간다.

정수 사태가 어이가 없어 내다보니 은혜연이 신바람 난 표정으로 검무를 추고 있다.

달빛 아래 찬란한 빛을 발하는 검후의 상징, 천수여의검.

'저 아이의 검공이 이미 극에 달했구나!'

감탄한 표정으로 은혜연을 바라보는 정수 사태.

그런 줄도 모르고 은혜연은 속으로 환호성을 터뜨리고 있었다.

'끼야호! 이 몸이 드디어 강호의 심장부로 들어가는 거야! 말로만 듣던 동정호! 말로만 듣던 영웅성으로 들어가는 거라구! 기다려라, 마두들아! 기다려라, 뭇 영웅협사들이여! 남해제일의 여협께서 그대들에게 새로운 무공을 보여주겠노라!'

그러면서 연신 검강(劍罡)을 피워 올리는 소녀.

그 마음을 헤아렸는지 보름달이 환하게 웃고 있었다.

흑오

魔道天下

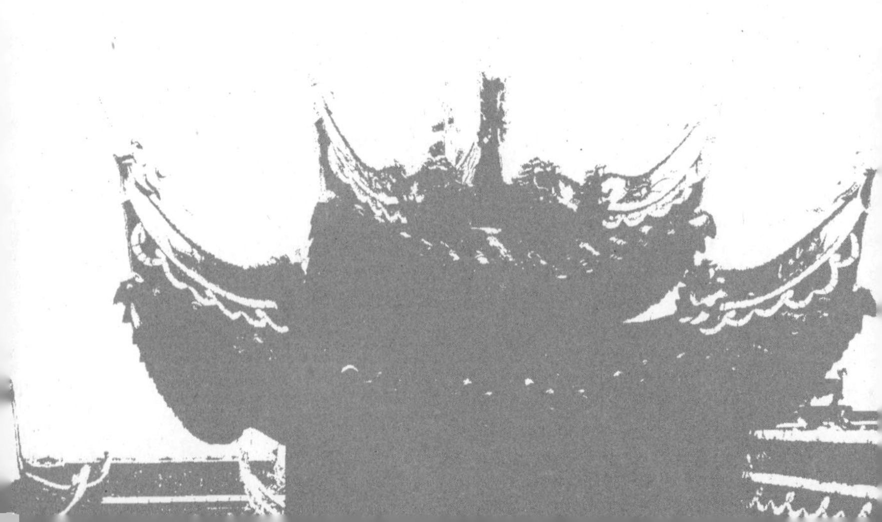

흑오는 저 앞에서 날듯이 달리고 있었다.

음원곡 가는 길.

의외로 묵자후가 가려고 했던 소관 부근에 있었다.

사람들의 눈을 피해 밤새 달리니 어느 순간 흑오가 헥헥거리며 쓰러졌다. 그때부터 그녀를 안고 달렸는데 갑자기 내려달라며 옆구리를 쿡쿡 찔러왔다. 그래서 내려주니 저렇게 신나게 달리고 있는 것이다.

'이제 다 와가는 모양이군.'

아닌 게 아니라 저 멀리 산이 보였다.

밤새 달리다 보니 어느새 아침.

떠오르는 태양 아래 제 모습을 드러내는 산이 무척 아름다웠다. 수풀 우거진 능선도 수려했지만 태양빛을 반사하고 있는 절벽의 단층이 더 아름다워 보이는 산이었다.

인적 드문 작은 마을을 지나 능선 초입으로 들어서자 군데군데 연못이 고여 있고 드물게 논과 밭이 보였다. 묵자후로선 평생 처음 보는 시골길 같은 풍경.

그 느낌이 너무 편안하여 느릿느릿 걸으며 주변 풍광을 감상했다.

묵자후가 걸음을 늦추자 흑오 역시 뜀박질을 멈추고 천천히 걷기 시작했다. 그러다가 가끔 묵자후를 훔쳐보며 고개를 갸웃거렸는데 그러다 눈이 마주치면 화들짝 놀라 딴청을 피우곤 했다.

'흠. 저 녀석도 나처럼 세상구경을 해본 적이 별로 없는 모양이군.'

흑오의 눈빛을 보고 내린 결론이었다.

자신을 훔쳐보는 흑오의 눈엔 호기심과 생경함이 가득했으니.

그리고 녀석의 행동이 언젠가부터 조금씩 달라지기 시작했다. 정확히는 가파른 오르막을 오를 때부터였는데, 녀석이 손을 이리저리 휘두르거나 혼자 방향 전환을 하는 등, 투로를 따라 움직이기 시작했다.

유심히 보니 가화존자 등과 싸울 때 자신이 펼친 보법이었다.

"흠. 보법에 관심있니?

웃으며 묻자 흑오가 고개를 끄덕였다.

"좋아. 한 수 가르쳐 주지. 환환미리보라고 한다."

그러면서 보법 이름을 말하는데 갑자기 콧등이 시큰했다.

자신에게 보법을 처음 가르쳐 준 오보추혼 사무기가 떠올랐기 때문이다.

"이 보법은… 구궁과 팔괘를 역으로 밟고 삼살방(三煞方)* 을 선점하는데 그 묘용이 있다. 그런데 구궁과 팔괘, 삼살방이 뭔지 아니?"

역시나 고개를 도리도리 내젓는다.

"구궁이란 일백(一白), 이흑(二黑), 삼벽(三碧)… 팔괘란 진(震), 태(兌), 이(離), 감(坎)… 삼살방이란 포진자의 위치가 북동쪽, 남쪽, 북서쪽이면……."

묵자후는 차근차근 설명했다.

사실 무공에 입문하는 초보자들이 가장 귀찮아하는 게 바로 방위를 외우는 일이었다. 그런데 구궁과 팔괘도 모르는 흑오가 어찌 이십사 방위를 기준으로 한 삼살방을 알아들을까.

하지만 땅바닥에 선을 그어가며 구궁과 팔괘, 삼살방에 대해 진지하게 설명하는 묵자후.

의외로 흑오는 단번에 기억했다.

* 삼살방(三煞方): 세살(歲煞), 겁살(劫煞), 재살(災煞)이 낀 불길한 방위.

말로는 표현 못해도 묵자후가 물을 때마다 해당 방위를 정확히 짚어냈다.

"좋아! 머리가 좋군."

묵자후는 웃으며 환환미리보를 펼쳐 보였다.

처음에는 빠르게, 두 번째는 느리게 펼친 뒤 그 변화를 설명하려고 하는데,

파라라락!

흑오가 단번에 보법을 펼쳐 보였다.

"뭐야? 이 녀석, 천재잖아?"

자신도 천금마옥에서 천재 소리를 듣고 살았지만 흑오는 거기서 한 술 더 떴다.

"어이가 없군. 나는 다섯 번 보고 따라했는데."

물론 그것만 해도 사무기는 입에 거품을 물었다. 자기는 오년 동안 사부에게 꾸중을 들어가면서 겨우 익힌 보법이라고.

"아무튼, 흉내만 낸다고 되는 게 아냐. 법문을 알아야 돼. 첫 발을 내디딜 때는 뒤꿈치에 일곱 푼의 힘을 주고, 그 발을 축으로 회전할 때는 발바닥 바깥 면을 칼처럼 곤두세운 뒤……."

그렇다.

초보자들은 기본적인 변화만 익히면 다 배웠다고 착각하지만 진정한 무공의 묘는 그 법문에 있다.

법문이란, 한 초식 한 초식, 한 동작 한 동작을 취할 때마다

힘을 어떻게 분배하고 들숨과 날숨을 어느 순간에 쉬며, 팔의 각도와 허리, 발가락 끝의 움직임 등은 어떻게 취할 것인가. 그리고 기의 운행은 어느 경맥을 중심으로, 얼마의 힘과 속도로 운행해야 하는가 하는, 실제 초식 운용에 있어서의 미묘한 변화를 가리키는 것이다.

그 법문을 완전히 몸으로 체득해야 초식이 갖고 있는 본연의 힘을 십분 발휘할 수 있는 것이다.

묵자후는 법문 설명이 끝난 뒤 다시 시범을 보였다. 그러자 이번에는 약간 힘들어하는 기색이었다.

'하긴, 각 동작마다 근육과 기혈의 움직임이 다르니 경험이 없으면 쉽지 않지.'

하지만 그 역시 섣부른 판단이었다.

땀을 뻘뻘 흘리며 다섯 번 정도 반복하더니 어느새 환환미리보의 묘용을 팔 할 이상 드러내 보인다.

'이건 천재가 아니라 초천재잖아?'

묵자후는 어이가 없어 입을 딱 벌렸다.

솜이 물을 빨아들이듯 경악스런 학습 능력이었다.

"그렇다면 이번에는 비도술을 배워볼 테냐?"

그 말이 떨어지기 무섭게 흑오의 눈이 열망으로 반짝였다.

"좋아! 비도술을 가르쳐 주기 위해서는 먼저 네 공력을 알아야 해. 손 좀 내밀어봐."

순간, 흑오가 화들짝 놀라 손을 등 뒤로 감춰 버린다.

"뭐, 싫으면 말고."

묵자후는 웃으며 다시 관을 둘러멨다. 그때부터 흑오의 눈에 갈등이 어리기 시작했다.

사실 흑오가 가장 좋아하는 무기가 바로 비도였다.

가화존자 일당들과 싸울 때 겁없이 비도를 날릴 정도로 뛰어난 재능을 갖고 있었으니.

하지만 그런 비도술로도 도사들을 격퇴하지 못했다. 그에 비해 저 사람은 자신이나 엄마—물론 엄마가 아니다—를 궁지로 몰아넣었던 도사들을 손짓 한번으로 가볍게 물리쳐 버렸다. 그러니 방금 배운 보법처럼 비도술도 배우고 싶었다.

'하지만… 엄마는 그를 죽이라고 했는데…….'

그게 망설이게 된 가장 큰 이유였다.

하지만 묵자후를 죽이는 건 나중 일이고 우선 배우고 싶은 열망이 컸는지 마침내 손을 내밀었다.

묵자후는 흑오의 맥문을 통해 공력을 가늠해 보다가 또 한 번 놀라고 말았다.

'도대체 이 녀석, 정체가 뭐야? 왜 이렇게 어마어마한 잠력을 갖고 있어?'

그러면서 생각해 보니 아까 들은 노파의 유언 중에, '내가 죽고 나면 너는 마탑(魔塔)의 이용물이 될 뿐이다' 라는 말이 떠올랐다.

'흠. 마탑이 어떤 곳인지 모르겠지만 그 화상 무리가 노리는 건 이 아이의 잠력이 아닐까? 그렇다면 그분은 왜 이 아이를 죽여 천하의 안위를 도모해야 하니 마니 걱정한 것일까?

이미 강호의 음모와 귀계라면 어느 누구보다 정통한 묵자후였다. 철마성 총군사 출신이었던 마뇌는 물론이고 천하를 주름잡던 희대의 마두들에게 강호의 귀계와 암계, 모략 등에 대해 낱낱이 배웠으니.

'뭔가 사연이 있는 것 같은데 내 일이 아니니…….'

나름대로 생각을 정리한 묵자후는 흑오의 눈을 보며 이야기했다.

"네 공력 자체는 얼마 안 되지만 전신세맥에 퍼져 있는 잠력이 대단하구나. 아무튼 잘됐다. 내공이 없으면 탈혼무영비도술(奪魂無影飛刀術)은 꿈도 못 꾸니까."

그러면서 다섯 가지 요결을 가르쳤다.

"비도술은 회(回), 곡(曲), 가(加), 변(變), 력(力), 이 다섯 가지만 기억하면 된다. 회(回)는 상대를 지나쳤다가 되돌아오는 수법을 말하고 곡(曲)은 위아래로 굽거나 좌우로 굽는 것, 가(加)는 갑자기 속도를 더하는 것, 변(變)은 속도의 변화를 다양하게 하는 것, 력(力)은 기를 실어 철벽이라도 뚫어버리는 수법을 말한다."

그렇게 가르치며 걷다 보니 어느새 언덕이 끝나고 내리막길이 나타났다.

내리막길부터는 시야가 확 트이더니 실로 그림 같은 풍경이 펼쳐졌다.

저 멀리 부부가 서로 마주보고 있는 듯한 산 아래로 비단 같은 강이 흐르고, 그 주변으로 풍파에 쓸린 절벽이 병풍처럼 늘어서 있었다. 그리고 절벽을 따라 수묵화에 나올 듯한 산이 길게 뻗어 있었는데, 산 능선이 끝나면 또다시 산이 시작되는 그런 지세였다.

흑오가 향한 곳은 그중 절벽 오른쪽에 있는 산이었다.

그런데, 산 입구에 들어서자마자 묵자후는 자기도 모르게 기겁성을 토했다.

"헉! 저게 뭐야?"

산 중간에 우뚝 솟아 있는 바위.

중천에 걸린 태양빛을 반사하며 우람하게 서 있는 바위는 다름 아닌 거대한 남근석(男根石)이었다.

그것도 실물과 거의 똑같은 형상으로 무려 십 장 가까이 치솟아 있었다.

'이거, 민망해서 얼굴을 들 수가 없군.'

너무 황당한 상황이라 땅만 보고 걷는데, 하필이면 흑오의 발길이 그곳으로 향한다.

더욱이 난감한 건, 녀석이 남근석을 보며 합장을 하더니 그 바위틈으로 난 길을 오르기 시작하는 것이 아닌가?

'미치겠네. 하필이면 왜 저쪽으로 가는 거야?'

묵자후가 눈 둘 곳을 몰라 하며 한참 바위틈을 오르는데,

더 민망한 상황이 벌어졌다.

거대한 남근석 꼭대기에 조그마한 암자가 지어져 있고, 흑오가 그 암자로 들어서더니 불 꺼진 향로 앞에서 연신 고개를 조아리기 시작한 것이다.

'끙… 나도 따라 해야 하는 거야?'

무언으로 강요하는 흑오의 눈빛에 질려 마지못해 고개를 숙였다. 그러자 기분이 좋아졌는지 흑오는 깡총거리며 남근석 뒤쪽으로 난 숲길을 내려간다.

묵자후가 고개를 설레설레 흔들며 뒤따라가니, 맙소사!

이번에는 여근석(女根石)이라고 해야 하나?

누가 일부러 만들어놓은 듯한 갈래진 동굴이 보였다.

그나마 묵자후가 경험이 없고, 무성한 숲이 앞을 가렸기에 망정이지 그렇지 않았더라면 관을 던져 두고 천리만리 달아났으리라.

좌라락, 좌라락!

흑오는 기분 좋은 듯 비도를 돌렸다.

양손에 네 자루씩, 한꺼번에 여덟 자루의 비도를 돌리며 까불거리다가 갑자기 손목을 꺾어 어딘가를 향해 두 자루를 내던졌다.

슉! 퍽!

취이익…….

비도와 함께 나무에 머리를 틀어박는 독사.

흑오는 흰 이를 드러내며 비도와 뱀을 회수했다. 그리고는 나뭇가지를 꺾어 불을 피우고 그 위에 가느다란 쇠꼬챙이를 세우더니 뱀을 굽기 시작한다.

이윽고 뱀이 다 익자 묵자후에게 반을 뚝 떼어준 뒤, 볼을 오물거리며 콧노래를 부르더니 다시 비도를 돌리기 시작했다.

묵자후는 그 모습을 보고 피식 웃다가 자기 손에 건네진 뱀고기를 다 먹은 후 동굴 안을 살펴봤다.

좁고 컴컴한 동굴.

높이는 이 장(丈), 길이는 십 장 정도 되어 보였다.

폭은 네 사람이 나란히 걸을 수 있을 정도였는데, 절벽 가장 안쪽에는 토끼털인지 족제비 털인지, 짐승 가죽을 깐 허름한 침상이 놓여 있었다. 그리고 빛 바랜 책 몇 권과 찌그러진 가재도구가 흩어져 있었는데, 묵자후의 시선을 잡아끈 건 빛 바랜 책 몇 권이었다.

그중 아무거나 펼쳐 보니, 맙소사! 또다시 얼굴이 화끈거리기 시작했다.

묵자후가 무심코 펼쳐든 비급.

거기에는 적나라한 남녀교접 장면이 그려져 있다.

특이한 것은, 뱀처럼 가늘고 채찍처럼 긴 혀로 남자의 정기(精氣)를 빨아들이고 있는 요녀의 형상이었다.

사악한 표정으로 웃고 있는 그녀의 머리 위에는 까마귀들이 날고 있고 주위에는 악귀들이 손톱을 세운 채 침을 질질 흘리고 있다. 그리고 정사를 벌이는 두 사람 머리 위에는 구름을 탄 신선들이 걱정스런 눈빛으로 바라보고 있는 장면이었다.

'이게 뭐야? 이놈의 산에는 왜 이런 이상한 것들만 있어?'

묵자후는 책을 내팽개친 뒤 곧바로 운기조식에 들어갔다.

마음 같아서는 얼른 노파의 관을 묻고 이곳을 떠나고 싶은데, 흑오가 손짓발짓으로 아침에 관을 묻고 가라고 이야기하니 뿌리칠 방법이 없었던 것이다.

'그래. 떠나더라도 관은 묻어주고 떠나야지…….'

그렇게 체념하며 하루를 보내려는데 이 좁은 어두컴컴한 동굴 안에서 무슨 할 짓이 있어야지. 그러다 보니 만만한 게 운기조식이라고, 방금 전의 춘화도를 보고 울렁거린 마음을 달래기 위해 운기조식에 들어갔다.

'크르르…….'

흑오는 그런 묵자후를 훔쳐보며 갈등에 휩싸였다.

난생처음으로 대화—물론 묵자후 혼자 말한 대화였지만—를 나눈 사내. 그리고 난생처음으로 자신을 안아주고 손을 잡고, 엄마(?) 외에 처음으로 자신에게 무공을 가르쳐 준 사내.

그를 보니 괜히 기분이 좋고 신이 났다.

칼 장난(?)도 보여주고 뱀도 계속 먹여주고 싶다.

'그래서 엄마가 죽여 버리라고 했나? 내 기분이 자꾸 이상해진다고?'

흑오는 머리를 틀어쥐며 고민하다가 벌떡 일어났다.

자기 심장이 이렇게 쿵쿵 뛰는 걸 보니 아무래도 병이 난 것 같다. 그러니 엄마가 알려준 대로 그를 죽여야 할 것 같다. 안 그러면 자꾸 기분이 이상해지고 크게 앓아누울 것만 같다.

스으윽.

흑오는 소리없이 걸었다.

스윽!

비도 꺼내는 소리도 전혀 들리지 않았다.

'후우읍!'

묵자후의 심장을 노려보는 흑오의 눈에 시뻘건 혈광이 맺히고, 그 입이 긴 숨을 들이켜는 소리도 당연히 들리지 않았다.

그리고, 흑오의 손이 묵자후를 향해 날아갔다.

"캬악! 캬악!"

흑오는 미친 듯이 괴성을 질렀다.

괴성을 지르다 못해 몸부림까지 치기 시작했다.

저 눈.

자신을 쳐다보고 있는 저 눈이 너무 무서웠기 때문이다.

결과적인 이야기지만, 흑오는 묵자후를 죽이지 못했다.

흑오가 묵자후의 심장을 찌르지 못한 이유.

자꾸 망설여졌기 때문이다.

'예쁘게 생겼어…….'

그를 찌르려는 순간, 문득 그런 생각이 들었다.

예쁘다는 말은 엄마(?)에게 자주 듣던 이야긴데 그의 얼굴을 보니 그 말이 무슨 뜻인지 알 수 있을 것 같았다. 그래서 그를 찌르는 대신 살그머니 손끝으로 그의 입술을 만져 봤다.

그런데 그가 번쩍 눈을 떴고, 저런 무서운 얼굴로 자신을 노려보고 있는 것이다.

'음…….'

묵자후는 속으로 한숨을 내쉬었다.

자신에게 손을 잡힌 채 몸부림치고 있는 흑오.

그녀에게서 아무런 생각도 읽을 수 없었기 때문이다.

'마안섭혼공은 물론이고 양의합일도인법도 통하지 않다니?'

이런 일은 처음이었다.

오히려 저항하는 흑오의 눈에서 아찔한 혈광이 흘러나와 순간적으로 등골이 오싹하기까지 했다.

'아무튼… 이 녀석 진짜 엉뚱한 녀석이군.'

묵자후는 이미 흑오의 고민을 짐작하고 있었다.

노파가 흑오 손바닥에 글을 쓸 때부터. 그리고 흑오가 자신의 눈치를 살필 때부터 그녀의 마음을 짐작하고 있었다.

하지만 이미 약속을 했으니 여기까지 함께 왔다.

어릴 때부터 천금마옥에서 듣던 말. 지존의 약속은 천금보다 중하다고 했으니 그 약속을 지킨 것이다.

그러면서 녀석이 어떻게 나오나 지켜보려 했는데 엉뚱하게 심장을 찌르는 대신 입술을 만질 줄이야.

'어쨌든 양의합일도인법으로도 이 녀석의 과거를 알아내지 못했으니 앞으로 연구 대상감이군. 재미있는 녀석이야…….'

훗날 요마겁(妖魔劫)의 주인공으로 강호를 공포의 도가니에 휘몰아 넣은 흑오가 이렇게 묵자후에게 엉뚱한 녀석으로, 연구 대상감으로 낙인찍혀 버렸다.

"됐다! 이제 날 찌를 생각이 없다면 그만 자자."

그 말과 함께 묵자후는 흑오의 맥문을 놓아주며 장난스럽게 그녀의 머리카락을 흩뜨렸다.

"카앗!"

흑오가 쇳소리를 토하며 민감하게 반응했지만 묵자후는 피식 웃어넘기며 침상으로 가 모포자락 몇 개를 들고 바닥에 자리를 폈다.

"자, 남녀유별이라 했으니 너는 침상에서 자도록 해."

그 말과 함께 묵자후는 잠자리에 들었다.

찌르르, 찌르르…….

후우웅, 후우웅…….

멀리서 풀벌레가 울고 부엉새가 울었다.

깊은 밤.

그러나 묵자후는 좀체 잠을 이루지 못했다.

'이 녀석 봐라?'

언젠가부터 침상에서 내려와 자기 가슴을 파고드는 흑오 때문이었다.

몇 번이나 밀어냈는데도 다시 품 안을 파고드니 도저히 잠을 이루지 못할 지경이었다.

아마 노파와 살면서 안겨 자는 게 습관이 된 모양인데, 아직 어리긴 하지만 나올 데 나오고 들어갈 데 들어간 여자 애가 자꾸 안겨오니 미치고 환장할 것 같았다.

묵자후가 아무리 이성 경험이 전혀 없다지만 한참 피가 끓어오를 나이가 아닌가. 그런데 무방비상태로 안겨오면 뭘 어쩌자는 것인가? 낮에 본 춘화도의 기억이 아직도 생생한 충격으로 남아 있는데.

하지만 잠에 취해 있는 흑오를 보니 딴생각이 전혀 들지 않았다.

"캬웅……."

자다가 기분 좋은 꿈이라도 꾸는지 킥킥거리며 웃고 가끔은 고로롱고로롱 코를 골거나 혀로 입술을 쪽쪽 빠니 마치 아기 같다는 생각이 들었다. 또 그러다 보니 그녀가 왠지 가엾고 측은한 생각이 들어 한숨을 푹푹 쉬며 속으로 중얼거렸다.

'그래. 자라, 자. 나야 뜬눈으로 밤을 새든 말든 너는 편안하게 꿈나라나 즐기거라.'

녀석이 자기 팔을 베고 자고 있으니 움직이기도 틀린 것 같고.

'에효. 내가 유모도 아니고 이게 무슨 신세냐?'

묵자후는 속으로 투덜거리며 밤새 누운 상태로 운기조식을 취했다.

다음날 아침.

묵자후는 남근석이 보이는 산 정상에 노파의 관을 안치했다. 그리고 흑오와 함께 무덤에 합장을 하며 고인의 명복을 빈 뒤 다시 동굴로 돌아왔다.

쉭! 퍽!

취리리…….

흑오는 동굴로 돌아오자마자 뱀부터 잡았다.

질겅질겅.

양 뺨을 풍선처럼 부풀리며 뱀 고기를 씹는 흑오.

하지만 그녀의 눈은 안절부절, 묵자후에게 쏠려 있었다.

자신이 구워준 뱀 고기를 손에 든 채 생각에 잠겨 있는 묵자후.

그런 묵자후를 보며 흑오는 그가 자기를 놔두고 떠나 버릴까 봐 안절부절못하고 있었다.

묵자후는 흑오의 시선을 느끼면서도 짐짓 모른 척했다.

솔직히 이런 외진 곳에 흑오를 놔두고 가자니 마음이 놓이지 않았다. 그래서 흑오를 데려갈까 말까 고민했지만,

'아서라, 말아라. 내가 가야 할 길은 피의 험로. 내 곁에 있으면 저 아이의 안전을 보장할 수가 없다.'

게다가 흑오는 야성적인 소녀.

괜히 세상에 나갔다가 상처를 받느니 제 살던 방식대로 사는 게 가장 좋을 것 같았다. 그래서 묵자후는 흑오가 건네준 뱀 고기를 다 먹은 뒤 냉정하게 자리를 털고 일어났다.

녀석의 시선이 후닥닥 따라왔다.

"잘 있거라. 이제 그만 가볼 테니 몸조심하려무나. 만나서 반가웠다."

묵자후는 그 말을 끝으로 동굴을 나섰다.

흑오가 멀거니 쳐다보든 말든 신법을 전개해 숲 속으로 사라졌다.

묵자후가 사라지고 나자 흑오는 쭈뼛쭈뼛 동굴을 나왔다.

그녀는 묵자후가 사라진 숲과 엄마가 묻혀 있는 산 정상을 번갈아 바라보면서 한참 고민에 휩싸였다.

그러다가 눈을 반짝 빛내며 생각했다.

'그래! 엄마가 그를 죽인 뒤에 약초 캐던 곳으로 가라고 했어! 나는 엄마 부탁을 들어주지 못했지만 그도 날 해치지 않았어. 그러니 그는 날 이용할 생각이 없는 거야. 그리고 그가 날 제압하려 한다면 가만있지 않을 거야!'

그런 생각으로 주먹을 움켜쥐는데 마음속에서 '정말?' 하는 웃음소리가 떠올랐다.

'칫……. 아무튼 그를 따라다니다가 머리가 아프기 시작하면 약초 캐던 곳으로 가자. 그러면 엄마와의 약속도 지킬 수 있잖아.'

흑오는 결정을 내리자마자 후닥닥, 비도를 챙겨 들고 숲 속으로 뛰어갔다.

헥헥거리며 언덕에 올랐지만 그의 모습은 이미 보이지 않았다.

'칫!'

흑오는 시무룩하게 서 있다가 갑자기 하늘을 노려봤다. 그러자 먹구름처럼 한 떼의 까마귀가 나타났다.

'그를 찾아!'

흑오가 명을 내리자 까마귀들이 빠른 속도로 산을 넘었다.

묵자후는 피식 웃으며 흑오를 쳐다봤다.

새까만 까마귀 떼와 함께 등장한 흑오.

사실은 까마귀들이 산 위로 날아오르는 걸 보고 자신이 걸음을 멈춘 것이었지만, 묵자후는 자기 뒤를 쫓아오는 흑오를 보고 그녀가 정에 굶주려 있다는 사실을 깨달았다.

묵자후는 흑오의 머리카락을 흩뜨리며 말했다.

"따라 해봐라. 지존!"

"캇!"

흑오가 머리카락을 정리하며 강한 쇳소리를 냈다.

묵자후는 웃으며 다시 한 번 말했다.

"지존이란 말을 따라하지 못하면 널 못 데려간다."

순간, 흑오의 눈에 눈물이 글썽거렸다.

하지만 묵자후는 그 모습을 외면하며 말했다.

"따라해라. 지존."

"크르르. 이오."

"이오가 아니라 지존!"

"크르르. 이오."

"지존!"

"이오. 이옹. 잉오……."

"마지막이다. 지존!"

"잉옹!"

"미안하다. 안녕."

그 말과 함께 묵자후가 까만 점으로 변했다.

"카앗!"

흑오는 신경질적으로 발을 굴렀다.

"이오, 이옹, 잉옹, 이온……. 크아앗!"

흑오는 혼잣말로 계속 연습하다가 후닥닥, 묵자후를 찾아 나섰다.

그때 저 산꼭대기에서 바람처럼 들려오는 중얼거림.

"어쨌든 저 녀석 때문에 적적하진 않겠군……."

* * *

환한 빛이 새어 들어오는 밀실.

긴 탁자 주변에 십여 명이 앉아 있다.

다들 머리를 깎은 승려들.

그러나 중원인과 달리, 회색 혹은 푸른색 눈동자였고 붉거나 검은 가사를 입었으며 염주가 아닌 이상한 목걸이를 목에 걸고 있었다.

그중 머리카락은 뱀이고 얼굴은 사람이며 이빨은 늑대 같은 형상을 한 목걸이의 주인이 모두를 보며 말했다.

"혼돈승이 그녀를 잡는데 실패했다고 전해왔소."

좌중의 반응은 각양각색이었다.

"뭐라고? 혼돈승이 실패했다고?"

"나무환희불… . 멍청한 녀석이 멍청한 실수를 했군."

"차라리 나를 보냈어야지. 내가 가겠다고 했잖아!"

갑자기 시끌벅적해져 버린 밀실.

"방해자가 있었다고 하오."

뱀과 사람, 늑대 목걸이의 주인공이 탁자를 치며 말하자 한 순간 조용해졌다.

"방해자가 있었다고? 결계치는 것도 잊어버린 모양이군."

포대화상처럼 배가 나오고 입술이 붉은 중이 중얼거렸다.

"아니오. 결계를 쳤는데도 영향을 받지 않았다고 하오. 게다가 혼돈승을 안광으로 제압해 버렸다고 하오."

"혼돈승을 안광으로?"

"중원에 그런 능력자가 있었나?"

다들 고개를 갸웃거리자 뱀과 사람, 늑대 목걸이의 주인공이 다시 좌중을 쓸어봤다.

"그나마 다행인 것은 겁극멸혼술(劫極滅魂術)로 나부태태(羅浮太太)의 영기를 소멸시켰다는 것이오. 그녀는 이미 무저계(無底界)에 떨어졌을 테고, 남은 것은 그 아이요."

"호! 나부태태가 죽었다면 그 아이는 이제 혼자겠군."

"혹시 모르지. 방해자가 그 아이를 데려갔을지."

"데려가도 상관없어. 대광륜원정흡음대법(大光輪元精吸陰大法)이 아니면 그 아이의 능력을 흡수할 수 없을 테니."

좌중이 다시 시끌해졌다.

그때 조용히 듣고 있던 누군가가 말했다.

"문제는 이 일을 대부인께 어떻게 알리느냐는 것인데."

"알리면 안 돼! 그건 우리 호존십팔승(護尊十八僧)의 치욕!"

"그러면 어떻게 했으면 좋겠소?"

누군가가 묻자 커다란 입술을 지닌 중이 벌떡 일어섰다.

"내가 가겠다!"

"포식승(飽食僧), 당신 혼자로는 어림도 없소. 혼돈승을 제압하고 천궁파(天宮派)의 도사들을 쓸어버렸으니 방해자는 초절정을 넘어선 무인이란 뜻. 더구나 그 아이가 각성하면 큰일이니 무아지경을 넘어 황황홀홀경(恍恍惚惚境) 이상은 되어야 해."

뱀과 사람, 늑대 목걸이의 주인공이 싸늘한 눈빛으로 말하자 포식승이 더듬거리며 항의했다.

"하, 하지만 우리 중에 황홀경까지 들어간 사람은 흑암승(黑暗僧)과 광마승(狂魔僧), 흡혈승(吸血僧), 그리고 당신, 밀밀승(密密僧)과 환락승(歡樂僧) 정돈데……."

그때 배불뚝이 같은 화상, 환락승이 일어났다.

"내가 가지. 흑암승은 이미 적막경(寂寞境)에 들었는지 모든 일에 관심이 없고 광마승은 미친놈이라 어디 있는지 모르겠고, 흡혈승이나 밀밀승은 대부인의 명을 수행해야 하니 적임자는 나밖에 없는 것 같군."

그러면서 입술을 스윽 핥더니 계속 말을 이어나갔다.

"더구나 본좌는 그 아이를 만난 적이 있지. 나부태태와 싸우면서 그 아이의 머리를 홀랑 깎아버렸어. 그랬더니 나부태태가 미친 듯이 달려들어 양패구상하고 말았지. 아마 그 아이는 나를 보면 기를 쓰고 달려올 거야. 그때 내게 한이 사무쳤거든."

"음……."

뱀과 사람, 늑대 목걸이의 주인공, 밀밀승은 잠시 침묵을 지키다가 마침내 고개를 끄덕였다.

"좋소. 환락승이 나서준다니 안심이 되오. 하지만 대부인께서 기다리시니 완벽을 기하기 위해 환락승 당신과 파멸승(破滅僧), 무간승(無間僧), 규환승(叫喚僧), 포식승이 함께 가시오. 흑마련 아이들도 몇 명 붙여 드리겠소."

"흠. 흑마련 떨거지들까지는 필요없는데. 아무튼 좋소. 넉넉잡고 보름 안에 그 아이를 잡아오지."

그 말과 함께 환락승이 또 한 번 입술을 핥았다.

이후, 회의가 끝나자 검은 가사를 입은 환락승과 붉은 가사를 입은 파멸, 무간, 규환, 포식승이 함께 자리를 떴다.

* * *

호남의 성도, 장사(長沙).

장사는 남쪽으로는 형악(衡岳), 북쪽으로는 동정호(洞庭湖)를 바라보고 있는 도시다.

일찍이 서주(西周) 때부터 장사라는 지명으로 존재했었고, 초(楚)나라 때는 진(鎭)으로, 진(秦)나라 때는 군(郡)이 설치되어 있었다. 한대(漢代)에는 장사국(長沙國)으로 거듭나, '초한(楚漢)의 도시' 라는 이름을 얻었다.

장사 북쪽.

묵자후는 흑오와 함께 관도를 걷고 있었다.

어디선가 향긋한 귤 냄새가 흘러나오는 곳.

사면이 물에 둘러싸여 있고 귤나무가 무성하게 우거져 있어 마치 강물 위에 뜬 긴 배 같은 섬, 귤자주(橘子洲)를 구경하면서 섬서를 향해 길을 재촉하고 있었다.

그런데 어디선가 징 소리가 들리고 사람들의 환호성이 들려왔다.

무슨 일인가 싶어 가까이 가보니 사십대 장한 두 사람이 기예를 선보이고 있다.

마주 선 두 사람이 뾰족한 창날을 목에 대고 서로 밀어붙여 창을 부러뜨리는 은창자후(銀槍刺喉)와 커다란 칼로 가슴을 베는 흉전격도(胸前擊刀), 쇠꼬챙이로 양쪽 귀를 찌르는 쌍봉관이(雙峯灌耳) 등의 기예를 펼치며 관중들에게 약을 팔고 있었던 것이다.

그러다가 관중들의 반응이 시들하면 징을 쳐서 데리고 있던 새끼 원숭이를 재촉하는데, 묘하게도 원숭이의 털이 금빛이었다.

사내들의 재촉에 못 이긴 원숭이가 수십 개의 칼날이 박힌 대나무 바구니를 통과하거나 물구나무를 선 상태로 사내들이

던지는 비도를 피하면 사람들이 환호성을 터뜨리며 동전을 던져 주고는 했다.

"크르르……."

흑오는 그 광경을 보고 눈에 불을 켰다.

어릴 때부터 짐승들과 교감이 가능한 흑오다. 하니 눈앞의 원숭이도 남처럼 느껴지지 않았다.

품에 안으면 두 손에 착 감겨들어 올 것 같은 작은 원숭이가 눈물을 글썽이며 대나무 바구니를 통과하고, 겁먹은 표정으로 사내들의 비도를 피하자 자기도 모르게 분노가 치솟았다.

"캇! 캇!"

흑오는 쇳소리를 발하며 어딘가를 향해 눈짓을 했다. 장사로 들어오면서 사람들의 이목을 끌까 봐 멀리 보내놨던 까마귀 떼에게 신호를 보낸 것이다.

잠시 후.

까악, 까악.

"어이쿠! 이게 뭐야?"

"아이고, 사람 살려!"

느닷없이 들이닥친 까마귀 떼의 공습에 차력사들과 관중들은 혼비백산, 얼굴을 가리며 도망갔다. 하지만 갑자기 나타난 까마귀 떼를 보려고 또다시 사람들이 몰려들고, 그로 인해 주변의 이목이 쏠리자 묵자후는 까마귀 떼를 해산시키라고 한 뒤, 차력사들이 버리고 간 원숭이를 안고 있는 흑오를 안고 맞은편 객잔으로 들어갔다.

그때 막 성문을 통과해 객잔을 지나고 있던 마차 안에서 누군가가 흑오를 봤다.

"음? 저건 뭐야? 아주 특이한 계집인데?"

음침한 눈으로 흑오의 뒷모습을 훑는 사내.

사십대 후반가량의 중년인이었다. 쭉 찢어진 눈에 화려한 비단옷을 입고 좌우에 색정적인 미녀들을 끼고 있는 그는 이곳 장사를 주름잡고 있는 흑도의 거물이었다.

"백주대로에 까마귀를 몰고 다니는 계집이라… 조금 불길한 기분이 들지만 까무잡잡한 피부에 얼굴이 무척 예쁘게 생겼군. 잘만 길들이면 새로운 쾌락을 맛볼 수 있겠어."

그가 혼잣말을 중얼거리자 그의 전신을 애무하고 있던 기녀들이 새침한 표정을 지었다.

"아잉. 대인, 뭘 그렇게 보고 계셔요?"

"그러게. 우리가 있는데 왜 젖비린내 나는 이족 계집 따위에게 관심을 기울이세요?"

하지만 그는 기녀들을 와락 밀치며 어자석 쪽을 향해 소리쳤다.

"밖에 종산이 있느냐?!"

"예, 회주."

"가서 애들 몇 명 불러와라. 오늘은 저 아이와 밤을 보내야겠다."

"존명!"

어자석에 앉아 있던 철탑거구의 사내가 기계처럼 고개를 숙였다.

객잔 안에는 잠시 침묵이 흘렀다.

가슴에 원숭이를 안고 양어깨엔 두 마리의 까마귀를 앉혀 놓은 소녀.

그리고 그 맞은편에서 무심한 표정으로 팔짱을 끼고 있는 사내.

느닷없이 들어온 두 사람.

그들에게서 왠지 모를 생소함이 느껴져 다들 대화를 멈추고 두 사람을 주시하고 있었던 것이다.

'이족 계집 같은데?'

'오누이는 아닌 것 같아. 계집도 계집이지만 사내가 무척 잘생겼군.'

두 사람을 훔쳐보며 수군대는 사람들.

전혀 어울릴 것 같지 않으면서도 의외로 잘 어울리는 두 사람을 보고 저마다 귀엣말을 나누기에 여념이 없었다.

"저… 주문은 어떻게?"

그때 점소이가 묵자후에게 주문을 받으러 왔다.

회계대에 앉은 뚱보여인이 불길하다는 듯 연신 눈짓을 보냈지만 미처 그 표정을 보지 못한 것이다.

"아무거나."

짤막하게 주문하고 입을 닫아버리는 묵자후.

점소이는 황당하다는 표정으로 묵자후를 봤다.

'제기랄! 아무거나라니? 이런 인간들이 먹고 나면 꼭 시비를 걸던데…….'

그러나 묵자후의 기도가 워낙 출중한데다 흑오가 자신을 향해 '크르르' 하며 이를 드러내자 왠지 소름이 돋아 얼른 주방으로 되돌아갔다.

사람들은 다시 자기들끼리 귀엣말을 나눴다.

얼핏 들어보니 차력사가 어떻고 까마귀 떼가 어떻고 하는 이야기였다.

묵자후는 묵묵히 듣고만 있었고, 흑오는 사람들이 자기 이야기를 나누든 말든 원숭이를 끌어안은 채 헤실헤실 웃고 있었다.

잠시 후, 식사가 나왔다.

난생 처음 보는 요리.

홍소육과 죽순을 위주로 한 버섯 요리였다.

그 향긋한 냄새와 알록달록한 장식을 보고 흑오가 눈을 휘둥그레 떴다.

입에 침을 꼴깍이며 묵자후의 눈치를 살피는 흑오.

묵자후가 고개를 끄덕이자 흑오는 두 손으로 고기부터 집어 뜯었다.

와구와구, 냠냠, 쩝쩝,

그때부터 두 사람은 식사에 집중했다.

고기만 골라먹는 흑오.

흑오 때문에 소채만 먹는 묵자후.

객잔에는 두 사람의 음식 삼키는 소리만 들려왔다.

두 사람이 말없이 식사에 몰두하자 사람들도 흥미가 가셨는지 하나둘 먹고 마시며 떠들기 시작했다. 그 모습을 보고 객잔 여주인이 안도의 한숨을 내쉬는 순간 세 사람이 객잔 안으로 들어왔다.

하나같이 흉악하게 생긴 사내들.

객잔 여주인은 그들을 알아보고 손을 벌벌 떨었다.

몇몇 손님들도 그들을 알아보고 흠칫한 표정을 지었다. 일부는 아예 식사를 멈추고 서둘러 자리를 뜨기도 했다.

하지만 묵자후는 여전히 식사에만 몰두했다.

사내들은 그런 묵자후를 보고 음험한 미소를 짓더니 입구 근처에 자리를 잡았다.

'어떻게 할까?'

'나가서 처리하지. 기생오라비처럼 생겼지만 사내놈 어깨가 튼실해 보여. 게다가 무림인도 두어 명 보이는군.'

사내들 중 장비같이 생긴 자가 객잔 구석에 앉은 강호인들을 가리키자 나머지 두 놈이 고개를 끄덕였다.

그들은 점소이를 불러 간단한 술과 안주를 시켰다.

한바탕 사고를 칠 것 같던 사내들마저 식사에 열중하자 객잔 안의 분위기는 다시 평온을 회복했다. 술잔이 오가고 안주가 비워지고, 떠들썩한 대화와 왁자한 웃음소리가 흘러나오는 객잔 특유의 분위기를 회복한 것이다.

묵자후는 천천히 주변을 둘러봤다.

어느 정도 배를 채운 상태라 무심히 주변을 둘러본 것에 불과했다.

그런데 자신과 눈이 마주치자마자 황급히 고개를 돌리는 세 사람을 보고 피식 미소를 지었다. 뭔가 한마디 경고를 해줄까 하다가 바닥난 접시를 핥고 있는 흑오를 보고 내심 고개를 흔들었다. 그리고는 술에 취해 웃고 떠드는 사람들을 보고 잠시 생각에 잠겼다.

'그러고 보니 술을 마셔본 적이 한 번도 없군.'

천산군도에 머물면서 좌무기 일당이 밤마다 술에 취해 있는 모습은 자주 봤지만 한 번도 마셔볼 생각을 않았다.

'강호의 낭만은 객잔에서 술잔을 기울이며 지나간 세월을 추억하는데 있다고 했지?

누구 이야기였는지 모르겠지만 갑자기 천금마옥 사람들이 그리워졌다.

'그분들도 날마다 술을 그리워했지…….'

묵자후는 손을 들어 점소이를 불렀다.

쪼르륵…….

잔에 투명한 액체가 담기자 향긋한 주향이 흘렀다.

묵자후는 잠시 회상에 잠겼다가 천천히 잔을 들이켰다.

식도를 자극하는 강렬한 느낌. 뒤이어 뱃속이 찌르르하더니 핑한 현기증이 돌았다.

'이런 게 술인가?'

쓰고 독하지만 다시 손길을 잡아끄는 그 무엇이 있다.

'이번에는 단숨에 마셔볼까?'

누군가가 술은 통쾌하게 마셔야 제 맛이라고 했다. 그래서 눈을 감고 단숨에 석 잔을 들이켰다.

"카아!"

묘한 탄성이 저도 모르게 튀어나왔다.

그 소리에 흑오가 고개를 들었다.

지금까지 안주만 축내고 있던 흑오.

호기심 어린 눈으로 묵자후를 바라본다.

"너도 한잔 할 테냐?"

웃으며 권하니 냉큼 잔을 받아 든다. 그리고는 의심스런 눈길로 냄새를 킁킁 맡다가 코를 쥐며 인상을 쓴다.

"푸하하하. 그래, 너는 아직 마시면 안 돼. 술은 어른들이나 마시는 거야."

그러면서 다시 술잔을 기울이자 흑오의 눈에 쌍심지가 돋았다.

그녀는 제 손에 들린 잔과 묵자후 입에 들어가는 잔을 번갈아 쳐다보다가 두 눈을 질끈 감고 단숨에 술잔을 털어 넣었다.

"켁, 켁!"

사레가 들렸는지 기침을 해대는 흑오.

묵자후가 다시 폭소를 터뜨리자 녀석의 눈에 또 한 번 불길이 일어났다.

그다음부터는 상황이 역전됐다.

녀석의 눈이 신기한 걸 발견한 사람처럼 커지더니,

"크아!"

그때부터 정신없이 마셔대기 시작한 것이다.

"이 녀석이?"

어이가 없어 잔을 뺏으니 '크르르!' 하며 노려본다.

"요 녀석 봐라? 감히 누굴 노려봐?"

꿀밤을 한 대 쥐어박고는 술잔을 압수해 버렸다.

"크르르!"

"이 녀석은 머리만 건드리면 잡아먹을 듯 난리군."

아무튼 흑오가 노려보든 말든 혼자 술을 마셨다.

흑오는 그런 묵자후의 눈치를 살피며 안주만 축내다가 가뭄에 콩 나듯 묵자후가 선심을 베풀자 허겁지겁 한두 잔 받아먹으며 아쉬운 표정으로 입맛을 다셨다.

그 광경이 재미있어 보였을까. 주위의 이목이 다시 집중됐다.

'안 되겠군.'

묵자후는 천천히 자리에서 일어났다.

너무 시선을 끌면 좋지 않겠다 싶어서였다.

"반 냥입니다."

회계대로 가니 뚱보여인이 추파를 보내왔다.

이때까지 기둥에 가려 얼굴을 보지 못하고 있다가 코앞에서 묵자후를 보니 오금이 떨린 모양이었다.

하지만 묵자후는 무관심한 표정으로 품속에서 금덩이를 꺼냈다.

좌무기에게 받은 것인데 전장이 어딘지 몰라 아직 은자로 바꾸지 못한 것이다.

"아이고, 공자님. 너무 많아요. 바꿔 드릴 잔돈이 없는데요?"

객잔 여주인이 눈을 휘둥그레 뜨며 울상을 지었다.

하긴 금 한 냥이 은자 백 냥에 해당하니 저걸 바꿔주려면 온 가게를 탈탈 털어야 할 것이다.

"그럼……."

강호에 나온 지 얼마 안 되어 물가 개념이라곤 전혀 없는 묵자후.

금덩이를 반으로 뚝 잘라 내밀었다.

"아이고! 그, 그것도 많은데요?"

다시 반으로 잘랐다.

"그, 그것도 많은데……."

객잔 여주인이 난처한 표정을 지었다.

주위의 시선이 또다시 집중됐고, 묵자후는 대충 잔돈을 받아 들고 객잔을 나섰다.

"보기와 달리 어수룩한 놈이군. 일이 쉽게 풀리겠어."

객잔 입구 쪽에 앉아 있던 사내들은 귀엣말을 속삭이며 묵자후를 따라갔다. 객잔 여주인은 그들에겐 감히 계산을 요구할 엄두조차 내지 못했다.

귤자주를 지나 성문 쪽으로 향하니 번화한 거리가 나타났다.

사방에 좌판을 벌여놓고 목청을 높이는 사람들과 그 앞을 지나며 흥정하는 사람들.

시장통이었다.

묵자후나 흑오나 시장 구경은 난생 처음.

두 사람의 눈이 정신없이 돌아갔다. 그러다가 여자들이 잔뜩 모여 있는 가게 앞을 지나는데 흑오의 눈이 반짝 빛났다.

왜 그러나 싶어 봤더니 장신구 파는 곳이다.

"너도 하나 가지고 싶니?"

묻자마자 흑오가 고개를 끄덕인다.

하나 골라보라고 하자 깡충깡충 뛰어가는 흑오.

"아니, 요 이족 계집애가 누구 장사를 망치려고!"

가게 주인은 갑자기 뛰어든 흑오를 보고 화를 냈다. 하지만 뒤따라 들어서는 묵자후를 보고 금세 표정을 바꾸며 눈웃음을 쳤다.

흑오는 가게 안을 한참 들쑤시다가 팔찌 하나를 집어 들었다. 쌍룡이 뒤엉킨 금붙이에 붉고 푸른 수실이 달린 팔찌.

"좋아, 하나 더 골라봐."

묵자후가 인심을 쓰려는데 누군가가 덥석 다리를 잡아왔다.

"공자님. 꽃 좀 사주세요. 이 꽃을 못 팔면 우리 가족이 굶어죽어요."

애처로운 목소리에 고개를 돌리니 일고여덟 살 정도 된 계집아이가 누구에게 맞았는지 한쪽 빰이 퉁퉁 부은 상태로 눈물을 뚝뚝 흘리며 꽃을 한 아름 안고 있다.

그 모습이 가여워 보여 안아 일으켜 주려는데 흑오가 '캇!' 소리를 내며 소녀를 밀쳐 버린다. 그 바람에 꽃을 흘리며 바닥으로 엉덩방아를 찧는 소녀.

흑오는 그 앞을 막아서며 위협적인 쇳소리를 발했다.

'이 녀석이 갑자기 왜 이래?'

묵자후가 어이가 없어 흑오를 나무라려는데 누군가가 등을 툭툭 쳐왔다.

'아까 그놈들이군!'

그제야 돌아가는 사정을 짐작한 묵자후.

천천히 등을 돌리니 어느새 소녀는 사라지고 험상궂은 표정의 사내들이 서 있다.

"왜? 내게 볼일이 있나?"

태연한 목소리로 묻자 사내들이 흠칫한 표정으로 서로를 본다. '생각보다 강단이 있는 놈이군' 하는 눈빛들이었다.

그중 장비 같은 인상의 사내가 앞으로 나섰다.

"누가 우리 조카를 못살게 군다고 하여 와봤더니 바로 네 놈이었군."

말도 안 되는 억지.

전형적인 흑도의 수법이다.

"누가 네놈들 조카인지는 모르겠지만 여자를 이용하는 걸 보니 빤하군. 그래, 용건이 뭐냐?"

사내들은 자존심 상한 표정으로 다시 서로를 봤다.

'너무 태연한데?'

'뭔가 믿는 구석이 있는 거 아냐?'

말없는 대화가 끝나고 다시 장비가 나섰다.

"여기서 말하긴 곤란하고, 우릴 따라오면 대답해 주지."

그러면서 턱짓을 해 보인다.

따라오라는 뜻.

"훗. 무슨 일인지 모르겠지만 건방지게 사람을 오라 가라하다니. 좋아. 따라오라니 따라는 가주지."

묵자후는 피식 웃으며 고개를 끄덕였다. 그리고는 흑오의 이마를 쥐어박으며 인상을 썼다.

"너 때문이잖아, 이 녀석아!"

"캇!"

사내들은 점점 다리가 떨려오는 것을 느꼈다.

자기들 앞에 태연한 자세로 서 있는 묵자후.

일단 으슥한 골목까지는 데리고 왔지만 차갑게 빛나는 묵자후의 안광을 보니 왠지 모르게 오금이 떨렸다.

'으으. 이게 어떻게 된 일이지? 내가 염효(鹽梟) 생활이 몇 년인데 상대의 눈길에 공포를 느낀단 말인가?'

'으으. 도망가고 싶어도 다리가 안 떨어져. 이런 압박감은 회주에게서도 못 느꼈는데…….'

놈들이 다들 잘못 건드렸다는 생각으로 몸을 떨고 있는데,

"이놈들! 멈춰라!"

설상가상으로 허공에서 누군가가 나타났다.

만남

魔道天下

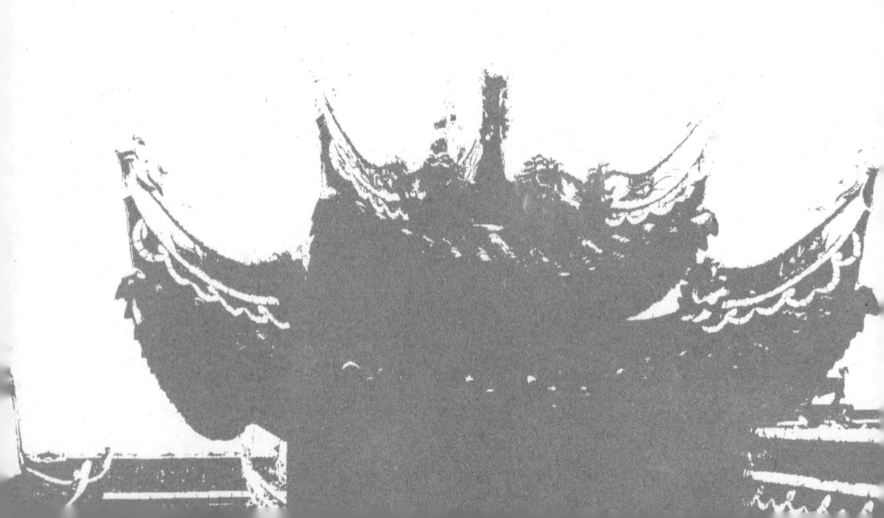

시장통이 한눈에 내려다보이는 건물.

그중 이층 다루(茶樓)에 죽립을 쓴 두 사람이 앉아 있다.

호리호리한 몸매에 잿빛 가사.

광동 백리상단을 떠나 영웅성으로 향하는 은혜연과 정수 사태였다.

두 사람은 저 멀리 보이는 귤자주의 풍광을 감상하면서 찻잔을 들이켜고 있었다.

평소 같으면 꿈도 못 꿀 호사였지만, 광동에서 호북까지는 수천 리 길이라면서 한사코 여비를 챙겨준 백리장춘 덕에 이런 다관에도 들어올 수 있었다.

"그래도 나는 악록서원(岳麓書院)이 더 마음에 들더구나. 특히 선산사(船山寺) 주지스님의 미소는 아직도 기억이 나……."

정수 사태는 지그시 눈을 감고 이때까지의 여정을 되돌아보고 있었다.

"물론 도화원(桃花源)도 좋았지. 도화원기(桃花源記)에 나오는 무릉도원이 눈앞에 펼쳐져 있는 것 같아 너무 기분이 좋았……. 사매! 나랑 이야기하다 말고 뭘 보고 있는 거야?"

어느 순간부터 사매의 반응이 없자 정수 사태가 눈을 뜨며 물었다. 그러자 멍하니 창밖을 보고 있던 은혜연이 화들짝 놀라 고개를 돌렸다.

"아, 예. 저… 딴생각을 좀 하느라고……."

"이야기하다 말고 딴생각은 왜? 밖에 뭐가 있는데 그래?"

그러면서 정수 사태가 창밖을 내다보려 하자 은혜연은 다급한 기색으로 그 앞을 막아섰다.

"밖에 뭐가 있긴요. 아무것도 없어요. 음… 그냥 사람들이 왔다 갔다 하고 있어요. 정말이에요."

그렇게 말도 안 되는 변명을 하며 쩔쩔 매는 은혜연.

그럴 만한 사정이 있었다.

'사자가 끼어들면 안 돼! 평생 처음으로 협행(俠行)할 수 있는 기회야! 그것도 어려움에 처한 이들을 돕는 일인데 이번에도 사자가 끼어들면 내가 협행을 할 수 있는 기회가 사라져

버려. 그러니 어서……'

"아무튼 사자, 저 잠시만 나갔다 올게요."

"잠시 나갔다 온다고? 왜? 해우소 가게?"

"아, 네. 그, 그게……."

안타깝게도 거짓말을 할 줄 모르는 은혜연이다. 그러다 보니 허둥지둥 말을 흐리다가 옜다 모르겠다 하는 심정으로 몸을 날렸다.

"아니, 사매?"

은혜연의 돌발행동에 놀란 정수 사태는 급히 사매가 뛰어내린 창밖을 쳐다봤다.

'도대체 무슨 일이 벌어졌기에?'

뒤따라 몸을 날리려다 가만히 보니 고작 흑도패에 둘러싸인 오누이(?) 일이다.

'그래, 저 정도는 겪게 해줘야……'

이때까지 자기가 너무 과잉보호하다 보니 사매가 심화가 치밀었나 보다 싶어 곰곰이 자신을 되돌아보며 자리를 지키는 정수 사태다.

"이, 이건 뭐야?"

가뜩이나 묵자후의 안광에 질려 오금을 떨고 있던 염효들.

갑자기 허공에서 멋들어진 신법을 발휘하며 은혜연이 나타나자 모두 아연실색해 버렸다.

'이거, 일진이 완전히 꼬이는 것 같은데?'

불안한 표정으로 서로를 바라보는 염효들.

은혜연은 묵자후 앞을 막아서며 그들을 향해 소리쳤다.

"흥! 이 흉악한 흑도 무리들아, 감히 백주대낮에 선량한 사람을 해치려 들다니!"

호통과 함께 보타암에서 들은 향화객의 이야기를 떠올리며 살짝 턱끝을 치켜드는 은혜연. 그 바람에 그녀의 앙증맞은 입술이 드러났다.

'여자다! 어린 계집이야!'

사내들은 마음속에서 투지가 솟아오르는 걸 느꼈다.

하지만 은혜연이 검을 지니고 있는데다 감히 흉내도 못 낼 신법으로 등장했으니 얕보기도 쉽지 않았다.

'그러나……!'

묵자후도 두렵고 은혜연도 부담스러웠지만, 현실적으로 그들보다 더 두려운 사람은 염라대왕보다 더 잔인한 회주의 명이었다.

"이야압!"

"죽어라, 계집!"

결국 세 사람은 죽기 아니면 까무러치기라는 심정으로 검을 휘둘렀다.

그러나,

빠카카카칵!

미처 초식을 펼치기도 전에 발그림자가 번쩍이더니 세상이 빙글 뒤집어졌다.

은혜연이 순식간에 그들을 제압해 버린 것이다.

"아이고……."

"으갸갸……."

입술이 깨지고 턱이 깨져 비몽사몽 나뒹구는 사내들.

묵자후는 고개를 끄덕였다.

'군더더기 하나 없는 깔끔한 수법이군.'

말은 쉽지만 눈 깜짝할 사이에 연환퇴(連環腿)와 소퇴(掃腿), 원앙각(鴛鴦脚)을 펼쳐 사내들을 쓰러뜨린 은혜연을 보고 묵자후는 내심 감탄했다. 그러자 흑오가 질투 어린 눈길로 은혜연을 쏘아봤다.

"크르르……."

하지만 그런 줄도 모르고 은혜연은 활짝 웃으며 죽립을 벗어들었다.

"어디 다치신 데는 없습니까?"

그때서야 은화연은 묵자후의 얼굴을 제대로 보게 됐다.

갸름하면서도 강인해 보이는 턱.

오뚝하게 뻗은 콧날과 고요하게 가라앉아 있는 눈동자.

실로 가슴이 쿵쿵 뛸 정도로 미남이었지만 굉장히 거칠고 위험해 보이기도 했다.

마치 절벽 끝에서 이 세상을 노려보고 있는 한 마리 야수 같다고나 할까?

그 강렬한 인상에 눈 둘 곳을 몰라 하다가 어디선가 날아오는 표독한 기운에 얼른 정신을 차렸다.

자신을 쏘아보고 있는 열서너 살쯤 된 소녀.

"어머, 놀랐겠네. 괜찮아요?"

원래는 향화객에게 들은 여협(女俠)처럼 우아하게 포권을 취하려 했는데, 아무 대답 없이 자신을 노려보는 흑오를 보자 은혜연은 순간적으로 머쓱해졌다.

이런 상황에서는 뭐라고 이야기해야 하는지 들어본 적이 없다. 다들 고맙다고 인사하고, 자신은 겸양의 말만 하면 된다고 하던데.

난처해진 은혜연은 궁리 끝에 입을 열었다.

"소협 분들께서는 어디로 가시는지?"

말하고 나니 어감이 이상했다.

'소협이라고 하니 왠지 어색해.'

그때 대답이 들려왔다.

"섬서."

'섬서?

"에, 또… 섬서, 섬서라……."

강호에 처음 나왔으니 섬서에 뭐가 있는지 알 리가 있나.

"하하, 저는 무창, 무창으로 가는데… 하하."

말하고 나니 또다시 민망했다.

'내가 왜 먼저 행선지를 밝히는 거지?'

자꾸 당황스럽고 무안해지기만 한다.

뭔가 그럴 듯한 말을 하고 싶은데 저 눈빛. 저 고요하게 가라앉아 있는 눈빛을 보니 아무 생각도 나지 않았다. 그저 한없이 빨려 들어갈 것 같은 기분에 머리가 아찔했다. 그래서 멍하니 서 있는데,

"크르르… 이온!"

흑오가 묵자후의 옆구리를 쿡쿡 찔렀다.

빨리 이 자리를 떠나자는 뜻.

하지만 은혜연은 그 말을 오해했다.

'이온? 그게 저 사람 이름인가?'

그때 묵자후가 다시 입을 열었다.

"그대, 무창으로 가는 건 좋은데 몸이 좀 안 좋은 것 같군."

"예?"

"앞으로는 남의 일에 끼어들기보다는 그 시간에 의원을 찾아보시오."

"……?"

의아해하는 은혜연.

그러나 묵자후는 은혜연의 상태를 한눈에 알아봤다.

이마에 파르스름한 기운이 도는 걸 보니 기혈 쪽에 문제가 있는 것 같은데, 맥을 짚어보지 않아 정확한 증상은 파악하기 힘들었다. 하지만 지금 상태로도 충분히 위험해 보였다.

"그렇게 토끼눈 뜨고 있지 말고 시간나면 곧바로 의가를 찾아가 보시오."

그 말을 끝으로 흑오의 손을 잡고 골목을 벗어나는 묵자후. 그리고 그 와중에 고개를 돌려 또 한 번 은혜연을 쏘아보는 흑오.

은혜연은 왠지 억울한 기분이 들었다.

'어쩜, 세상에 뭐 저런 사람들이 다 있지? 구해줘서 고맙다는 말은 못할망정 나보고 의가에나 가보라니? 내가 어디가 어떻다구?'

골목길 한복판에서 안색을 수없이 변화시키며 속상해하던 은혜연.

뒤늦게 묵자후를 떠올리며 한바탕 욕을 퍼부었다.

"살다 보니 별 꼴뚜기 같은 인간 다 보겠네."

그러면서 발을 구르다가 갑자기 킥킥 웃기 시작했다.

꼴뚜기라고 표현하니 그와는 너무 안 어울린다는 생각이 들었기 때문이다.

'차라리 표범이라고 해야 할까, 아님 호랑이라고 해야 할까? 아무튼 멋있지만 너무 재수없는 사람이야.'

그러면서도 눈길은 묵자후가 사라진 관도 쪽을 향하고 있다.

그런 그녀 곁에 정수 사태가 다가왔다.

"너무 마음 쓸 것 없다. 세상에는 저보다 더 배은망덕한 인간들이 많으니. 그리고… 가능하면 그 사람과 다시는 마주치지 마라. 왠지 위험한 기운이 풍겨."

정수 사태의 말에 은혜연은 자기도 모르게 찔끔했다.

"그, 그에게서 위험한 기운이 풍긴다구요? 이상하다, 나는 왜 못 느꼈지? 아무튼 앞으로 조심할게요."

그렇게 대답하며 뒤돌아섰지만 그의 눈빛이 떠올라 가슴이 두근거렸다.

'이 넓은 강호에서 어떻게 그를 다시 만나겠어? 하지만 한 번 정도는 더 볼 수 있었으면 좋겠다. 만나서 사과를 받아내야지!'

말도 안 되는 결심을 하며 연신 뒤를 돌아보는 은혜연.

어느새 장사는 멀어지고 동정호가 코앞으로 다가왔다.

*　　*　　*

팔백 리 동정.

육안으로는 도저히 가늠이 안 되는 물빛 바다.

특히 소상팔경(瀟湘八景)의 하나로 손꼽히는 휘영청한 보름달이 뜨자 동정호 주변은 유람객들로 인산인해를 이루었다.

곳곳에서 폭죽이 터지고, 두 손을 꼭 잡은 연인이 강가를 거닐며 사랑을 속삭이는 밤.

동정호가 한눈에 내려다보이는 언덕, 화려한 객잔 지붕 위로 까마귀 두어 마리가 날고 있다.

까악, 까악…….

까마귀들의 애타는 울음소리 때문일까?

어느 객잔 창문이 반쯤 열리고, 그 안으로 까마귀들이 날아갔다.

"키킷!"

까마귀들을 반기는 괴이한 쇳소리가 흘러나오고 누군가가 '이 녀석!' 하며 창문을 탁 닫는다.

"이 녀석아, 그 까마귀들이 형님 하면서 놀려대겠다. 이제 그만 목욕하래두!"

예전과 달리 하얀 백의를 입은 묵자후가 흑오를 향해 가볍게 소리 지르는 이유.

벌써 며칠째 세수는커녕 물도 마시지 않고 있기 때문이다.

도대체 무슨 바람이 불었는지 그 좋아하는 밥까지 굶어가며 심통을 부리는 흑오.

그 모습을 보다 못해 객잔을 잡고 목욕물까지 데워놓으라고 한 것이다.

그런데도 죽어라고 안 씻겠다며 고집을 부리는 흑오.

할 수 없이 목욕하고 난 뒤에 달구경 가자며 꼬드기고 있는 중이었다. 그런데 금방이라도 목욕할 것 같던 흑오가 또다시 까마귀들과 놀고 있으니 어찌 부아가 치밀지 않으랴.

"봐라. 금후(金猴)는 벌써 씻고 나왔다. 뽀야니 얼마나 이쁘냐?"

"크르르!"

그 말이 떨어지기 무섭게 눈을 치뜨는 흑오.

얼핏 눈물이 글썽이는 것 같기도 하다.

'가만, 그러고 보니 이 녀석! 제 피부 색깔에 자괴감을 느끼고 있는 것 아냐?'

가만히 생각해 보니 그런 것도 같았다.

은혜연을 만나고 난 뒤부터 심술이 심해졌으니.

그러나 묵자후는 반밖에 못 맞췄다.

지금 흑오는 자기 피부에 예민해져 있을 뿐만 아니라 묵자후가 다른 여자와 눈 마주치는 건 물론이고 대화 나누는 것조차 싫었다.

그런데 묵자후가 은혜연과 대화를 나누고 관심을 표하는 듯하니 속이 상한 것이다.

하지만 그런 속내를 모르는 묵자후.

"아이고, 이 녀석아, 걱정도 팔자다. 지금까지 나와 같이 다니면서 너처럼 예쁜 애 본 적 있냐? 없지? 그러니까 걱정마. 넌 예쁘고 건강하니까 그깟 피부 때문에 신경 쓸 필요 전혀 없어. 오히려 환자같이 누렇게 뜬 피부보다는 백번 낫지 뭘 그러냐?"

귀엽다는 듯 머리카락을 흩뜨리며 은근히 흑오를 추켜세

웠다.

그러자 겨우 화가 풀린 흑오.

"캇!"

기이한 쇳소리를 토하며 묵자후를 노려보더니 못 이긴 척 방을 나간다.

객잔 한 켠에 마련된 욕실로 간 것이다.

"와아! 농담이 아니라 정말 예쁜걸? 어디서 월궁항아님이 납신 것 같애!"

묵자후는 또 한 번 너스레를 떨었다.

나름대로 묵자후에게 잘 보이려고 한 것인지, 목욕을 하면서 예쁘게 갈래머리를 한 흑오.

거기다 묵자후가 낮에 사온 연보랏빛 경장에, 극상세목(極上細木)*으로 짠 연분홍 하피(霞帔:어깨에 두르는 천)까지 두르고 있으니 정말 요지궁(瑤池宮)에서 나온 선녀가 따로 없을 지경이었다.

"흠. 좋군, 좋아. 그래! 우리 공주님이 드디어 목욕을 하셨으니 자! 이건 선물."

그러면서 묵자후는 등 뒤에 감추고 있던 하얀 보자기를 내밀었다.

"크르르……."

* 극상세목(極上細木):최고로 좋은 세목. 세목은 올이 아주 가는 무명.

흑오의 눈이 감동으로 찰랑거렸다.

묵자후가 선물로 준 것.

그건 새파랗게 빛나는 열두 자루의 비도였다.

"키잇, 키잇!"

차라락, 차라락.

흑오는 길을 걸으면서도 계속 비도를 돌렸다.

하지만 새 옷의 촉감이 부담스러운지 자꾸 몸을 비틀어 어린 원숭이, 금후를 피곤하게 만들었다.

"녀석……."

흐뭇한 표정으로 흑오를 바라보는 묵자후에게도 조금의 변화가 생겼다.

허리께에 붉은 수실이 달린 검이 보인다는 것.

해남도를 피로 물들이고 난 뒤부터 은연중에 살생에 대한 부담이 생겨 빈손으로 다녔지만, 요 며칠 흑오를 탐내는 몇몇 무리들의 시선을 느끼고 나니 나름대로 무장할 필요를 느꼈다. 물론 자신의 공력이야 하늘에 닿아 검이 있든 없든 상관없지만 아무래도 검이 있으면 상대가 함부로 도발하지 못할 것 같아서였다.

'아무튼 예정에 없는 달구경을 하느라 하루를 완전히 날려버렸군. 찬바람이 불기 전에 마등을 올려야 모두 모이기 쉬울 것이다……'

그런 생각을 하며 흑오를 돌아봤다.

여전히 비도를 돌리며 자신이 가르쳐 준 보법을 수련하고 있다.

'어느새 필생필사보(必生必死步)까지 극에 이르렀군. 며칠 더 있다가 아수라파천무를 가르쳐야겠어. 그래야 마인들이 모인 자리에서도 주눅이 들지 않지.'

묵자후는 벌써 흑오를 마인들이 모일 기련산(祁連山)까지 데려갈 결심을 하고 있었다.

'그런데 기련산은 사시사철 만년설로 뒤덮여 있다는데 남쪽에서 자란 아이가 추위를 견딜 수 있으려나? 이거, 잘못하다간 금강폭혈공까지 가르치겠는걸?'

그렇게 혼자 계획을 잡으며 걷고 있는데 저 앞에 선착장이 보였다.

이곳에서 무창까지 간 뒤 거기서 한수(漢水)를 타고 섬서로 넘어가기 위해서였다.

'아! 그러고 보니 그녀도 무창으로 간다고 했던가?'

언뜻 은혜연이 떠올랐다.

'동행이 있던 것 같던데 아직 그녀의 상태를 모르는 건가? 무창까지 장거리 여행을 하기보다는 의가부터 가는 게 좋을 것 같은데…….'

그 생각을 하며 표를 끊는데 흑오의 쇳소리가 들려왔다.

"크르르……."

나직하게 울려 퍼지는 음성.
왠지 모를 적대감이 가득 배어 있다.
'무슨 일이지?'
고개를 돌리려다 말았다.
'호랑이도 제 말 하면 온다더니.'
이 맑고 청량한 기운.
장사에서 봤던 그녀다.
십 장 밖에서 이쪽으로 다가오고 있었다.
'으음. 이토록 접근해 올 때까지 몰랐다니, 예상보다 더 한 고수군…….'
묵자후는 금후의 표까지 끊고 천천히 뒤돌아섰다.
"어머? 또 만났네요."
맑고 큰 눈이 반가움에 찰랑이고 있다.

"그렇군. 또 만났구려."
무심하게 돌아오는 대답.
은혜연은 왠지 자존심이 상했다.
하지만 그 또래 소녀들이 으레 그렇듯 묵자후의 냉정함에 오히려 가슴이 두근거렸다.
광동에서 이곳까지 오는 도중에 만난 그 누구보다 고요한 기도를 간직한 사람.
거기다 사심이라곤 전혀 깃들어 있지 않은 그의 눈빛을 보니 속이 상하는 한편으로 묘하게 안심이 되기도 했다.
은혜연은 자기 마음을 들킬까 봐 얼른 시선을 돌렸다.
연푸른 초록으로 넘실거리는 동정호.
그 물결 끝에는 연분홍 꽃이 만발하게 피어 있었다.
"크르르……."
하지만 들뜬 은혜연과 달리 흑오는 질투에 몸을 떨고 있었다. 흑오 어깨 위에 앉은 금후가 그 질투심에 놀라 사지를 벌벌 떨 정도로.
그때,
"사매, 표 안 끊고 여기서 뭐 하는 거야?"
은혜연 등 뒤에서 한 사람이 나타났다.
차가운 눈빛의 정수 사태였다.
"아, 예. 그게……."
은혜연은 당황한 표정으로 쭈뼛쭈뼛 묵자후를 소개했다.
"사자께서도 보셨죠? 며칠 전에 장사에서 만났던 분……."
하지만 냉정하게 고개를 돌려 버리는 정수 사태.
"되었다. 어서 표나 끊거라."
"…예."
아쉬운 표정으로 뒤돌아서는 은혜연.
그러나 잠시 후엔 속으로 환호성을 질렀다.
묵자후가 같은 배에 탔기 때문이었다.
하지만 정수 사태 눈치가 보여 가까이 가진 못하고 먼발치

서 훔쳐보기만 했다. 물론 그럴 때마다 흑오가 쇳소리를 내뱉었고,

'후훗. 저 아이는 예전보다 더 예뻐졌네.'

은혜연은 흑오와 시선이 마주칠 때마다 부드러운 미소를 지었다.

결국 웃는 사람에겐 못 당한다고 했던가?

"캇!"

흑오가 신경질적으로 고개를 돌려 버린다.

드디어 배가 출발할 시간.

"자, 더 탈 사람이 없으면 이만 출발하겠소!"

선부(船夫) 한 사람이 닻을 풀며 선착장 쪽을 향해 목청을 돋웠다. 그러자 한 무리의 흑의인이 '잠깐!' 하며 나는 듯 달려왔다.

모두 열두 명.

하나같이 죽립을 쓰고 병장기를 지녔다.

그들이 배에 오르자 은혜연은 기이한 느낌에 인상을 찌푸렸고, 묵자후는 싸늘한 표정으로 코웃음만 흘렸다.

'그때 본 그 하루살이들과 같은 부류로군.'

굳이 검을 섞을 가치도 없는 놈들이다.

'어디선가 저놈들보다 더 강한 기운이 느껴지는데 거리가 멀어서 통 알아볼 수가 없군.'

은혜연 역시 그런 느낌을 받았는지 가끔씩 고개를 갸웃거리고 있었다.

선착장이 까만 점으로 보이는 어느 야산.

축 늘어진 나뭇가지 위에 몇 사람이 서 있다.

흑의 가사를 입은 승려와 홍의 가사를 입은 승려들.

그들은 흑오를 잡으려고 달려온 환락승과 파멸승, 무간승, 규환승, 포식승 등이었다.

느긋한 표정으로 선착장 쪽을 내려다보던 그들은 언젠가부터, 정확히는 묵자후와 은혜연을 보고 난 뒤부터 차례대로 인상을 굳히기 시작했다.

"음……. 생각보다 쉽지 않겠군. 저놈도 그렇고 저 계집도 그렇고, 둘 다 기파가 장난이 아닌데?"

파멸승이 험상궂은 표정으로 중얼거리자 환락승이 불룩 튀어나온 배를 쓰다듬으며 고개를 끄덕였다.

"그렇군. 중원에 저런 고수들이 있다니 련(聯)의 이목도 예전 같지 않군. 아무튼 저 계집이야 놈의 동행이 아닌 듯하니 별 상관없겠지만 그래도 혹시 모르니 밀밀승 말대로 련의 떨거지들을 데려오길 잘했군."

"그 말뜻은?"

"련의 아이들을 사석으로 던져 주고 저 아이를 유인하는 거지."

"음……. 련의 아이들로는 얼마 못 버틸 것 같은데?"

"그땐 그대들이 나서야지."

"그럼 당신은?"

"대부인께서 저 아이를 원하시니 우선 저 아이부터 빼돌려야지."

"음……. 좋아! 우리 네 사람이 동시에 나서면 저 두 년놈이 힘을 합쳐도 밀리지는 않을 거야."

"그럼 그렇게 알고 준비를 하지."

그러다가 환락승이 눈을 반짝 떴다.

"호? 가만히 보니 저놈을 노리는 떨거지들이 또 있군. 이목이 분산되면 아무래도 일이 수월해질 테니 놈들이 움직이면 련의 아이들도 동시에 움직이라고 하게."

그 말을 끝으로 환락승은 유령처럼 그 자리에서 사라졌다.

* * *

'으음……. 미치겠군.'

염효 패거리들은 내심 당황하고 있었다.

자기들 등 뒤에서 흘러나오는 강렬한 기파 때문이었다.

마치 서툰 짓하지 말라는 듯 등줄기를 찌릿찌릿하게 만드는 기파.

힐끔 뒤돌아보니 승복 차림에 죽립을 쓰고 있는 은혜연이 보였다.

"저 계집애는 또 뭐야?"

"글쎄……. 저놈과 아는 사이인 것 같은데?"

"제기랄! 기도가 심상치 않아."

"어쩌겠어? 회주의 명이 내려졌으니 수틀리면 같이 죽여 버리지 뭐."

"할 수 없지. 일이 안 풀린다 싶으면 저 꼬마 계집애를 빼돌리고 독염(毒鹽)을 쓰도록."

장사 염효 집단이 자랑하는 어둠의 살수들.

그들은 서로 전음을 주고받으며 천천히 묵자후에게 다가갔다. 그리고는 누가 먼저랄 것도 없이 동시에 몸을 날렸다.

"탓!"

쉬쉬쉬쉭!

쇄애애액!

찰나간에 암기가 날아들고 시퍼런 검광이 번쩍인다.

그야말로 전광석화 같은 기습!

"으아! 싸움, 싸움이 났다!"

사람들은 그들의 기세에 놀라 비명을 질렀다.

배가 막 출발한 상황이라 서둘러 뱃머리를 돌리라는 하소연 어린 비명이었다.

하지만 여객선 건너편에서 동시에 출발한 열 척의 소선에서 시커먼 복면을 쓴 무리들이 뛰어들더니 남녀노소 가리지 않고 무자비한 살상을 벌이기 시작하자, 사람들은 모두 공포에 질려 선실로 달아나거나 제자리에 앉아 사지를 벌벌 떨기 시작했다.

은혜연은 그 모습을 보고 자기도 모르게 검을 뽑아 들었다. 그리고는 정수 사태가 말리기도 전에 검을 뽑아 들고 복면인들을 막아섰다.

"이런! 웬만하면 끼어들지 말랬더니."

말은 그렇게 했지만 양민들까지 도륙당하는 상황이니 어쩌겠는가?

정수 사태는 한숨을 쉬며 어쩔 수 없다는 듯 은혜연을 따라 몸을 날렸다.

그러나 정작 검을 뽑아 들고 전권(戰圈)에 휘말린 은혜연은 당황하기 시작했다. 오로지 양패구상만을 노리는 복면인들의 검법에 기가 질린 것이다.

'아아, 어떡하지? 나쁜 사람들이기는 하지만 살생을 저지를 순 없고…….'

은혜연은 울상이 되어 칼등으로 상대를 기절시키려 애썼다.

정수 사태도 마찬가지. 싸늘한 표정으로 복면인들의 마혈을 짚어 풍덩, 풍덩, 강물 속으로 빠뜨리는데 주력했다.

그러나 묵자후는 달랐다.

염효들이고 복면인들이고 부딪치는 족족 죽여 버렸다.

그 모습을 보고 정수 사태는 눈살을 찌푸렸다.

'아미타불. 너무 패도적이로구나. 아무리 합공을 받고 있다지만 실력 차이가 확연하거늘…….'

정수 사태가 그렇게 오해할 정도로 묵자후는 쉽게 쉽게 싸우고 있었다. 염효 무리들이 흑오를 납치하거나 독염을 뿌리기는커녕 제 한 몸 간수하기도 급급해할 정도로.

뿐인가? 은혜연과 정수 사태를 에워싸고 있던 복면인들 중 대다수가 자기 쪽으로 방향을 돌리자 오히려 그들 쪽으로 뛰어들며 검을 휘둘렀다.

번쩍!

"크악!"

"으아악!"

묵자후가 한 번 검을 휘두를 때마다 십여 명의 복면인이 피를 쏟으며 쓰러졌다.

마음 같아서는 검강을 발출해 한꺼번에 다 죽여 버리고 싶지만 배 안인데다가 무공을 모르는 양민까지 몰려 있다. 그러니 검기로만 상대할 수밖에 없었고, 또한 등 뒤에 있는 흑오와 금후까지 보호해야 하니 복면인들을 처치하는데 다소 시간이 걸렸다.

이제 염효 무리는 두 명 남고 복면인들은 반 정도밖에 안 남은 상황.

환락승은 기가 막혔다.

'저놈, 완전히 전귀(戰鬼)로구나!'

무공의 고수라고 해서 살육전, 특히 난전(亂戰)에 익숙한 건 아니다.

각자 익힌 무공에 따라, 또한 경험 정도에 따라 대응하는 방식이 천차만별이기 때문이다.

그런데 저렇게 좁은 배 안에서, 그것도 기습을 받은 상황인데다 양민들이 뒤섞여 있는 가운데서 저렇게 능수능란하게 싸운다는 건 이미 집단전에 도가 텄다는 말.

'이러다가는 밥이 익기도 전에 타버리겠다. 어서 저 계집애를 유인해야……!'

생각과 동시에 환락승은 유령처럼 몸을 날렸다.

눈 깜짝할 사이에 선착장 끝머리에 나타난 환락승은 기괴한 음성으로 흑오에게 전음을 보냈다.

"클클클. 까까머리 계집애야, 그동안 잘 지냈느냐?"

"캇?"

환락승의 목소리가 들려오자마자 번개같이 고개를 돌리는 흑오.

그녀의 눈에 자신을 보며 웃고 있는 배불뚝이 승려가 보였다.

"클클클. 예전에 한번 보여줬었지? 이 세상에서 가장 아름다운 장면을. 어떠냐? 그놈 옆에서 또 한 번 보여줄까?"

"크르르!"

흑오의 눈에 참담한 기색이 어렸다.

얼마 전 일인지 모르겠지만 흑오는 저 괴물 같은 노승에게 희롱을 당한 적이 있었다.

엄마(?)와 싸우면서도 자신에게 기괴한 환상을 보여준 노승.

수십 명의 사내가 나타나고 수백 명의 여자들이 나타나 서로 발가벗고 뒤엉키는 장면. 해괴하고 망측한 성교 장면이 그녀의 눈앞에 펼쳐진 것이다.

그때는 어린 나이였지만, 아니, 어린 나이였기에 오히려 더 정신적인 충격을 받은 흑오.

까닭 모를 감정에 들떠 사지를 배배 꼬는 자신을 안고 온갖 비웃음을 던지며 머리를 빡빡 깎아버린 징그러운 노승.

다행히 엄마(?)가 힘을 써서 저 노승을 쫓아냈지만, 차마 그 꼴을 묵자후 앞에서 보여줄 수는 없다. 더구나 얼마 전에 하늘나라로 간 엄마(?)의 복수도 해줘야 한다. 예전에는 어리고 힘이 약해서 당했지만, 지금은 그때보다 훨씬 더 컸고 또 그가 가르쳐 준 보법과 비도술이 있다.

"크르르!"

흑오의 눈에 시뻘건 살기가 어렸다.

"어떠냐? 그곳에서 나와 함께 극락을 볼 테냐? 아니면 네가 이쪽으로 건너올 테냐?"

"캇!"

잠시 망설이던 흑오는 쇳소리를 발하며 단번에 몸을 날렸다. 그 기세에 금후가 나동그라졌고, 묵자후가 고개를 돌렸다.

'음? 저 녀석이?'

묵자후는 흠칫한 표정으로 흑오를 붙잡으려 했다.

녀석이 자꾸 흥분한 쇳소리를 내기에 눈앞의 암습자들 때문인 줄 알았는데 언젠가부터 배에 오르고 난 직후에 느낀 괴이한 기파가 흘러나오는 게 아닌가?

아차 싶어 뒤늦게 고개를 돌리니 흑오는 이미 선착장 쪽에 닿아 있고, 검은 가사를 걸친 배불뚝이 승려가 그녀의 비도를 피하며 재빠르게 뒤로 물러나고 있다.

"흑오! 따라가면 안 돼!"

묵자후는 급히 소리치며 몸을 빼내려 했다. 하지만 하필이면 그때 등 뒤에서 십여 개의 검이 날아오고 시커먼 알갱이가 온몸을 뒤덮여 온다.

"독염? 으드득! 염효 무리였구나!"

묵자후는 이를 갈며 금후를 낚아챈 뒤 훌쩍 뒤로 물러났다. 그리고는 흑오 쪽을 바라보며 다급히 검강을 뽑아 올렸다.

고오오오오!

일체의 사전 동작 없이 뽑아 올린 섬뜩한 강기.

"가랏!"

묵자후의 입에서 사자후가 터져 나오고, 새하얀 강기가 일

직선으로 쭉 날아갔다. 선착장 쪽을 향해서였다.

그 섬광이 번쩍이자마자 허공에서 팔 하나가 튀어 오르고 누군가의 절규성이 흘러나왔다.

"크아악! 이, 이, 찢어죽일 놈이 감히 본좌의 팔을!"

순식간에 팔 하나를 잃어버린 사람. 그는 바로 흑오를 유인하고 있던 환락승이었다.

그러나 선착장 쪽으로 검강을 날리는 바람에 목자후의 등판에 십여 개의 검이 작열했다.

카카칵!

따당!

"크억!"

"윽? 이, 이럴 수가?"

의외로 비명을 지른 사람은 묵자후가 아닌 검을 날린 복면인들이었다.

그들이 날린 검은 묵자후의 신체에 아무런 영향을 미치지 못했다. 오히려 엄청난 반발력으로 되튕겨 나와 세 명이 머리가 터져 버렸고, 나머지 놈들은 손목이 탈골되거나 검이 부러져 버렸다.

그리고 그들이 비명을 지르는 순간, 묵자후의 손끝에서 시퍼런 지강이 뻗어 나와 그들의 전신을 난자해 버렸다.

"크흡!"

"끄흐……."

복면인들은 비명조차 제대로 지르지 못했다. 모두 가슴과 복부가 너덜너덜한 걸레로 변해 버렸기 때문이다.

하지만 묵자후는 그들에겐 관심도 두지 않았다.

"뒷일을 부탁하오!"

은혜연에게 그 말 한마디 남긴 후 곧바로 금후를 안고 흑오를 추적하기 시작했다.

은혜연은 순간적으로 당황했다.

한참 복면인들을 처치하던 그가 갑자기 몸을 빼버리니 곤혹스러웠던 것이다. 하지만 고개를 돌려보니 그가 흑오라고 부르던 여자 애가 외팔이 승려에게 납치되어 가고 있고, 붉은 가사를 입은 네 명의 승려가 그 앞을 막아서고 있다.

'아! 위급 상황이야. 어서 그를 도와줘야 해!'

그런 생각이 들 정도로 괴승들의 기파는 장난이 아니었다.

'하지만 어떻게?'

그게 관건이었다.

'지금처럼 싸워서는 도저히 이들을 물리칠 수가 없어.'

다들 극도의 수련을 거쳤는지 칼등에 맞거나 점혈을 짚여도 금방 다시 일어나서 공격을 가해왔다. 그로 인해 손발이 피로해지고 양민의 희생이 점점 늘어났다. 특히 염효 패거리가 뿌린 독소금에 의해 죽은 시체는 끔찍스러울 정도였다.

은혜연은 찰나간에 수없이 고민했다.

마치 시간을 잊어버린 듯 검을 휘두르는 와중에서도 수천, 수만 가지 방법을 떠올려 봤다.

하지만 결론은 역시 하나뿐이었다.

'아아! 사부님께서도 이런 상황 때문에 마두검후라 불리셨구나…….'

은혜연은 입술을 잘근 깨물었다.

'그래, 내가 먼저 지옥에 가지 않으면 누가 지옥에 가랴?'

결정은 쉬웠다.

그러나 행동이 어려웠다.

순간순간 눈을 마주치게 되는 적들.

그들의 눈엔 독기와 살기뿐이었지만, 저들에게도 가족이 있을 텐데…….

'하지만!'

망설일수록 피해만 늘어갈 뿐이다.

저들은 이미 인성을 포기했으니. 자신과 싸우는 와중에도 방해가 된다고 양민을 마구 죽이는 인간들이니.

"사자! 뒤로 물러나 주세요."

마침내 은혜연의 입에서 서늘한 목소리가 흘러나왔다.

"사매, 갑자기 왜……?!"

정수 사태는 은혜연을 돌아보다가 흠칫한 표정을 지었다.

은혜연의 아미가 칼처럼 곤두서고 천수여의검에서 새하얀 광채가 흘러나오는 것을 목격한 때문이었다.

"사매, 설마……?"

정수 사태는 급히 은혜연을 말리려다 그만 입을 다물고 말았다.

말리기엔 이미 너무 늦었고, 자기가 봐도 양민들의 피해가 극심했기 때문이었다.

'아미타불……. 모두 내 탓이로다. 사숙을 죽인 무공이 나타났다는 말에 마음이 흔들려 이곳까지 사매를 데려온 내 죄가 크도다!'

정수 사태가 뒤로 물러나며 스스로를 반성하는 찰나,

"나무관세음보살. 부디 다음 생에는 어진 마음으로 다시 태어나시기를. 마—라—백—팔—검—형!"

은혜연의 입에서 섬뜩한 목소리가 흘러나오고,

촤라라라라랑!

천수여의검이 사방으로 현란한 광채를 흩뿌리는가 싶더니,

쾌애애애애액!

퍼퍼퍼퍼퍼퍽!

연속적으로 기이한 음향이 흘러나왔다.

"……!"

"……."

장내에는 잠시 침묵이 흘렀다.

너무나도 무서운 광경.

남아 있던 스무 명의 복면인이 한꺼번에 시체가 되어버렸다.

단 한 사람도 비명 지를 여유조차 가지지 못한 채 목과 이마, 심장 등에 깨알만 한 점을 찍힌 상태로 죽어 있었던 것이다.

그 살 떨리는 광경을 보고 모두 말을 잃어버렸다.

직접 검을 펼친 은혜연이나, 마라백팔검형의 검의 위력을 아는 정수 사태나, 모두 충격으로 눈만 부릅뜨고 있었다.

같은 시각.

파멸승과 무간승, 규환승, 포식승 등도 눈을 부릅뜨고 있었다.

"맙소사! 광속비행(光速飛行)?"

"저, 저건 천마조사의 절긴데?"

그들이 경악으로 눈을 부릅뜨는 이유.

빛처럼 공간을 가로지른 묵자후가 어느새 자기들 코앞에 이르렀기 때문이다.

더우기 그가 펼치는 신법은 마탑의 창시자인 천마 이극창의 비전절기가 아닌가!

그런데 어찌 저놈이?

하지만 네 사람은 더 이상 경악하고 있을 수만은 없었다.

벼락같이 들이닥친 묵자후가 벌써 검을 휘두르고 있었기

때문이다.

"막아!"

파멸승이 소리쳤다.

포식승이 급히 양팔을 모으며 묵자후에게 장력을 날리려 했다.

그러나,

쉭!

파팡!

"끄허……!"

"허걱! 포, 포식승이 단 일 초에?"

파멸승이 기겁을 했다.

그러나 그 말이 끝나기도 전에,

슈각!

"커헉……!"

"맙소사. 규환승까지?"

파멸승과 무간승은 자기도 모르게 사지를 떨었다.

자신들이 묵자후를 발견하고 채 한 호흡도 쉬기 전에 두 사람이 나가떨어지다니.

"무간승! 천마격체전공(天魔隔體傳功)을!"

파멸승이 다급히 소리쳤다. 무간승이 번개같이 몸을 날려 파멸승 등 뒤에 양손을 붙였다.

이른바 격체전공. 상대에게 자신의 공력을 보태주는 것이다.

일반적인 강호의 격체전공은 상대에게 자신의 모든 내공을 보태줄 수 없지만, 마탑의 격체전공은 달랐다. 다름 아닌 일대마도 종사, 천마 이극창이 만든 수법이었으니.

"으드득! 이노―옴!"

천마격체전공이 시작되자 파멸승의 몸이 두 배로 커졌다. 동시에 그의 팔뚝에서 구렁이 같은 힘줄이 꿈틀거리더니 양손이 어마어마하게 부풀어 올랐다. 마치 서장의 대수인(大手印)을 보는 것 같았지만, 그와는 다르게 양손 전체가 피를 머금은 듯 시뻘겠다.

"죽어랏!"

뒤이어 파멸승이 대갈일성을 터뜨리자 그의 손에서 무시무시한 핏빛 광채, 그것도 고리 같은 수십 개의 광채가 잇달아 폭사되었다. 강호인들이 꿈의 경지라 여기는 장환(掌環)이었다.

콰콰콰콰콰쾅!

묵자후의 검과 파멸승의 대라혈수인(大羅血手印)이 맞부딪치자 번천지복의 굉음이 터져 나왔다.

사방에 돌개바람이 휘몰아치고 선착장 바닥이 움푹 꺼진 가운데 누군가의 목소리가 흘러나왔다.

"크으… 천마격체전공까지 썼건만 평수밖에 못 이루다니……!"

파멸승이 입과 코, 귀에 피를 흘리며 씹어뱉듯 말했다.

그러나 평수가 아니었다.

묵자후는 오연한 눈빛으로 다시 검을 들어 올리고 있었고, 파멸승은 갑자기 등 뒤가 허전해진 것을 깨달았다.

"헉! 무, 무간승? 무간승 당신……?"

파멸승은 또 한 번 경악했다.

실로 기절초풍할 일이 벌어진 것이었다.

자신은 무사한데, 자기 등 뒤에 서 있던 무간승이 어육덩어리가 되어 죽어 있는 게 아닌가.

"으으… 검으로, 검으로 격산타우(隔山打牛)의 수법을?"

이런 건 보지도 듣지도 못했다.

검강이 한 사람을 통과해 뒷사람을 짓이겨 버리다니?

그러나 파멸승은 더 이상 생각을 이어나가지 못했다.

고오오오오!

눈앞에서 끔찍한 광채가 날아오고 있었기 때문이다.

'맙소사! 잘못 건드렸다! 우린 정말 잘못 건드렸어! 저놈은 황홀경 정도가 아니라 적막경 수준이야. 그것도 광마승, 아니, 흑암승 이상이야……!'

그 생각을 끝으로 파멸승의 육체는 산산이 해체되어 버렸다.

별리

魔道天下

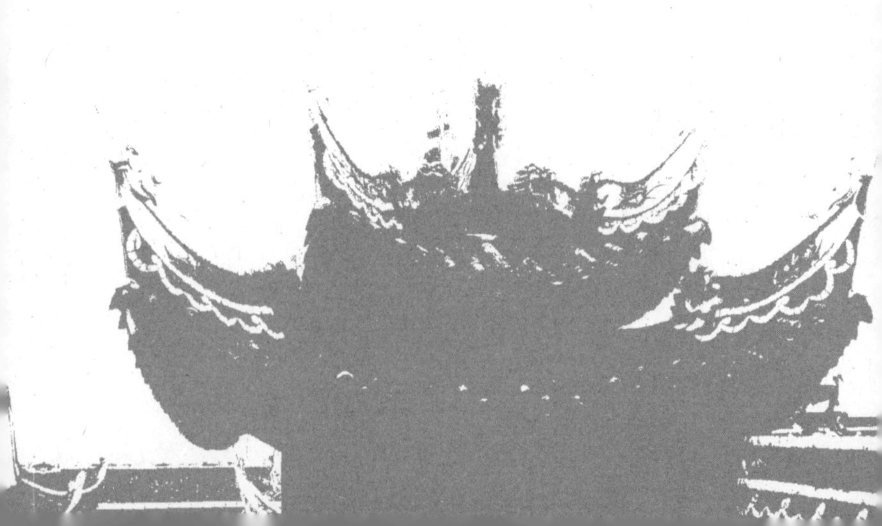

은푸른 물결이 핏빛으로 변해 버린 동정호.

반쯤 부서진 선착장 주변에 수많은 사람들이 모여 있다.

"아제 아제 바라아제 바라승아제 모지사바하. 크나큰 지혜를 얻으면 늙어서 죽는 것도 아무 소용이 없고 늙어 죽음을 안다는 것조차 소용이 없게 되나니, 살아가는 동안 몸으로 받게 되는 고통을 없애는 길도 없고 지혜를 얻었다고 생각되어도 얻어지는 것이 없으며……."

정수 사태는 반야바라밀다심경을 읊으며 죽은 이들의 영혼을 위로했다.

은혜연은 그 옆에서 쉴 새 없이 눈물을 흘리고 있었고, 어이없이 희생된 양민의 가족들은 모포에 뒤덮인 시신을 끌어안고 하염없이 오열하고 있었다.

정수 사태와 은혜연 뒤에는 언제 왔는지 천밀각 광동 지단주인 이일화가 보였고, 이일화 옆에는 백의전 부전주를 비롯한 일단의 영웅성 고수들이 보였다.

그들은 동정호에 흑마련이 나타났다는 소식을 듣고 급히 달려왔는데, 도착해 보니 이미 상황은 끝나 있고 은혜연의 손에 천수여의검이 들려 있는 게 아닌가.

천수여의검은 예로부터 검후의 신물.

다들 은혜연 일행을 보타암의 일반 제자 정도로 알고 있었기에 깜짝 놀라면서도 극공의 예로 은혜연과 정수 사태를 호위하는 한편 주위를 경계하고 있었던 것이다.

영웅성 무인들 뒤로는 많은 군중이 몰려 있었다.

"저 여협이 흑마련 고수 수십 명을 단숨에 베어버렸다는군!"

"그 장면은 나도 봤네. 검끝에서 눈부신 광채가 흘러나오더니 마두들이 털썩털썩 엎어지더라구. 정말 대단했어!"

"그거야 약과고, 나는 그전에 백의를 입은 청년이 흑마련 마두들을 죽이는 광경을 봤네. 그야말로 성난 호랑이가 전장을 누비듯 대단했었지. 특히 벽안의 승려들과 싸울 때는 선착장이 완전히 박살나는 줄 알았다니까!"

"아! 그럼 이 선착장이 이 모양이 된 게 모두 그 소협 때문인가?"

"소협이라고 하긴 그렇지. 강호를 종횡무진하던 흑마련의 고수들을 어린애 손목 비틀 듯 죽여 버렸으니."

"그럼 뭐라고 부르면 좋겠는가?"

"글쎄… 저 여협은 천수여의검을 들고 있고 단숨에 수십 명을 베어버렸으니 천수검후(千手劍后)라고 부르면 될 것 같고, 백의를 입은 그 소협은 전왕(戰王)이라고 불렀으면 좋겠군. 정말 전왕이란 칭호가 무색하리만큼 대단했었거든."

"호! 전왕과 검후라? 괜찮은 별혼데?"

군중들이 나누는 대화는 이일화의 귀에도 들려왔다.

'전왕과 검후라… 역시 강호의 호사가들은 별호도 잘 짓는군. 그런데 그 백의를 입었다는 고수의 정체가 뭐지? 도대체 어떤 수법을 썼기에 흑마련의 고수들을 저렇게 무참하게 죽일 수 있었을까?'

이일화는 자신이 맨 처음 발견한 시신들을 떠올렸다.

지금은 비록 모포에 뒤덮여 있지만, 그들의 상처는 말로 표현할 수 없을 만큼 처참했다. 특히 가슴과 복부가 완전히 헤집어져 있어 마치 누군가가 그들의 배에 삼지창을 꽂고 그대로 비틀어 버린 듯 참혹했다.

'아무리 생각해도 정파의 수법이 아냐. 마도, 혹은 사파의 수법 같은데, 그런 무공을 익힌 자가 흑마련과 싸웠다니 도저히 이해할 수가 없군…….'

게다가 당대를 주름잡고 절대의 세력, 영웅성.

그중에서도 성주의 대제자인 천화신검 장무욱이 전주로 있는 백의전 부전주의 안색이 예상외로 심각해 보였다.

전왕이라 불리는 그 청년 고수의 손에 죽은 승려들의 시체를 보고 난 뒤부터 휘하 당주들을 불러 모아놓고 굳은 표정으로 대화를 나누고 있었는데 그들이 왜 저리 긴장하는지 이해가 되지 않았다.

'천축승려라… 그것도 전왕이라 불린 고수가 따로 몸을 날려 상대했을 정도라면 누가 있을까? 대뢰음사나 소뢰음사의 장로 급? 아니면 포달랍궁의 장로 급……? 젠장! 내 직위가 직위다 보니 최고급 기밀에 접근하는 데는 한계가 있어 더 이상 추측할 수가 없군.'

아무튼 철마성이 사라진 지금, 영웅성 최대의 맞수인 흑마련을 무너뜨리는 데 있어 전왕과 검후는 큰 도움이 될 것 같았다.

또한 그 때문에 강호의 전설이라 불리는 검후, 은혜연을 데려온 공로로 자신은 더 높은 직위를 수여받게 될 것 같다.

'이번만큼은 부각주가 아무리 훼방을 놓으려고 해도 어쩔 수 없지. 벌써 검후가 흑마련 고수들을 베어버리며 화려하게 등장했으니. 후후후.'

그렇게 이일화가 회심의 미소를 짓고 사람들이 수군거리는 동안 은혜연은 퉁퉁 부은 눈으로 먼 하늘을 바라봤다.

어느새 석양빛으로 물들어 버린 하늘.

불그스름한 구름 위로 그의 얼굴이 떠올랐다.

처음 만났을 때 차갑게 가라앉아 있던 그의 눈망울과 성난 표정으로 마두들을 베어가던 그의 얼굴.

정수 사태 말대로 자신의 여린 심성과는 너무나 거리가 먼 거칠고 과격한 사내였다.

'하지만…….'

은혜연은 묵자후의 안위가 걱정되었다.

비록 그의 무공이 하늘에 닿아 있는 것 같았지만, 그 앞을 막아섰던 괴승들의 무공도 녹록지 않았다. 아니, 무공보다는 말로 설명할 수 없는 극악한 마기가 더 무서운 자들이었다.

그런 자들에게 의동생(?)을 납치당하고, 혼자 그 뒤를 추적하러 갔으니 그의 안위가 못 견디게 걱정되었던 것이다.

'이제 다시 볼 수 있을까? 영웅성에 들렀다가 곧바로 암자로 돌아가야 하는데…….'

그 생각을 하자 갑자기 슬픔이 밀려왔다.

'사부님은 왜 나를 보타암 밖으로 못 나가게 하시는 걸까? 그리고 부모님은 왜 어릴 적부터 나를 암자에 맡기신 걸까……?'

이때까지는 전혀 생각지 못하고 있던 의문들이 하나둘 떠올랐다.

'그러고 보니 사자들이나 사질들도 항상 내게 양보만 했어. 무공도 사질들보다 늦게 입문했고. 사부님께 몇 날 며칠을 졸라 겨우 배울 수 있었지…….'

의문이 떠오르기 시작하자 끝이 없었다.

하지만 정수 사태에게 물어보자니 엄두가 나지 않았다.
'혹시… 그 사람 말처럼 내게 안 좋은 병이 있는 게 아닐까?'
은혜연은 그날, 처음으로 자기 몸 상태에 대해 의문을 가지기 시작했다.

*　　　*　　　*

바람 잘 날 없는 강호.
선선한 가을바람이 만추(晩秋)를 재촉하는 어느 날.
느닷없이 들려온 두 가지 소문이 강호를 또 한 번 파란에 휩싸이게 만들었다.

—해남 제일의 문파, 남해검문이 환마라는 마두에게 풍비박산이 났다!
—동정호에서 검후와 전왕이 동시에 출도하여 흑마련에게 일격을 가했다!

그 소문을 들은 사람들은 환마라는 일대마두의 출현에 우려를 표했고, 동시에 검후와 전왕의 출도에 환호를 보냈다.
몇몇 호사가들은 아예 검후와 전왕이 손잡으면 환마 아니라 어둠 속에 숨어 있는 흑마련의 련주마저 박살 낼 수 있다며 검후와 전왕의 동시 출현을 반기기도 했다.

이곳, 악양(岳陽)에도 마찬가지 소문이 떠돌고 있었다.

특히 악양 제일의 주루이자 도박장을 겸하고 있는 숭양루(崇陽樓)에서는 몇몇 강호인들이 술을 마시다말고 검후가 낫니 전왕이 낫니, 서로 침을 튀기며 설전을 벌이고 있었다.

숭양루 한쪽 구석에 앉아 있던 흑의청년은 그들의 이야기를 들으며 씁쓸한 미소를 지었다. 그 청년 옆에는 금빛 털을 가진 어린 원숭이가 전채(前菜) 대신 나온 땅콩을 주워 먹고 있었다.

'그녀가 정파인이라는 건 예상했지만 설마 검후였을 줄이야…….'

흑의청년, 묵자후는 씁쓸한 표정으로 은혜연을 떠올렸다.

얼굴 반을 차지하는 맑고 큰 눈에 깨알 같은 점이 박힌 귀여운 코.

앵두처럼 작은 입술과 미간에 어려 있던 불길한 푸른 기운.

'무척 마음 약해 보이는, 그러면서도 무척 쾌활해 보이던 소녀였는데…….'

또한 병약한 몸임에도 자신에게 첫 호의를 베푼 소녀다. 그래서 많은 호감을 갖고 있었는데 안타깝게 됐다.

'다음에 만나면 서로 목숨을 취하려 할지도 모르겠군.'

묵자후는 남해 보타암과 얽힌 전대의 인연을 알고 있었다.

'금옥 사태라고 했던가? 그 여승을 시마 아저씨가 죽였고, 시마 아저씨의 양팔은 그 사자되는 금정 사태가 베었다고 했었지…….'

그러니 그녀가 자기 신분을 알게 된다면 서로 검을 섞을 수 밖에 없는 처지다.

'아쉽지만 이런 게 강호라고 했지? 은원이 서로 엇갈리는……. 그래도 내게 호의를 베풀었으니 그녀가 무슨 잘못을 하든 한 번은 살려주지.'

그런 생각을 하며 술잔을 기울이는 묵자후.

술맛이 썼다.

'이럴 때 흑오 녀석이라도 옆에 있었으면…….'

흑오 생각을 하니 또다시 분노가 치밀었다.

'배불뚝이 같은 중놈이 그렇게 빠를 줄이야…….'

가볍게 놈의 팔을 취했기에 금방 잡을 수 있을 줄 알았다.

그런데 뜻밖의 방해자가 나타나고, 그들을 처리하는 순간, 놈은 흑오와 함께 어디론가 사라져 버렸다.

'마탑! 네놈들은 오늘 일을 두고두고 후회하게 될 것이다!'

이를 갈며 또다시 술잔을 털어 넣었다.

금후가 옆에서 보고 있다가 재빨리 땅콩을 집어준다.

묵자후는 피식 웃으며 금후의 머리를 쓰다듬은 뒤 출입문 쪽을 바라봤다.

'그 녀석이 무사하다면, 그리고 내 신호를 봤다면 반드시 이곳으로 찾아올 것이다!'

막연한 기대가 아니었다.

묵자후가 이곳 숭양루에서 기다리는 이유.

선착장 부근에 자신과 흑오만이 아는 비문(秘文)을 남겨뒀기 때문이다.

알다시피 비문이란 강호 제문파(諸門派)들이 휘하 무인들에게 은밀히 가르쳐 주는 비밀 표시.

미리 약속된 그 표시를 통해 이동과 집결을 신속히, 비밀리에 할 수 있는 것이다.

묵자후가 만든 비문도 마찬가지였다.

자신의 이름자 중 마지막 글자인 후(侯) 자를 이용해, 좌변의 사람 인(亻) 자로 움직이는 방향을 표시하고. 우변의 상단, 과녁 부분에 시간을 적어두고, 하단의 화살 시(矢) 부분에 그림으로 장소를 표기하는 방식이다.

그걸 호남 땅으로 들어서면서 첫 제자이자 첫 수하 격인 흑오에게 가르쳐 준 것이다.

'이성적인 판단력보다 본능적인 행동이 앞서지만 그래도 예상외로 머리가 좋은 아이다. 그러니 신호를 보고 반드시 찾아올 것이다!'

아무튼, 이번 일로 깨달은 교훈.

'천금마옥 아저씨들이 내게 수없이 당부했던 말, 나를 건드리는 놈은 백배천배의 보복을 가해 반드시 뿌리를 뽑으라고 한 이유가 바로 이 때문이었군. 애초에 내가 광동 땅에서 그 멍청한 중과 도사들을 죽여 버렸다면, 그리고 장사에서 시비 걸던 염효 무리들을 몽땅 처치해 버렸다면 이런 일이 없었

을 것이다.'

그런 생각을 하며 뒤늦게 반성하고 있는데 누군가가 어깨를 툭 쳐왔다.

"아까 빈자리가 나면 이야기해 달라고 했지? 검패나 마작은 꽉 찼고 쌍륙뿐인데 괜찮겠나?"

"상관없소."

묵자후는 느릿하게 자리에서 일어났다.

그런데 자리에서 일어나는 묵자후를 보니 옷 색깔만 달라진 게 아니었다. 병장기 역시 달라져, 그의 허리에는 이전과 다른 시커먼 도가 걸려 있었다.

동정호에서 암습자들과 싸우는 바람에 백의가 피에 젖고 검이 과도한 기파에 못 이겨 부러져 버린 때문이었다.

"뭐 하나? 빨리 돈 안 걸어?"

들창코가 씩씩거리며 눈을 부라렸다.

벌써 여덟 판째.

묵자후와 붙는 족족 돈을 잃었기에 눈에 보이는 게 없었다.

여차하면 술병으로 묵자후의 머리라도 내려칠 기세였다.

반면 묵자후는 느긋한 표정으로 조금 전에 딴 돈을 정리하고 있었다. 흑오가 올 때까지 시간을 보내야 했기에 급할 게 전혀 없었던 것이다.

"이 기생오라비 같은 자식이 정말 사람 성질 건드리네? 야이 새끼야! 빨리 돈 걸고 주사위 굴리랬잖아!"

들창코는 이제 주먹까지 움켜쥐며 부르르 떨었다.

"쯧쯧. 성질이 꽤 급하시군. 주둥이도 많이 거친 편이고. 내가 좋은 말로 충고하겠는데 노름판에선 성질부리지 마. 무조건 냉정해야 이길까 말까 한 게 바로 도박이야."

"이, 이놈의 자식이 어디서 감히 설교를?"

급기야 놈이 흥분을 참지 못하고 술병을 거머쥐었다.

하지만 묵자후의 눈이 피식 반달을 그리는 순간,

파삭!

술병이 가루가 되어 우수수 바닥으로 떨어졌다.

그런데 이상한 것은 술이 한 방울도 보이지 않았다.

그가 집어들 때는 분명 반쯤 남아 있었는데.

"어, 어, 어? 이, 이게?"

녀석이 그런 사실을 알아차렸는지 텅 빈 손을 바라보며 당황한 표정을 지었다.

그때 묵자후가 웃으며 말했다.

"자! 흥분을 가라앉히자는 의미에서 이번에는 한 냥만 걸지."

"뭐, 뭐야? 한 냐앙? 네놈이 지금까지 따간 돈이 얼만데?"

그새 술병에 대한 의혹을 잊어버렸는지 놈이 씩씩댔다.

"흠. 한 냥은 너무 했나? 그럼 두 냥."

"이, 이, 이 자식이 정말?"

"쯧쯧. 더 놀렸다간 숨넘어가겠군. 좋아. 그럼 인심 쓰는

셈치고 이백 냥! 어때?"
"허거걱! 이, 이, 이백 냥?"
이번에는 놈이 헛바람을 토했다.
현재 그가 가진 돈은 백이십 냥.
이번 판에 뛰어들려면 팔십 냥이 모자랐다.
'하지만 저 밉살스런 놈을 이기기 위해선 급전이라도……!'
놈은 이를 갈며 사채를 빌리려고 했다.
"아니, 됐어. 그 돈 그대로 받아주지. 대신 내가 이기면 이 녀석과 좀 놀아줘. 계속 옆에 데리고 있자니 너무 심심해해서 말이야."
묵자후가 씨익 웃으며 금후를 가리킨다.
"지, 지금 나보고 원숭이 보모 노릇이나 하라고?"
들창코는 어이가 없었다. 하지만 잠시 고민하던 그는 이내 고개를 끄덕였다.
"좋다, 이놈! 어디 이 판이 끝나고도 웃을 수 있는지 한번 지켜보겠다!"
그러나 결과는 뻔했다.
쉽게 흥분하는 놈이 도박이나 제대로 할 수 있으랴.
"이런, 삼 점… 삼 점이라니……."
망연자실한 표정으로 얼굴을 감싸 쥐는 들창코.
묵자후는 잔인하게도 그에게 금후를 안겨주었다.

"그래도 수고비는 챙겨주지. 한 시진에 두 냥."
순간, 놈의 얼굴이 붉으락푸르락 변해갔다.
하지만 한 시진에 두 냥이 어딘가?
근사한 요릿집에서 술 한잔할 수 있는 돈이다.
'그래! 다섯 시진만 버티면 한 달 생활비는 나온다.'
차라리 도박을 하지 말지…….
아무튼 들창코 사내까지 합쳐 다섯 명을 연파한 묵자후.
또 다른 상대를 찾아 주위를 둘러보고 있는데,
"어이, 형씨! 지켜보니까 보통 솜씨가 아닌데! 어때? 나랑 큰물에서 한번 놀아보지 않으려는가?"
한 놈이 접근해 왔다.
기다란 말상얼굴에 금붕어 같은 입술을 지닌 중년인.
그러나 눈이 음침하게 빛나는 걸 보니 닳고닳은 도박꾼이다.
'흠. 도박장에 소속된 도곤(賭棍)인가?'
만약 그렇다면 오히려 잘됐다고 생각했다.
묵자후가 마음속으로 정한 시한은 사흘.
그때까지 흑오가 오지 않으면 어쩔 수 없이 감숙으로 떠나려 했다.
그런데 도박장 소속 도곤들과 판을 벌이면 돈을 다 잃을 때까지 숙식이 공짜다. 물론 숙식이 공짜든 말든 별 관심이 없었지만 금후의 처리 문제만큼은 두통거리였다.
지금은 들창코에게 맡겼다지만 도박하는 와중에 녀석을

계속 옆에 앉혀놓을 순 없었으니.

"큰물이 얼마나 큰 판을 이야기하는지는 잘 모르겠지만 어차피 할 일도 없으니 한번 어울려 보도록 하지."

"좋아! 최소 입장 금액은 은자 오백 냥이다. 그 정도는 있겠지."

묵자후는 대답 대신 전대를 들어 보였다.

좌라락!

패가 돌자 모두의 눈이 집중됐다.

어제부터 묵자후가 참여한 도박은 검패(劍牌)로 승부를 가리는 곳.

검패란 얇은 대나무 조각에 그림과 숫자를 그려놓고, 그 순서나 짝의 높낮이에 따라 승부를 가리는 도박이다. 주사위 노름인 쌍륙과 달리 마작만큼 큰돈이 왔다 갔다 하는 도박이다 보니 그 긴장감이 장난이 아니었다.

특히 승률에 따라 급료가 달라지는 도곤(賭棍)들은 긴장과 탐색 어린 눈길로 묵자후의 표정 변화를 살폈다.

하지만 어제와 마찬가지로 표정의 변화가 전혀 없는 묵자후.

지금까지 묵자후가 딴 돈은 무려 은자 오천 냥이 넘는다.

'도대체 어느 놈이 저놈을 초짜라고 했어?'

도곤들은 묵자후를 끌어들인 말상사내를 보며 속으로 욕을 퍼부었다.

'이, 이럴 리가 없는데?'

말상사내는 내내 좌불안석이었다.

어제 쌍륙 판에서 연전연승을 거두는 놈이 있다기에 가봤더니 손기술을 전혀 쓰지 않는 초짜였다. 묘하게 상대의 신경을 자극해서 이기는 운 좋은 놈에 불과했던 것이다. 그래서 놈을 끌어들였는데 판이 거듭될수록 잃어가는 돈이 늘고 있다.

신기하게도 놈은 작은 판은 속속 잃어주고 큰 판만 내리 따 간다. 그래서 놈이 전문적인 꾼이 아닌가, 의심한 것도 겨우 오늘 낮부터다.

'누가 들으면 거짓말이라고 하겠지?'

숭양루는 호남북을 통틀어 세 손가락 안에 드는 유명한 도박장이다.

인근에 동정호가 있어 유람객들이 지천으로 돈을 뿌리고 가니 사시사철 짭짤한 수익을 올리고 있었던 것이다.

'그런데 저놈 하나 때문에 사흘 치 수익이 날아가 버렸으니, 이거 모처럼 흑도귀(黑賭鬼)들이 움직이는 거 아냐?'

흑도귀는 숭양루가 자랑하는 살귀들.

강호의 파락호들을 혼내주거나 도박장에서 행패를 부리는 인간들을 응징하는 게 주 임무였다. 하지만 가끔 저놈처럼 거액의 돈을 따가는 놈들을 죽여 버리기도 한다. 그래서 흑도귀라 불렸고 자신들은 백도귀(白賭鬼)라 불렸다.

'아무튼 놈의 실력을 보니 석년의 우문광(宇文廣)을 보는

듯하군.'

우문광이란 자는 이십몇 년 전, 중원 도박계를 평정했던 신화적인 도박꾼.

정사대전 이후 천금마옥으로 끌려가서 생사가 불명인 상태로 알려져 있다.

아마 말상사내는 묵자후가 바로 그 우문광에게 도박을 배웠다는 사실을 알았더라면 죽어도 그를 이 판에 끌어들이지 않았으리라.

'좌우간, 이번 판은 내가 먹을 확률이 제일 높은 것 같은데, 저놈의 패를 도대체 모르겠단 말이야…….'

언뜻 보면 아무 패도 아닌 같고, 다시 생각해 보면 자기보다 높은 것 같고.

"천 냥!"

그때 놈이 무표정한 얼굴로 은자를 쭉 밀어 넣는다.

'천 냥? 내 패를 보고도 천 냥이나 걸었단 말이지?'

자기 패는 이미 바닥에 한 쌍을 이뤘으니 바보 아닌 다음에야 쌍검 이상으로 봐주리라. 그런데도?

"좋아! 큰 판이군. 나는 받고 이천 냥을 더 걸겠네."

그러면서 슬쩍 놈의 얼굴을 살폈다.

여전히 무표정.

"받고 삼천 냥."

'받고 삼천 냥?'

이건 예상보다 단위가 너무 크다.

말상사내는 당황한 표정으로 패를 돌린 사내를 쳐다봤다.

코를 찡긋.

'그렇다면 별것 아니란 뜻인데?'

말상사내는 고민하다가 삼천 냥을 밀어 넣었다.

패가 공개되고 말상 사내의 얼굴이 하얗게 변해 버렸다.

'맙소사! 저기서 연환검(連環劍)이 나오다니?'

자기보다 딱 한 끗발이 높다.

놈은 여전히 무표정한 얼굴로 돈을 쓸어 담았고, 그렇게 판이 열 번 정도 더 돌자 묵자후 앞에 은자가 산처럼 쌓였다.

'으으……. 이게 대체 무슨 경우야? 우리 쪽에서 기술을 써도 전혀 먹히지가 않다니?'

말상사내가 어이가 없어 입을 딱 벌리는데 수석 백도귀가 신호를 보내왔다.

"아이고. 오늘은 영 재수가 없구먼. 잠깐만 쉬었다 합시다."

그러자 누군가가 설렁줄을 당겼고, 곧이어 술과 안주, 여자들이 들어왔다.

"어머! 멋진 공자님이네?"

"아유. 어디서 이런 공자님이 나타나셨을까? 소녀 가슴이 진정이 되질 않네요."

속이 훤히 들여다보이는 나삼을 입고 묵자후에게 아양을 떠는 여자들.

그 순간, 묵자후의 잔에 약이 뿌려지고 백도귀들이 일제히 자리를 뜬다.

'쯧쯧. 안 됐지만 어쩌겠냐? 그나마 계집들에게 안겨 죽는 걸 영광으로 알아라.'

마지막으로 말상사내가 떠나고 여자들이 묵자후에게 술을 권하며 몸을 비벼왔다.

묵자후는 태연히 술을 마셨고 여자들을 육탄공세를 자연스럽게 흘렸다. 그리고 재차 술잔을 비워 나가는데,

덜컹!

갑자기 천장에서 문이 열리더니 네 명의 흑의인이 나타났다.

"크흐흐. 이놈. 나머지 도박은 염라전에 가서 하거라!"

그러면서 도를 날려왔다.

하지만 앉은 자세 그대로 술을 마시고 있는 묵자후의 표정은 담담하기만 했고, 그 눈은 얼음처럼 차갑게 웃고 있었다.

"아이고, 살려, 살려만 주십시오!"

비단화복의 중년인이 땅바닥에 엎드려 손이 발이 되도록 빌고 있다.

세 가닥 염소수염에 사악한 눈매.

만약 악양의 누군가가 그를 알아본다면 깜짝 놀라 눈을 비빌 것이다.

그는 이곳 숭양루의 루주이자 악양의 밤거리를 지배하고

있는 사파세력의 부두목이었으니. 그리고 그 세력의 위세가 보통이 아니어서 절대 누군가에게 고개를 숙이거나 애원할 사람이 아니었으니.

하지만 그는 지금 할 수만 있다면 눈앞에 서 있는 사내의 발바닥이라도 핥고 싶었다. 그만큼 무섭고 잔인한 사내였다.

주루는 이미 반 이상 부서져 있었다.

천금을 주고 고용한 흑도귀들은 허리가 잘리거나 심장이 뻥 뚫린 상태로 모두 저승길로 떠나 버렸다. 긴급 출동한 휘하 머저리들은 그의 눈빛에 질려 덜덜 떨다가 모두 목이 달아난 상태로 우뚝 서 있다.

이제 남은 사람은 자신을 비롯한 백도귀들과 취객 한 사람뿐.

다행히 취객이 그를 알아봤다.

"으으… 전왕, 전왕이다!"

며칠 전 동정호로 낚시를 갔다가 우연히 묵자후의 신위를 본 사람이었다.

그때부터 염소수염은 일말의 자존심마저 버려 버렸다.

그도 귀머거리는 아닌지라 요 며칠 강호를 뒤흔들고 있는 전왕에 대한 소문을 들어봤기 때문이다.

아무튼 취객이 알아보자 그가 도를 멈췄다.

그는 뭔가 고민하는 기색이었다.

한참 취객을 노려보던 그는 이윽고 도를 환집했다.

염소수염 귓가에 들려오는 나직한 그의 목소리.

"무공도 익히지 않은 양민을 죽이는 건 지존이 할 짓이 아니지……."

그 말을 끝으로 그의 눈에서 붉은 섬광이 번쩍였다.

염소수염은 물론이고 취객과 백도귀들은 그 눈빛을 보고 모두 기억을 잃어버렸다.

묵자후는 그날 밤 악양을 떠났다.

마음속으로 정해놨던 기일을 채우고 싶었지만 어쩔 수 없었다.

이미 숭양루를 반 이상 부숴 버렸기에, 그리고 흑도귀와 사파의 떨거지들을 모두 죽여 버렸기에 관부가 개입할 것이고 강호의 이목이 집중될 것이다. 그렇게 되면 자신의 정체가 밝혀지는 것은 물론이고 중원제일루로 가는 일정이 늦춰질 확률이 높다.

'그래도 그 녀석이 살아만 있다면 어떻게든 찾아올 것이다. 가는 곳마다 표시를 남겨놓을 테니.'

숭양루를 떠나기 전에 또 한 번 비문을 새긴 묵자후.

금후를 안고 쓸쓸한 표정으로 악양을 떠나갔다.

무창에서 한수를 타고 섬서로 넘어가기 위해서였다.

까악, 까악…….

묵자후가 떠난 지 사흘 뒤.

초승달이 음울한 뜬 밤에 수천마리의 까마귀 떼가 악양으로 몰려들었다.

까마귀 떼와 함께 나타난 흑오.

그녀의 연보랏빛 경장은 피에 젖어 있고 하피는 어디서 잃어버렸는지 보이지 않았다.

쌍룡이 뒤엉킨 가락지에는 아직도 핏물이 뚝뚝 떨어지고 있었고 왼쪽 어깨를 감싼 그녀의 손에는 묵자후가 사준 비도가 쥐어져 있었다.

그렇게 상처투성이 몸으로 숭양루를 찾은 흑오.

반쯤 폐허가 된 주루를 보고 눈꼬리를 떨었다.

"크르르!"

뒤이어 그녀의 입술에서 한줄기 핏물이 흘러내리고 광포한 쇳소리가 흘러나왔다.

"크아아!"

없다.

그가 없다.

이쪽으로 오라고 해놓고 떠나 버리다니, 이럴 수는 없다!

흑오의 눈빛이 새파랗게 변했다.

'그를… 죽여 버릴 거야!'

기대가 실망으로 변해 처절한 원망이 용솟음쳤다.

그러다가 흑오의 눈빛이 어느 순간 변했다.

'…혹시?'

문득 그에게 눈웃음치던 요물이 생각난다.

"크르르……."

흑오는 질투심에 몸을 떨었다.

'그가 그 여자와 함께 있다면 용서하지 않을 거야!'

그때부터 흑오의 미간이 부르르 떨리더니 머리카락이 올올이 곤두섰다. 예전에 광동에서 천궁파 도사들을 죽이던 강력한 염파가 다시 발동된 것이다.

염파의 목표는 눈앞에 떠오르는 영상.

고오오…….

대기가 기이하게 일그러지고 몸서리치는 염파가 시간과 공간을 초월해서 어딘가로 날아갔다.

* * *

무창 북동쪽 분지.

높다란 담장이 화려한 전각군을 빙 둘러가며 감싸고 있고, 앞쪽으로는 장강의 도도한 물결이, 뒤쪽으로는 동호(東湖)의 그림 같은 풍경이 펼쳐져 있는 곳, 영웅성.

그중 동호의 풍경이 한눈에 쏙 들어오는 삼층 전각에서 은혜연은 묵언 수행을 하다 말고 흠칫 고개를 들었다.

지끈거리는 두통.

누군가가 강력한 염파를 보내오고 있었다.

'도대체 누가……?'

이런 일은 평생 처음이라 눈을 감고 정신을 집중했다.

신기하게도 한 사람의 얼굴이 떠올랐다.

살벌한 눈빛으로 자신을 노려보고 있는 소녀.

'아!'

은혜연은 반갑게 그녀를 마주봤다.

눈과 눈이 마주치고 은혜연의 입가에 포근한 미소가 흘렀다.

'무사했구나. 걱정했었는데. 몸은 괜찮니?'

흑오의 눈동자가 움찔한다.

'그는 잘 있어? 둘이 만난 거야? 섬서로 간다더니 벌써 섬서야? 그렇다면 옷 든든히 입어. 그곳은 며칠 있으면 추워진다더라.'

가슴을 적셔오는 따스한 심어(心語).

그의 안부를 묻고 오히려 자신을 걱정해 준다.

그렇다면 그와 함께 있지 않다는 뜻.

그는 어디로 간 거지?

"크르르……."

흔들리는 흑오의 눈빛.

은혜연의 눈빛도 동시에 흔들렸다.

'아직… 둘이 못 만난 거야?'

'……'

흑오의 눈빛이 급격히 어두워졌다.

자존심이 상해 염파를 거둬 버리고 주변을 살펴봤다.

혹시 그가 남긴 흔적이 있는지 찾아보기 위해서였다.

그때, 입구 문이 열리고 누군가가 들어왔다.

고개를 돌려보니 낯선 사람이었다.

"흠. 살인 현장에 누가 나타났다고 해서 와봤더니 어린 소저였군."

혼잣말을 중얼거리며 흑오의 전신을 살피는 사내.

"온몸이 상처투성이인데다 피 묻은 칼을 들고 있다……? 수상하군. 본관과 함께 포청으로 가줘야겠어."

그는 포두였다. 어제 아침부터 살인 현장을 조사하고 있다가 흑오를 보고 뒤따라온 것이었다.

"순순히 따라올 테냐? 아니면 포승줄에 묶여갈 테냐?"

그가 포승줄을 툭툭 치며 말했다.

"크르르."

흑오는 대답 대신 그를 노려봤다.

"호! 독 오른 암고양이 같군. 보아하니 본관에게 저항할 생각인 모양인데, 포기하시지. 이 어른은 손이 꽤 매운 편이란다."

비릿한 미소와 함께 허리춤에 있던 포승을 꺼내 들고 유람하듯 다가온다. 그러다가 갑자기 지면을 바닥을 박차며 흑오를 향해 포승줄을 휙 내던진다.

"크르르!"

흑오의 눈매가 사납게 곤두서고 그녀의 손에서 비도가 날았다.

"흡?"

포두는 깜짝 놀라 신형을 비틀었다.

포승줄은 어느새 반으로 잘려 있고, 뺨엔 한줄기 상처가 새겨져 있다.

"요 계집 봐라? 본관을 보고도 겁없이 날뛰는 걸 보니 아무래도 흉수와 무슨 관련이 있는 모양이군."

포두는 뺨의 상처를 어루만지며 흑오와 두어 걸음 거리를 벌렸다. 그녀의 손에 또다시 비도가 쥐어졌기 때문이다.

"좋은 말 할 때 따라가면 간단히 끝날 일을 네년 스스로 화를 자초하는군. 아무튼, 애들아! 모두 나와……?"

사내는 등 뒤를 향해 고함을 지르다가 순간적으로 굳어버렸다.

쉬익… 퍽!

'……!'

방금 전에 자신이 흘려 버린 비도.

그 비도가 되돌아와 자신의 등을 꿰뚫고 앞쪽으로 툭 튀어나와 있었기 때문이다.

"크으… 네년이 감히 관원을……?"

그는 뺨을 부르르 떨며 흑오를 노려봤다. 하지만 더 이상

말을 이어나갈 수 없었다.

이미 흰자위가 드러난 눈으로 자기 가슴을 뚫고 나온 비도 끝머리를 바라보다가 고목나무가 쓰러지듯 쿵 하고 바닥으로 쓰러져 버린 때문이었다.

"포두님! 무슨 일입니까?"

"갑자기 무슨 일로 저희들을……?"

사내가 쓰러지자 포졸들이 달려왔다. 하지만 그들이 볼 수 있었던 건 망막을 파고드는 새하얀 광채뿐이었다.

"컥!"

"끄헉!"

"흐으……."

흑오의 손이 번쩍이자마자 단말마의 비명을 지르며 생을 마감하는 포졸들.

그들에게서 비도를 회수하고 다시 묵자후가 남긴 비문을 찾으려는 순간,

쾅!

문이 부서져 나가고 한 무리의 강호인이 뛰어들어 왔다.

"네 이년! 이게 무슨 짓이냐?"

"관원들에게 살수를 가하다니, 이런 요망한 계집이 있나?"

사방에서 욕설이 날아들고 강렬한 살기가 전신을 옥죄어 온다.

"크르르."

어서 그가 남긴 표식을 찾아야 하는데.

그 괴상한 중들이 언제 쫓아올지 모르는데.

흑오의 눈매가 점점 흉포하게 변해갔다.

마음이 다급해지자 짜증이 치민 것이다.

하지만 그런 사정은 짐작도 못하고 있는 강호인들.

"보아하니 이족 계집이로군."

"철저한 응징하여 관부로 넘깁시다!"

자기들끼리 신호를 주고받으며 동서남북, 흑오를 에워쌌다. 뒤이어 양손을 떨치며 공격을 가해오자 흑오의 눈에 시뻘건 혈광이 맺혔다.

"카앗!"

거친 쇳소리와 함께 탄환처럼 튀어나가는 흑오.

강호인들 사이에서 그녀의 신형이 번뜩였다.

"크윽!"

"으윽! 이, 이런 보법이?"

순식간에 세 사람이 쓰러지고, 나머지 강호인들은 바쁘게 흑오를 찾았다.

눈앞에서 뭔가가 번쩍이더니 어느 틈에 흑오가 사라져 버린 것이다. 그래서 다들 당황하고 있는데, 이층 난간에 거꾸로 매달려 있던 흑오, 재차 신형을 날려 그들을 공격해 나갔다.

"윽, 모두 조심해!"

"으으, 이 사악한 계집애가?"

강호인들은 흑오의 기세에 질려 우왕좌왕했다.

바로 그때,

"무슨 일이오?"

"장 대협, 이게 웬 소란이오?"

또 한 무리의 강호인들이 출입구 쪽에 나타났다.

주루 안쪽을 살펴보며 눈을 휘둥그레 뜨는 그들.

대충 사정을 짐작했는지 일부는 앞으로 나서고 일부는 출입구 쪽을 막아선다.

"크르르……."

흑오는 난감한 표정으로 좌우를 둘러봤다.

자기 앞을 막아서고 있는 이들만 해도 모두 서른 명가량.

이들 외에도 바깥쪽에서 포위망을 구축하고 있는 이들이 있었으니 웬만한 방법으로는 빠져나가는데 시간이 걸린다.

"카앗!"

결국 신경질 적으로 발을 구르는 흑오.

그녀의 눈빛이 점점 붉어지기 시작했다.

그리고 그녀의 눈빛이 천장 쪽으로 향하는 순간,

"까악까악!"

푸드득!

아득한 밤하늘에서 수천 마리의 까마귀가 날아와 지면으로 쇄도한다.

"어이쿠, 이게 뭐야?"

“어디서 이런 미친 까마귀들이?”

출입구 바깥쪽에는 순식간에 난리가 나버렸다.

그 소란성에 어리둥절 고개를 돌리는 사람들.

그때 흑오의 머리카락이 올올이 곤두섰다.

“헉, 저게 뭐야?”

“저년의 눈빛이, 눈빛이 심상치 않아!”

주루 안에 있던 강호인들은 핏빛으로 변한 흑오의 눈을 보고 황급히 공력을 끌어올렸다. 하지만 흑오의 눈에서 진한 혈광이 폭사되는 순간,

“컥!”

“커컥!”

그들은 모두 목과 심장을 쥐어뜯으며 바닥으로 쓰러졌다.

뒤이어,

드드드드…….

흑오의 염파에 못 이긴 지면이 미친 듯이 흔들리더니 기둥에 금이 가고 곧이어 천장이 와르르 무너져 내리기 시작했다. 그러나 주루 전체가 완전히 무너져 내리기 직전, 흑오는 창문을 뚫고 나와 까마귀 떼를 공격하고 있는 강호인들을 한바탕 휩쓸어 버린 뒤 어둠 속으로 사라졌다.

그 바람에 묵자후가 남긴 표식은 돌무더기 속으로 사라져 버렸고 숭양루는 이제 완전히 초토화되고 말았다.

겨우 살아남은 강호인들은 이 엄청난 사태에 망연자실, 넋

을 잃어버렸고, 멀리서 허물어져 버린 숭양루를 바라보며 대화를 나누는 이들이 있었다.

"저곳에서 염력이 발동됐소!"

"클클. 나도 느꼈어. 그 빌어먹을 계집애가 저곳에 있었군!"

살기 어린 눈빛으로 밤하늘을 노려보는 이들.

한 쪽 눈과 한 쪽 팔을 잃어버린 환락승과 뱀과 사람, 늑대 목걸이를 하고 있는 밀밀승 등이었다.

*　　　*　　　*

악양 외곽의 어느 한적한 야산.

지치고 탈진한 표정의 흑오가 양 무릎을 감싼 채 바닥에 웅크려 있다.

가끔 고개를 흔들며 콧김을 씩씩 내뿜는 흑오.

그녀는 지금 자기 자신에게 화가 나 있었다.

'내가 왜 그 요물에게 위축되었을까?'

이미 숭양루의 일은 잊어버린 지 오래.

그보다는 은혜연에게 위축된 자신이 미워 견딜 수가 없었다.

그 차분한 눈빛. 따스한 미소.

왠지 엄마와 비슷한 느낌이 들어 급히 염력을 중단해 버렸다.

'싫어, 이런 느낌!'

"크르르……."

일부러 쇳소리를 내보지만 이상하게도 그녀가 더 이상 싫지만은 않았다.

"캇!"

하지만 그런 생각이 드는 자체가 싫어 신경질적으로 고개를 흔들었다. 그리고는 멍하니 팔찌를 어루만지다가 눈물 한 방울을 떨어뜨렸다.

"크르르……."

보고 싶다.

무작정 그가 보고 싶다.

혼자 있는 어둠.

너무 두렵고 싫다.

그들이 쫓아오기 전에 어서 그를 찾아야 한다!

흑오는 천천히 눈을 감고 마음을 집중했다.

아까 그녀를 떠올릴 때처럼, 묵자후의 모습을 강하게 그려봤다.

고오오…….

시간과 공간이 또다시 왜곡되고, 강력한 염파가 구름을 뚫고 하늘로 솟구쳤다.

꼭 감은 두 눈에 땀이 흐르고 어둡던 망막에 아스라한 섬광이 작열했다.

폭죽처럼 터지는 섬광.

그 여운이 잦아들자 뿌연 안개 속으로 하나의 영상이 나타났다.

'보인다! 그가 보여!'

흑오의 속눈썹이 파르르 떨렸다.

금후를 품에 안고 어디론가 걸어가고 있는 묵자후.

'크르르……. 이온…….'

흑오의 눈에서 눈물이 줄줄 흘러내렸다.

그는 아직 금후를 버리지 않았다.

금후는 자기가 구해준 아이.

그렇다면 그는 아직 자기를 잊지 않고 있다.

그래.

내가 그 곁을 떠난 게 잘못이었어.

무슨 일이 있더라도 그 옆에 붙어 있어야 했어.

후회와 자책으로 가슴이 미어졌다.

하지만 아직 늦진 않았다.

"크르르."

두 눈을 번쩍 뜨며 자리에서 일어난 흑오.

아득한 밤하늘을 바라보다 쏜살처럼 몸을 날렸다.

〈제3권 끝〉

운룡쟁천

雲龍爭天

조돈형 新무협 판타지 소설

팔룡전설을 아는가?

북녘 하늘을 밝히는 별의 정기를 받고 태어난 여덟 명의 기재가
한 시대에 나타나리니, 그들의 눈은 삼라만상(森羅萬象)을 살피고
지혜는 하늘에 닿고 웅심은 천하를 덮을 것이다.
그들이 화합을 한다면 더없이 평온한 세상을 이룰 것이나,
만약 그렇지 않다면 피의 광풍이 온 천하를 휩쓸 것이다.

혼란의 시대!! 모략과 음모가 극에 다다른 혼돈의 강호무림!!

이때 하늘이 안배해 놓은 이가 있었으니, 그의 이름 도극성이라……!!
도극성!! 그가 무림에 다시 모습을 드러내는 날,
팔룡전설은 그로 인해 깨질 것이고 새로운 전설이 탄생할 것이다!!

임희정 소설

그러던 어느 날, 그에게 그 '능력'이 찾아왔다.
조금은, 아름답지 않은 모습으로.

신의 뜻, 그것 외엔 없었다.
신의 영역, 시대의 금기를 깨는 그들의 불꽃같은 삶!

막연히 의사가 되기 위한 삶을 살아왔던 세요 폰 어뷔니트.
인간을 살리기 위해 의사가 되어야만 했던 웨인 파예트.

잔혹한 과거, 어긋난 현재.
그리고 우연히 찾아온 신비로운 능력!
보통 사람들과 다른 존재가 아니라는 것에 대한 증명.